As cores do coração

DANI ASSIS

As cores do coração

Rio de Janeiro
2021

Diretora editorial: Raquel Cozer
Gerente editorial: Renata Sturm
Editora: Diana Szylit
Edição de texto: Luiza Del Monaco
Revisão: Augusto Iriarte e Renata Lopes Del Nero
Capa: Renata Vidal
Projeto gráfico e diagramação: Mayara Menezes
Imagem da capa: enjoynz/iStock

LETRAS DAS MÚSICAS
"Always", Gavin James (composição de Gavin James e Ollie Green)
"Impossible", James Arthur (composição de Ina Wroldsen e Arnthor Birgisson)
"At Last", Etta James (composição de Harry Warren e Mack Gordon)
"I Say a Little Prayer", Aretha Franklin (composição de Burt Bacharach e Hal David, interpretada originalmente por Dionne Warwick)
"(You Make Me Feel Like) a Natural Woman", Aretha Franklin (composição de Gerry Goffin, Carole King e Jerry Wexler)

Dados Internacionais de Catalogação na Publicação (CIP)
Angélica Ilacqua CRB-8/7057

A865c Assis, Dani
As cores do coração / Dani Assis. — Rio de Janeiro : Harlequin, 2020.
304 p.

ISBN 978-65-509-9000-8

1. Ficção brasileira. I. Título.

CDD B869.3
19-2539 CDU 82-3(81)

HarperCollins Brasil é uma marca licenciada à Casa dos Livros Editora LTDA.

Rua da Quitanda, 86, sala 218 — Centro
Rio de Janeiro, RJ — CEP 20091-005
Tel.: (21) 3175-1030
www.harpercollins.com.br

Às mulheres incríveis que
dividem essa jornada comigo

Prólogo

Antonella

Acordo e, antes mesmo que eu abra os olhos, lembranças da noite anterior voltam a mim. E com elas a deliciosa sensação de estar junto de Enrico. Dizem que o amor é o sentimento que mais nos arranca suspiros e desde que o conheci sou obrigada a concordar.

Quando o vi pela primeira vez, na fila de uma barraquinha de lanches, não pensei que aquele homem seria meu felizes-para-sempre. Peguei meu lanche e me virei, mas Enrico não me deu espaço suficiente para passar e acabei trombando nele e tomando um banho de refrigerante e ketchup. Fiquei tão brava que soltei vários impropérios. Enrico não sabia onde enfiar a cara e pedia desculpas sem parar. Parece que foi ontem, porém foi há exatos três anos. A partir daquele dia, não nos separamos mais.

Viro-me e ao abrir os olhos surpreendo-me por ele não estar na cama. A chance de Enrico se levantar antes de mim numa manhã de domingo é a mesma de uma chuva de meteoros atingir a Terra. Ergo o tronco e o chamo. Ele não responde, o que me obriga a levantar.

Visto uma de suas camisetas que estavam jogadas ao lado da cama e saio à sua procura. Vejo-o assim que entro na cozinha americana. Abro um largo sorriso ao encontrá-lo só de *boxer* em frente ao fogão, fazendo ovos mexidos. Desvio o olhar para a bancada e noto uma bandeja com uma rosa vermelha, suco de laranja, pães e frios.

— Espero que tudo isso seja para mim — falo, amparada no batente da porta.

Enrico se assusta ao ouvir minha voz, embananando-se por completo e deixando a espátula cair no chão.

— Ah, que droga, Tonton! Era para você estar dormindo! — reclama, e passa a dividir sua atenção entre limpar o chão e terminar os ovos.

Começo a rir de sua falta de desenvoltura na cozinha e puxo uma banqueta para me sentar em frente à bandeja repleta de itens matinais.

— Por que já está acordada? — ele choraminga, aproximando-se de mim e beijando meus lábios com suavidade.

— Acordo todos os dias na mesma hora. Você é quem deveria ter levantado um pouco mais cedo se queria me levar café na cama — informo, sorrindo.

Enrico faz um biquinho com os lábios e me envolve em seus braços.

— Feliz três anos de namoro — diz.

Sorrio e ergo meu rosto para receber seus lábios mais uma vez.

— Feliz três anos de namoro — respondo.

— Já que você acabou com a surpresa, vamos sair para tomar café da manhã. — Ele solta meu corpo e volta para o fogão. — Vou limpar isso, vá se trocar.

— Por quê? Podemos comer aqui — digo, roubando uma fatia de queijo da bandeja e levando-a à boca.

— Não tem mais graça, você acabou de estragar.

— Ah, desculpe! — Sorrio ainda mais ao ver sua expressão de falsa decepção.

— Vá, vá logo, estou com fome! — pronuncia ele, batendo palmas para me apressar.

Saio da banqueta e corro para o quarto para tomar uma ducha e me vestir, o que faço com extrema agilidade. Faz tempo que um lado de seu armário abriga minhas coisas, facilitando a vida dividida entre a casa dele e a minha. Escolho um longo vestido vermelho estampado e rodado que Enrico adora, calço minhas sandálias rasteiras cor de prata e estou pronta para aproveitar o dia de sol anunciado durante toda a semana.

Sento-me na cama e procuro meus brincos em minha mesa de cabeceira, mas não os encontro. Então, debruço-me sobre a cama para procurá-los na mesa de cabeceira de Enrico. Abro a pequena gaveta e uma caixinha de veludo chama minha atenção.

— O que é isso? — murmuro, pegando-a enquanto me ajeito na cama. Abro a caixinha e vejo um anel em ouro branco, com uma imensa e reluzente pedra.

Oh, meu Deus! Ele vai me pedir em casamento? A frase retumba em minha mente, causando-me um choque dos pés à cabeça. Falamos tantas vezes sobre casamento, porém nunca passou de uma brincadeira. E agora, eu tenho esse anel nas mãos...

— Tonton, está pronta? — ouço-o falar da cozinha e rapidamente guardo a caixinha em sua gaveta.

— Sim! — Corro para o banheiro para terminar de arrumar o cabelo.

Fico alguns minutos encarando o espelho com um sorriso abobado no rosto, passo as mãos por meus cachos, moldando-os para ter mais volume, sem ter ideia de como devo agir agora que vi o anel.

— E aí, vamos? — Enrico entra no banheiro, surpreendendo-me.

— Só mais um minuto — demando, tirando da gaveta da pia minha tiara dourada.

Enrico sai do banheiro, veste-se e diz que vai esperar na sala. Entretanto, em vez de ir até a sala, observo-o de esguelha e o vejo pegar a caixinha de veludo na gaveta, colocando-a no bolso da calça.

Meu Deus, é hoje. É hoje!

A descida no elevador é silenciosa. Tento manter uma postura calma, controlada, embora por dentro grite como uma louca, ansiosa pelo momento em que ele me entregará o anel.

Chegamos à garagem do prédio e eu caminho em direção ao seu carro.

— Vamos de moto, o dia está tão bonito.

Aquiesço e sigo para a moto, visto o capacete e subo na garupa.

— Segure firme — ele diz, como se fosse necessário.

Aperto meus braços em torno de seu corpo. Essa é uma das partes de que mais gosto; o corpo de Enrico é forte e delineado por músculos sobressalentes, daqueles que levam qualquer garota ao paraíso.

Logo estamos na rua, e o sol forte se derrama sobre nós. O dia está realmente lindo. Conforme Enrico pilota a moto, ergo a viseira do capacete e olho para o céu azul, admirando as nuvens que dançam.

Não percebo nada ao redor, não reparo se há outros carros ou trânsito; nada disso importa quando estou com ele.

Hoje é mais um dia feliz, mais um dia em que nosso amor é o combustível de nossas almas, mais um dia em que eu sorrio para o meu felizes-para-sempre, sem consciência do que está por vir.

Forço meus olhos a se abrirem; cada pálpebra parece pesar uma tonelada. Reúno toda a minha energia para mantê-los abertos, e a primeira pessoa que vejo é minha mãe. Pisco algumas vezes para focar seu rosto e noto seus olhos vermelhos e marejados.

— Querida, seja forte! — ela diz, segurando minhas mãos.

E essa simples frase me faz tomar consciência de onde estou. Começo a arfar descontroladamente, sentindo uma dor irrefreável no peito.

Minha mãe segura meu corpo para tentar me impedir de levantar da cama do hospital.

— Calma, respire fundo, respire! — instrui, como se fosse uma tarefa simples para mim.

Não consigo respirar direito, e meus olhos embaçam, nublando minha visão de minha mãe e de todo o resto. Fecho os olhos e os aperto ao máximo, sentindo o choro prestes a explodir.

— Eu quero vê-lo! — grito, desvencilhando-me dela que, devido à idade, não tem força suficiente para me deter.

— Antonella, você não pode sair! Sua perna está machucada, você não pode andar agora!

Arranco a agulha espetada em meu braço e a jogo com o tubo para trás, buscando forças para me levantar e andar em direção à porta. Uma avalanche de acontecimentos desconexos me invade: eu na garupa da moto olhando para o céu, uma freada brusca, gritos, uma pancada, a mata fofa sob meu corpo, o céu novamente.

— Não, não! — Abstraio a dor no corpo inteiro, saio do quarto e caminho erraticamente pelos corredores. Minha mãe grita meu nome, porém isso não me impede de continuar andando entre um corredor e outro, abrindo portas para encontrar Enrico.

Uma enfermeira para à minha frente e arregala os olhos.

— Você não pode ficar aqui! Volte para seu leito — ela diz.

— Onde ele está? Onde o Enrico está? — grito, segurando um de seus braços.

A enfermeira suspira e olha para minha mãe, que me alcança. A mulher ergue a outra mão e indica o final do corredor; sigo a direção de seu dedo e avisto um médico e os pais de Enrico. Solto-a e tento correr até eles, porém uma dor cruciante em uma de minhas pernas me impede. Esforço-me para ignorá-la e avanço o mais rápido que posso. Quando finalmente me aproximo, meu mundo para de girar.

— Infelizmente, ele não resistiu. Tentamos de tudo nessas horas, mas ele não aguentou a cirurgia, o traumatismo foi muito extenso. Sinto muito.

Não, não é de Enrico que ele está falando, não pode ser. Contudo, ao ver a mãe de Enrico se agarrar ao marido num choro convulsivo, não consigo mais controlar meu próprio choro, que explode num grito que ressoa por todo o hospital.

— NÃO! NÃO! NÃO! NÃO! — berro, amparando-me numa parede. — Isso não pode acontecer, você está mentindo, faça alguma coisa, isso não é real, isso não é real!

— Antonella, fique calma! — Minha mãe faz menção de segurar meu corpo, que está prestes a cair, mas eu desabo.

— NÃO! NÃO! NÃO! NÃO! — É só o que consigo repetir.

Isso não está acontecendo, não está. De joelhos, com a cabeça entre as mãos, balanço meu corpo para a frente e para trás, sem conseguir controlar o choro e a dor que me varre, mais destrutiva do que um terremoto.

— Sinto muito, não há mais nada que possamos fazer. Sei que é um momento de dor para a família, e respeitarei qualquer decisão de vocês, entretanto preciso perguntar: vocês autorizam a doação dos órgãos do Enrico?

O corredor do hospital é tomado por choros e lamentos. Eu os desconsidero, alimentando somente e ainda mais a dor em meu peito.

— NÃO! NÃO! NÃO! NÃO! NÃO ELE! NÃO O ENRICO! — grito, esperando acordar desse pesadelo e tudo voltar a ser exatamente como antes.

Sinto braços passarem por baixo de minhas axilas e me içarem do chão, sentando-me numa das cadeiras no corredor. Meus olhos embaçados não enxergam mais nada, meu nariz escorre e não me preocupo em limpar; só desejo que me deixem aqui, que me esqueçam e me deixem chorar.

Não é justo que ele seja tirado de mim. Não é justo, não é justo! Minha mente grita, e bato uma mão contra o peito para tentar aliviar o aperto que só aumenta, e então cedo por completo ao pranto, ao desespero, à agonia, ao coração arruinado que agora tenho dentro de mim.

Vittorio

A luz ligada vinte e quatro horas por dia me faz perder a noção do tempo; não há janela neste quarto, e os bipes constantes e a falação de médicos e enfermeiros contribuem para que meus dias se confundam com as noites e minhas noites com os dias. É fácil me perder nos dias da semana, não sei nem quando é sábado ou domingo. É assim toda vez que passo muito tempo no hospital. Esta estadia, a mais longa de todas, pode ser também a última.

Deitado de barriga para cima, vejo o teto branco como uma grande tela, pronta para receber minhas tintas. Há meses preso nesta cama, minha única distração é imaginar as pinturas que farei quando voltar ao meu ateliê; neste último mês — no qual minha saúde piorou consideravelmente —, só consigo pensar em corações, aos montes, de todos os tamanhos e formas. Penso em alguns num formato anatomicamente perfeito, penso em outros como a representação do amor, em tons de preto, de vermelho, de rosa, ou com cores misturadas e aquareladas a escorrerem pela tela. As cores e formas dos meus corações dependem do meu humor, do estado em que acordo a cada dia nesta cama de UTI.

Hoje, imaginei um coração preto, com a tinta mesclando-se à água e pingando da tela: um coração podre, sem força, morrendo — o meu coração.

— Vittorio, vou aplicar a medicação — diz Rafaella, a enfermeira que cuida de mim dia sim, dia não. Ela injeta algo no meu soro, e não me dou ao trabalho de perguntar o que é, porque quero poupar meu fôlego.

Tenho entrado e saído de hospitais a vida inteira. Ainda criança, fui diagnosticado com uma cardiopatia congênita que causou o estreitamento dos ventrículos cardíacos e que me deu um coração fraco, incapaz de bombear com vigor o sangue para meu corpo. Foram necessárias muitas intervenções para me manter vivo até aqui; hoje, no entanto, nenhuma cirurgia ou medicamento é capaz de obrigá-lo a fazer seu trabalho, pois a musculatura cardíaca enfraqueceu, comprometendo progressivamente a sua capacidade funcional, o que faz de mim um cardiopata terminal aos vinte e oito anos de idade.

Não consigo mais fazer coisas simples como tomar banho, amarrar o tênis ou me vestir sozinho; meu coração está parando e a única coisa que pode me manter vivo é outro coração.

Um novo coração.

Parece tão simples, porém não para alguém que morre um pouco a cada dia. Um novo coração não se encontra à disposição numa gôndola de supermercado; estou na fila de transplante há quase um ano e não sei mais quanto tempo posso aguentar. Sei que meu tempo neste mundo está acabando.

Meus olhos pesam. Espero poder dormir por algum tempo, ignorar os gemidos dos outros pacientes — que no começo tinham nome, eram indivíduos, e hoje chegam e vão embora sem que eu consiga me ligar a eles —, a correria ruidosa dos médicos, a luz constante em meu rosto.

Deixo que minhas tintas e telas adornem meus pensamentos, deixo que minha mente se concentre naquilo que mais amo, e, ao pensar em meu ateliê e em minhas pinturas, meu estado de espírito, em constante oscilação, agarra-se a um fio de esperança de que me manterei vivo até que um novo coração surja.

— Vittorio. — Sinto uma mão tocar meu ombro. Abro os olhos ainda pesados e vejo o doutor Luca com um sorriso no rosto.

— Vamos prepará-lo para a cirurgia! Você vai ganhar um coração hoje.

Se o coração que tenho no peito não estivesse numa condição tão ruim, eu diria que começou a bater frenético de emoção, porém isso não é verdade, porque ele mal bate. Contudo, meu cérebro continua funcionando e, esse sim, irradia alegria, pula e grita, exultado com a possibilidade do fim desse sofrimento, com a possibilidade de que eu, enfim, tenha uma vida de verdade, uma nova vida.

1

Antonella

Cerca de um ano depois...

Esparramada de bruços na cama, observo através da janela o dia úmido e cinzento. É metade da primavera, porém o tempo ainda se comporta como se fosse inverno, interpondo dias cálidos e agradáveis e dias frios e molhados.

Eu deveria estar de pé e seguindo para o trabalho, mas continuo imóvel na cama, olhando para a chuva fina que molha a vidraça, acompanhando os caminhos sinuosos formados pela água. Admiro o trajeto de cada gota e noto que elas nunca traçam o mesmo curso; cada uma segue para um lado, sempre contrariando meus palpites.

É torturante saber que preciso me levantar e trabalhar; tem sido assim durante o último ano. Enrico e eu trabalhávamos na mesma corretora de seguros, dividíamos nossos dias, almoços, cafés; estávamos sempre juntos. É angustiante chegar àquele lugar a cada manhã e não encontrá-lo. No entanto, nada é tão ruim como os inúmeros telefonemas de clientes procurando pelo corretor Enrico; quando uma dessas chamadas cai no meu ramal, sinto meu coração se partir em mais um pedaço por ter de contar o que aconteceu, explicar sua ausência, reviver a tragédia. Minha vontade é sair correndo dali.

Decido que agora é, de fato, o último pingo que acompanho; assim que ele cruzar toda a vidraça, vou me levantar. Entretanto, esse pinguinho dança pela janela e demora mais do que o normal para completar seu caminho; penso que ele se compadeceu de mim e deseja que eu fique mais tempo na cama.

Suspiro, afasto o edredom do meu corpo e me coloco de pé para tomar banho e me aprumar para o trabalho. Visto-me de acordo com o tempo: um conjunto social azul-marinho e saltos pretos. No banheiro, aplico uma máscara nos cílios e batom carmim nos lábios e, para manter o volume nos cabelos, jogo um spray estimulante e aperto os cachos das pontas em direção à raiz, até que todos estejam com o volume e a definição que gosto. Pego minha inseparável tiara de aro duplo dourada. Com a bolsa debaixo do braço e sem nenhum ânimo ou disposição, estou pronta para mais um dia.

Meu apartamento fica no centro da cidade, o que facilita o deslocamento para qualquer lugar; por outro lado, o silêncio é algo que não presencio há um bom tempo. Vita é uma cidade superpopulosa que faz parte da mesorregião de São Paulo — tão próxima da capital, de fato, que a loucura desta se mistura à daqui, embora haja bairros, os mais afastados, que mantenham um ar pacato, nos quais vizinhos conversam tranquilamente em frente às suas casas.

Não o centro. Sou cumprimentada por uma sinfonia caótica de carros, buzinas e pessoas agitadas e atrasadas. Abro o guarda-chuva e, sem perder tempo, entro no mesmo ritmo apressado dos outros transeuntes, seguindo o fluxo para o trabalho. Chego com uma hora de atraso à corretora e, sem me justificar, vou direto buscar uma xícara de café. Ao voltar para minha mesa, passo por meus colegas, dando-lhes bom-dia; eles apenas acenam com a mão, já que estão com o *headset* preso à cabeça tentando convencer os clientes a comprarem um de nossos produtos.

Sento-me e abro minha agenda para verificar os compradores que me devem uma resposta e, assim como meus colegas, coloco o *headset* e começo a sequência de chamadas. Como em todos os dias, as horas se arrastam; ao menos, consigo fechar uma quantidade razoável de seguros, o que me renderá uma boa comissão. Quando o relógio aponta cinco da tarde, começo a me animar porque faltam apenas trinta minutos de trabalho e, principalmente, porque hoje é dia de voluntariado.

Frequento o Centro de Apoio Salute de duas a três vezes por semana; chego lá por volta das seis da tarde e fico até a última reunião, que termina por volta das dez da noite. Também ajudo na administração do lugar. Conhecer o centro e as pessoas que participam dele foi uma das melhores coisas que me aconteceram. Se não fosse por elas, não sei se ainda estaria de pé após a morte de Enrico.

Assim que ele foi diagnosticado com morte encefálica, os médicos pediram autorização para a doação de órgãos; a família de Enrico, ciente de sua vontade de ser doador, consentiu. Eu também sabia, mas não posso mentir e dizer que concordei, pois naquele momento eu só queria que Enrico voltasse para mim, inteiro.

A ideia de que seus órgãos estariam espalhados por aí me deixou muito perturbada. No começo eu não conseguia comer ou dormir, pois a única coisa em que pensava era encontrar os receptores dos órgãos de Enrico. Comecei a ir ao hospital para conversar com médicos e com a assistente social a fim de tentar obter quaisquer informações sobre a doação, mas todos me disseram que o melhor era não encontrar essas pessoas, que há um consenso entre os médicos de que tais encontros trazem mais dor.

Então, recomendaram-me que conhecesse o Centro de Apoio Salute porque, ali, eu encontraria outras pessoas com sofrimentos semelhantes. Ao dividir minhas lágrimas, talvez abrandasse a dor. Chiara, psicóloga e coordenadora do Salute, acabou por se tornar uma grande amiga; seu apoio e sua compreensão me ajudaram a me manter em pé durante as piores fases do luto.

As horas que passo no centro são as melhores da minha semana. Entretanto, nem mesmo a convivência no Salute fez desaparecer a ideia de encontrar os receptores dos órgãos de Enrico. Continuo determinada a descobrir o nome e conhecer cada pessoa que carrega dentro de si uma parte dele.

Finalmente, são cinco e meia, e, sem esperar nem mais um minuto, desligo o computador, pego minha bolsa e saio da corretora.

A chuva cessou. Daqui para o Salute, é uma distância razoável: preciso caminhar até o metrô mais próximo e descer na estação central, um trajeto de cerca de meia hora. A lotação do metrô às seis da tarde é algo que enfrento com prazer quando o objetivo é encontrar pessoas de que tanto gosto.

Ao chegar, paro diante dos portões de ferro e observo a casa; não me canso de admirá-la. O Salute ocupa um casarão antigo, tombado pelo patrimônio histórico da cidade. Assim é Vita: uma mistura de arranha-céus novos e algumas casas com mais de um século de idade.

A idade da casa, porém, não significa que esteja em más condições. Muito pelo contrário; quando o Salute mudou para esse espaço, os patrocinadores da causa fizeram uma revitalização para deixá-lo em plenas condições de uso, buscando manter suas características. O casarão é rodeado por um denso jardim com arbustos baixos de poda ornamental, que conferem ainda mais singularidade ao local em relação aos grandes prédios espelhados. Não há uma vez que eu venha aqui e não me impressione com a beleza e tranquilidade que ele transmite.

Ultrapasso os portões e caminho por entre o jardim até chegar à escadaria de mármore que dá acesso à varanda, a qual circunda a parte térrea da casa, adornada por balaústres pintados de amarelo.

Assim que abro as portas de madeira entalhada que dão acesso ao piso de ladrilhos coloridos da recepção, encontro Dona Sofia, com seus charmosos óculos de aros verdes e a tiara na cabeça de fios prateados. Aproximo-me dela, que tem ares de desespero e, assim que me vê, corre para me puxar pelo braço.

— Antonella, você chegou! Ainda bem! Ajude-me com essa máquina, eu já fiz de tudo e não consigo imprimir as fichas da reunião de daqui a pouco.

Dou a volta na mesa para ajudá-la a descobrir o problema e constato que a impressora está desligada. Suprimo o riso e aperto o botão de ligar, depois vou até seu computador e clico para imprimir.

— O que você fez? Como conseguiu? — diz ela, aproximando os óculos dos olhos e, curiosa, inclinando a cabeça para acompanhar o que faço.

— Era só apertar o botão de trás, Dona Sofia. A impressora estava desligada — informo.

— Estava? Não é possível! — Ela se debruça sobre a máquina.

— A Chiara está com algum paciente? — pergunto, entregando-lhe as folhas que a impressora acabou de soltar.

— Não, o último paciente já foi, agora ela só tem a reunião das sete. — Ela recebe os papéis com um sorriso que enruga a expressão marcada pela idade.

— Obrigada. — Sigo pelo extenso corredor de paredes enfeitadas por quadros antigos.

A sala de Chiara fica ao final dele. Passo por várias outras no caminho: são salas de conversa, salas de leitura, além das consultorias e da administração.

No início, o Salute oferecia apoio apenas a transplantados, mas atualmente sua atuação se ramificou; além de ajudar pessoas que receberam um órgão, o centro auxilia pacientes que aguardam na interminável e angustiante fila de transplante, e também suas famílias, já que muitos desses pacientes não conseguem o órgão e acabam morrendo.

— Chiara? — Abro a porta do consultório devagar e coloco apenas a cabeça no vão.

— Entre! — ouço-a falar.

Entro e olho em volta, à procura dela.

— Cadê você? — pergunto, e vejo-a surgir atrás de sua mesa.

Ela ajeita o jaleco branco com seu nome bordado em azul no bolso direito.

— Derrubei a caixa de clipes. Meu Deus, eram uns quinhentos clipes! — Chiara passa as mãos pelos cabelos louros e finos, refazendo o coque e colocando em ordem os fios. — Ainda bem que a chuva de hoje não te atrapalhou. Quero falar contigo sobre um assunto importante. — Ela se senta em sua cadeira.

— Eu não faltaria nem se tivesse de vir nadando — respondo e sento-me também, colocando os braços sobre a mesa.

— Como vai o trabalho na corretora? — Ela afasta a postura de amiga e assume a de coordenadora do Salute.

— Por quê?

Chiara sabe como me sinto em relação ao trabalho; já expus, nas rodas de conversa e nas sessões individuais, a angústia que me causa a obrigação de ir todos os dias para aquele lugar.

— Você chegou aqui num momento difícil, começou a participar das reuniões, se abriu, chorou, sofreu. Eu acompanhei sua passagem pela raiva, pela tristeza, até chegar, com sua força de vontade e de vida, à aceitação. E, mesmo agora que está melhor, você vem ao centro todas as semanas, sem nenhuma obrigação. Sua presença contínua e sua vontade de fazer a diferença acabaram por fazer de você um elemento da equipe mais do que uma pessoa em busca de ajuda. Sua formação e sua experiência em administração se tornaram valiosas para nós, e, conversando, a coordenação decidiu propor que você trabalhe conosco em tempo integral, fazendo oficialmente parte da equipe. — Depois de falar, ela abre um sorriso amistoso e coloca uma mão sobre a outra.

— Está falando sério? — pergunto, em dúvida se ouvi corretamente suas palavras.

— Claro! Eu não proporia algo assim se não fosse certo, Antonella.

Escondo o rosto entre as mãos e suprimo a vontade de chorar que me acomete. Outra pessoa poderia achar que trabalhar num centro de apoio como o Salute seria pesado demais para alguém que passou por uma perda como a minha; no entanto, para mim, é o oposto. Sinto que esse lugar traz vida e entendimento às pessoas, é um lugar sereno, com pessoas especiais e acolhedoras. Estar aqui me faz mais forte a cada dia.

— Vai chorar? Achei que gostaria do convite — ela fala num tom jocoso, sabendo que meu choro é de pura alegria.

Tiro as mãos do rosto e a encaro, abrindo um largo sorriso.

— Obrigada! — digo, sem ter mais o que falar para expressar meu agradecimento.

Chiara sorri, estica uma das mãos e afaga a minha.

— Seja bem-vinda! E seja feliz ajudando outras pessoas, assim como nós a ajudamos.

Vittorio

De costas para mim, ela dança, feliz e despreocupada, deixando o mundo aos seus pés apenas com o poder do seu carisma. Os cachos acompanham os movimentos, bailando, volumosos e sem detença, ao ritmo de sua dona — a dona de pele escura, quente e convidativa que me chama com uma voz tão doce quanto mel. Seu corpo de curvas sinuosas é como um caminho tortuoso no qual desejo me perder.

Desejo seu toque, desejo que ela se aproxime, desejo que se vire para mim, desejo que seja minha. Mas ela não vem; apenas dança envolta em uma névoa cada vez mais carregada. Eu a chamo. Na verdade, grito por ela, mas ela não me ouve. Continuo clamando em vão enquanto a névoa traiçoeira a leva para longe de mim.

Acordo ofegante, com a imagem da mulher sem rosto ainda em minha mente; tento distinguir algum traço de sua face, mas não consigo. Nos últimos tempos, os mesmos sonhos enredam meu sono.

Nunca consigo ver o rosto dela.

Isso está se tornando cada vez mais estranho. Os sonhos começaram uns dois meses depois do transplante, a princípio irregularmente: uma vez por mês, depois duas, depois três; quando eram poucas as vezes, eles não me chamavam tanto a atenção. No entanto, de um mês para cá, se tornaram tão frequentes que é impossível não me afetar. É como se eu a conhecesse de verdade, como se ela estivesse por perto e fizesse parte da minha vida.

— Estou ficando louco — murmuro, saindo da cama.

Sigo para o banheiro, tiro a calça do pijama, largando-a no chão, abro o chuveiro na temperatura mais quente possível e sinto a água aquecer minha pele e relaxar meus músculos. Ergo a cabeça e deixo que ela escorra por meus cabelos. Por causa do coração fraco, quase morto, fiquei tanto tempo sem conseguir me levantar da cama para tomar banho que carregava no peito que o simples ato de fazer isso tem sabor de triunfo.

Depois de me banhar, escolho uma camiseta preta e um jeans desbotado e calço minhas botas manchadas de tinta.

Minha casa e meu ateliê coexistem de maneira harmoniosa. O bairro onde moro é afastado e tranquilo. Aqui, consigo unir minha casa e minha arte. Quando comprei esse galpão abandonado alguns anos atrás, transformei-o de acordo com minhas necessidades: decidi derrubar todas as paredes internas para trazer amplitude ao local. Demudado num grande salão com paredes de tijolo aparente e pé-direito alto, ele me proporciona o espaço necessário para produzir grandes telas ou esculturas. No fundo do salão construí um mezanino aberto composto de uma pequena cozinha e quarto integrados, além de um banheiro; o espaço é suficiente para eu me alimentar e dormir, e isso me basta, já que passo o restante do dia imerso em minhas tintas e pincéis.

Preparo uma xícara de café e, com ela nas mãos, desço a escada do mezanino e observo as diversas telas penduradas nas paredes ou escoradas umas nas outras, no chão, além das esculturas espalhadas, e ando até o local onde estão as telas incompletas, muitas delas já pagas e atrasadas. Desde que os sonhos se tornaram mais vigorosos, só consigo pensar na mulher sem rosto que me segue pelas noites.

Ergo um dos quadros inacabados. Deslizo os dedos sobre os tons de azeviche na tela de aproximadamente um metro e meio de altura e examino o tronco nu, a mulher sem face, os fios de cabelo ondeados jogados para o alto, como se ela tivesse acabado de sair da água.

Volto a me perturbar com a frequência dos sonhos. Por que sempre a mesma mulher? Por que não consigo ver seu rosto?

Ouço o barulho de um carro na frente do ateliê e desvio minha atenção da tela, que escondo atrás das outras, e sigo para a porta.

— E aí, cara? — diz Luigi, aproximando-se.

— O que veio fazer tão cedo? — pergunto.

Ele tem um pacote nas mãos.

— Cedo? Sério? Eu disse que te apresentaria para o pessoal da galeria do centro. Daqui a pouco eles estarão aqui.

— Esqueci totalmente — respondo, voltando para dentro do ateliê.

— Avisei no fim de semana, Vittorio. Sua cabeça está péssima, hein? — resmunga Luigi, batendo de leve em minhas costas.

— Quer café? — Sigo de volta e subo até o mezanino, com Luigi atrás de mim.

— Quero. Se der certo com essa galeria, eles vão pedir um trabalho totalmente novo, algo diferente de tudo o que você já fez. O que acha? — Luigi puxa uma cadeira para se sentar em frente à minúscula mesa redonda que mobília minha cozinha. Ele pega a xícara de café que lhe ofereço.

— Se eles me aceitarem, penso em algo. Antes preciso terminar os quadros que me foram encomendados.

Luigi abre o pacote que carrega e tira dele quatro *muffins* de banana com nozes, separa dois para si e coloca os outros dois à minha frente. Pego um e dou uma mordida, cuspindo em seguida.

— Está horrível! — falo.

Surpreso, Luigi tira uma lasquinha de um dos seus bolinhos e leva o miúdo pedaço à boca de maneira apreensiva.

— Claro que não, está ótimo! — diz. E agora, seguro do sabor, abocanha uma grande porção do *muffin*.

Com um semblante impressionado, observo-o comer sem nenhuma restrição.

— Cara, você está com tanta fome assim? Esse bolo tem um gosto péssimo!

— Desde quando, Vittorio? Esse sempre foi seu *muffin* preferido, e é o mesmo que eu trouxe na semana passada. Coma logo e pare de reclamar!

— Desde agora. Tem algo estranho neles.

De fato, banana com nozes sempre foi o meu sabor preferido. Decido colocar mais um pedaço na boca. Mais uma vez o sabor me nauseia, fazendo-me cuspi-lo novamente.

Irritado, mastigando seu bolo como se fosse isopor, Luigi me observa e, com a boca cheia, lança mais uma observação:

— Às vezes, acho que te fizeram um transplante de cérebro, e não de coração. Você está cada vez mais esquisito.

— Rá, rá, rá. Que engraçado. — Levanto-me para buscar mais café.

Luigi continua a falar sobre a galeria de arte que está interessada em meus trabalhos, e eu o ouço sem empolgação. Ele é meu fã mais fervoroso; desde os tempos de faculdade, quando eu cursava artes e ele, arquitetura, seu apreço por meu trabalho é alto. Nos conhecemos por meio de uma garota que, na época, era sua namorada e minha colega de classe, e de lá para cá nos tornamos unha e carne, como diz minha mãe. Luigi se especializou em arquitetura de interiores, e foi quem desenvolveu o projeto do ateliê. Ele sempre apresenta meus trabalhos para seus clientes, que acabam por se tornar meus clientes também.

— Você está prestando atenção? Caramba! Estou aqui explicando como essa exposição é importante para alavancar seu nome no cenário nacional! Você pode deixar de ser um pintor de quadros sob encomenda para se tornar um nome reconhecido nas artes plásticas.

— Desculpe, estava distraído.

Luigi balança a cabeça e estala a língua em desaprovação.

— Cara, você está muito avoado, não presta atenção no que a gente diz, não está produzindo o suficiente, tem vários clientes me ligando dizendo que você não entrega os quadros. O que está havendo? Você passou por um milagre, conseguiu um novo coração, está vivo, saudável, recuperado! Achei que iria trabalhar com todo o gás.

Esfrego meu rosto com força diante de sua reprimenda e penso que ele tem razão.

— O que está havendo, Vittorio? Tem algo errado com seu coração? Você está tomando todos os remédios, não está?

— Não é isso. Meu coração está ótimo — falo, colocando uma mão no peito.

— Então o que é? — Ele joga as mãos para o alto.

Observo-o em silêncio, avaliando se conto ou não sobre os sonhos. Luigi cruza os braços e aproxima a cabeça à espera de que eu fale algo.

— E aí? Estou esperando.

— Vem comigo. — Desço a escada do mezanino. Seguido por Luigi, caminho por entre as bancadas, tintas e telas até as pinturas inacabadas. — É isso. — Ergo o quadro da mulher sem face.

— Uau! É lindo, cara! Nunca vi você pintar uma silhueta assim, está incrível! É um projeto novo? — Luigi tira a tela das minhas mãos e a coloca sobre um cavalete. Ele cruza os braços e admira cada traço.

— Não.

— Você pode usar essa ideia de pintar pessoas sem rosto na exposição. Seria um sucesso!

— Não vou expor essa tela. — Tiro-a do cavalete e volto a escondê-la atrás das outras.

— Por que não? — Ele se coloca ao meu lado. — Acho que deveríamos mostrar essa tela para o pessoal que vai chegar.

— Não! — respondo categoricamente.

— Ei, calma! — diz Luigi, batendo uma palma. — O que essa tela tem a ver com nosso assunto inicial? Ela é o motivo de você estar distraído e com o trabalho atrasado?

Concordo com a cabeça.

— Como?

— Eu meio que... tenho sonhado com essa mulher todas as noites, e não sei o motivo. Ela fica dançando ou caminhando ao meu redor, e nunca consigo ver seu rosto. O sonho é tão real... Parece que a conheço de algum lugar.

Luigi ergue as sobrancelhas, atento ao que digo.

— Alguma cliente? — pergunta. — Uma gata que viu na rua e te deixou fissurado? Ou será que é porque faz tempo que você não fica com uma mulher? Cara, você precisa arrumar uma mulher! Isso está subindo para sua cabeça. — Ele dá uma piscadela e ri.

— Esqueça... — respondo, revirando os olhos. — Deve ser coisa da minha cabeça mesmo.

— Com certeza é. Mas me fale uma coisa: você sonha com ela todos os dias? — Ele demonstra mais interesse ao colocar uma mão em meu ombro.

— Sim — digo com sinceridade, e olho-o nos olhos.

— E não se lembra de ter visto alguém parecido com ela?

— Não... — Por mais que me esforce, não consigo me lembrar de tê-la visto.

— Talvez você devesse procurar seu médico; pode ser efeito dos remédios. Sei que os remédios para controlar a rejeição em transplantados são fortes e têm efeitos colaterais. Pode ser algo assim. Marque uma consulta, só para garantir.

— Eu não sei... Meu organismo tolera muito bem os remédios, as doses são bem ajustadas. De qualquer forma, pode ser que você tenha razão, ou talvez eu esteja pensando demais nesses sonhos e seja por isso que eles se repitam tanto. Vou passar no consultório do doutor Luca para saber mais sobre os remédios.

— Faça isso. Agora, vamos separar o que você tem de melhor para apresentarmos aos curadores.

Faço o que ele diz e, assim, inicio para valer meu dia.

No meio da tarde, com o ateliê de volta à sua pacatez depois que Luigi e o pessoal da galeria se foram, termino de fazer a lista de materiais que preciso comprar para terminar algumas telas e saio de casa para ir ao centro de Vita. Vou aproveitar para passar no consultório de meu médico. O trânsito no centro é sempre louco e desordenado; tenho a sensação de que Vita fica mais apinhada a cada ano.

Com os vidros do carro fechados, observo a fila interminável de automóveis à frente. O semáforo abre e fecha várias vezes, e poucos de nós conseguem passar. Finalmente, sou o primeiro carro atrás da faixa de pedestre. Seguro o volante com as duas mãos e mantenho os olhos na luz vermelha, esperando o momento em que ela se tornará verde.

De repente, meu olhar é atraído para uma mulher de calça e terninho azuis que cruza a rua a passos calmos e equilibrados num sapato de salto alto. Aperto o volante com mais força.

É ela?

Devo estar alucinando, mas essa mulher se parece muito com a do meu sonho; a pele cor de ébano e o volumoso cabelo negro que emoldura seu rosto são idênticos aos que vejo todas as noites.

Ela termina de atravessar a rua e segue seu caminho pela calçada, enquanto eu a encaro sem piscar. Só quando ouço as buzinas atrás de mim é que me dou conta de que o semáforo ficou verde e que preciso me mover.

Acelero em direção ao consultório, com a imagem da mulher gravada em minha mente, e tenho a certeza de que estou ficando louco.

— Como você está, Vittorio? — pergunta Giullia, a secretária do doutor Luca. — É algo urgente?

— Estou bem. Não é urgente, só quero tirar umas dúvidas com o doutor.

— Ok. Pode aguardar, ele já te chama.

Sento-me numa das poltronas para esperar uma brecha na agenda do doutor Luca, já que vim sem marcar consulta — todos seus pacientes transplantados são prioritários e podem aparecer sem avisar.

O consultório, todo branco com móveis azuis, tem o mesmo cheiro dos hospitais, um odor difícil de aguentar, porque me lembra de todas as vezes que fiquei preso a uma cama, das internações, das cirurgias, da rotina que ainda hoje sou obrigado a enfrentar.

Enquanto espero, distraio-me com vídeos no celular ou com alguma das revistas do consultório. Depois de mais ou menos quarenta minutos, sou chamado.

Vejo o doutor Luca vindo em minha direção com uma mão estendida. Seus óculos estão pendurados na ponta do nariz, e os cabelos brancos e cheios, penteados para trás com gel.

— Me assustei quando a Giullia disse que você estava aqui. Sua consulta é só no mês que vem; o que aconteceu?

O interior de sua sala, com a mesa de mogno, as poltronas estofadas em marrom e as fotos de sua família no aparador a um canto, é mais acolhedor do que o restante do consultório.

— Estou bem. Só tenho algumas dúvidas sobre os remédios.

— O que quer saber? — Ele dá a volta em sua mesa e abre um envelope grande, do qual tira várias folhas com todas as minhas informações. Ao que parece, ele não faz da tecnologia sua aliada.

Sento-me com o corpo inclinado à frente em uma das poltronas e esfrego uma mão na outra, pensando num modo de fazer a pergunta sem parecer muito esquisito.

— Bem, eu tomo todos os remédios, e eles funcionam bem para mim, mas eu queria saber sobre os efeitos colaterais que eles causam...

Ele me ouve e acede com a cabeça.

— O que está sentindo? Está tendo formigamento, irritação gástrica, edema...

— Não, não, não é nada físico.

— Não é físico? Alterações de humor?

— Hum! Talvez sim, acho que isso se encaixa melhor — concordo, olhando para o alto.

— Pode descrever? Alguns dos remédios que você usa podem mesmo causar efeitos desse tipo. Você se adaptou bem às doses, então preciso entender melhor o que está sentindo.

Passo uma mão no rosto enquanto tento pensar nas palavras certas.

— Pouco tempo depois do transplante, comecei a ter alguns sonhos e algumas vontades diferentes.

Ele inclina a cabeça para um lado e estreita os olhos enrugados por trás dos óculos, ouvindo-me com atenção.

— Sonhos?

— Sim, eu sonho quase todos os dias com uma mulher que não conheço, nunca vi. E é tão real! — digo, baixando a cabeça para observar minhas mãos.

— Continue.

— E meu paladar está diferente. Por exemplo, eu sempre amei bolo de banana com nozes; desde criança, é o meu preferido. Mas hoje fui comer um no café da manhã e detestei o sabor, tive de cuspir. Fora outras coisas, como sonhos em que estou pilotando motos; não gosto de motos, nunca gostei. Talvez os remédios estejam mexendo com a minha cabeça. — Volto a encará-lo e coloco as mãos sobre a mesa, esperando que ele tenha uma resposta positiva para o que acabo de contar.

— Não — diz o doutor Luca. — As coisas que você está me contando não têm nenhuma relação com os medicamentos, Vittorio.

— Então o que é? Estou ficando louco, é isso?

— Vittorio, você passou por um transplante complicado, quase morreu. Todo o estresse que você viveu, toda a angústia por não saber se estaria vivo no dia seguinte, deixou seu emocional abalado. Talvez seja interessante você procurar alguém para conversar, um psicólogo.

— Psicólogo? — pergunto, desconfiado.

— Sim, cada profissional de saúde tem suas habilidades. Eu posso te ajudar mantendo seu novo coração em ordem. Já um psicólogo manterá seu emocional em ordem. Você ainda é muito jovem; de fato, é o mais jovem entre meus pacientes transplantados. Vittorio — ele ajusta os óculos no rosto —, você tem muita vida pela frente, não seja resistente.

Torço um lado da boca; não me anima a ideia de me expor a alguém que analisará cada palavra, cada gesto meu.

— Vou indicar um lugar. Há um centro de apoio que se chama Salute. Eles desenvolvem vários trabalhos com transplantados, com pacientes na fila de espera e também com seus familiares. É uma tarefa importante a deles, e o centro é apoiado por várias clínicas e hospitais — fala enquanto procura algo em suas gavetas. — Pegue! — Ele me entrega um cartão de visita — Vá até lá, conheça o lugar. Tenho certeza que você vai gostar. Depois volte aqui para me contar como foi.

Pego o cartão da mão do doutor Luca e leio o nome Salute estampado na pequena tira de papel.

Agradeço, despeço-me e saio de seu consultório.

Quando entro em meu carro, olho novamente para o cartão e noto que o endereço não é muito longe de onde estou. Bato o cartão contra o volante e depois o abandono no console, deixando para decidir depois se um dia vou até lá.

Antonella

Levantar pela manhã deixou de ser uma tarefa árdua e passou a ser prazerosa. Quando meu despertador toca, salto da cama e me arrumo com vontade de chegar o quanto antes ao centro. Faz um mês que estou trabalhando lá; além de cuidar da administração, dou suporte a Chiara durante as reuniões, e também aos pacientes. Sinto-me viva em poder ajudar pessoas que estão passando por momentos tão difíceis quanto os que passei.

Nunca esquecerei do estado em que cheguei ao Salute. Meu coração parecia que ia explodir, tamanhos a angústia e o desespero que me atormentavam a cada minuto do dia; eu chorava o tempo todo, não conseguia controlar aquela aflição. Nas primeiras reuniões, não conseguia falar, não conseguia expressar o que estava me matando. Era sufocante. As palavras não saíam, não passavam de lamentos e soluços.

Eu sentia como se estivesse morrendo e, por várias vezes, desejei mesmo não estar viva; por várias vezes, desejei que o acidente tivesse levado a nós dois porque, assim, eu não precisaria passar por tanto sofrimento sozinha.

Esses pensamentos foram se abrandando a cada reunião, a cada conversa, a cada vez que Chiara vinha até mim e me ajudava a entender que a dor de perder alguém pode diminuir, a cada relato que eu ouvia durante as rodas de conversa, a cada vez que eu me conscientizava de que aquelas pessoas também haviam perdido um ente e mesmo assim estavam tentando se recuperar e seguir em frente.

Ainda é assim, aos poucos, que aprendo a levar minha vida adiante.

— Antonella, preciso dar uma saída, você pode ficar na recepção, por favor? — pede Dona Sofia, cuja cabeça desponta no umbral da sala da administração.

— Claro que sim! Vou terminar de guardar esses documentos e vou, me dá só mais cinco minutos.

— Ok! — Ela volta para seu posto.

Termino o que estou fazendo e corro para ficar em seu lugar. A equipe do Salute é grande, mas é circulante; poucos são os que ficam aqui o dia todo: Sofia, Chiara, Enzo e eu somos os que temos maior contato com as pessoas que chegam em busca de auxílio.

Acomodo-me na cadeira de Dona Sofia e observo sua mesa tomada por folhetos explicativos; eles nos ajudam a direcionar cada pessoa ao tipo certo de ajuda. Alguns informam os horários das reuniões — as rodas de conversa nas quais podemos expressar nossos anseios e nossas dores mais profundas —, outros informam sobre os hospitais da região, outros contêm indicação de médicos, outros ainda são específicos para os transplantados, com orientações para cuidar do novo órgão.

Hoje, trabalhando aqui e sabendo como este lugar é importante, envergonho-me da atitude que tive quando os pais de Enrico autorizaram a retirada de seus órgãos. Naquele momento, eu não tinha o conhecimento que tenho agora, e a ideia de enterrá-lo sem algumas partes era inconcebível.

Contudo, após muitas conversas com Chiara e de ser apresentada a tantos transplantados, entendo que doar órgãos é muito mais do que isso: é doar vida. Muitos são aqueles que se recusam a autorizar quando o médico toca no assunto, seja pela dor do momento — ter que decidir isso pouco depois de receber uma notícia tão dolorosa gera muitas negativas por parte das famílias —, seja por questões religiosas ou ideológicas. No entanto, no fundo, a questão é: *onde falta conhecimento, sobram dúvidas*.

Fecho os olhos e sorrio ao imaginar as vidas que Enrico salvou. Penso nas pessoas espalhadas pela cidade ou pelo país que carregam dentro de si um pedaço dele, penso em como se sentem com uma segunda chance para viver. Imagino se são gratas pelo gesto de uma família que colocou em suspensão a dor de perder um ser amado para salvar um desconhecido.

Não falo mais desse assunto com Chiara; não comento com ela que a ideia de encontrar os receptores de Enrico continua forte em mim, porque sei que ela é contra. Entretanto, agora que trabalho no centro, não consigo deixar de pensar que seria mais fácil obter essa informação, que seria mais fácil encontrar um jeito de chegar a essas pessoas e ver com meus próprios olhos que, de alguma maneira, Enrico vive.

Abro os olhos, ainda com um sorriso no rosto, e vejo um homem escorado no batente da porta da recepção; ele está pálido e tem os olhos arregalados.

Levanto-me rapidamente da cadeira e corro até ele.

— Você está passando mal? Tontura? Venha se sentar. — Seguro uma de suas mãos e o conduzo até uma das cadeiras.

Ele se senta e não diz nada, apenas me olha com perturbação. Seus olhos varrem meu rosto mexendo-se rapidamente, de um lado para o outro, analisando cada detalhe.

— Você quer um copo d'água? — ofereço.

Ele continua calado. Os olhos grandes e azulados não se desviam, fazendo-me sentir acuada.

— Você está bem? — pergunto, afastando-me um pouco.

Ao notar que me afasto, ele começa a dizer:

— Sim, estou... Eu... — Ele não termina a frase. Leva uma mão ao rosto e o esfrega, depois baixa a cabeça e fecha os olhos.

Dou tempo para que ele se recomponha. Como ele não diz nada, volto a falar:

— Teve uma queda de pressão?

Ele abre os olhos e ergue o rosto. Sua pele já está mais corada, com uma mancha rosada em cada bochecha.

— Sim, acho que sim. Desculpe... Devo ter assustado você — fala, passando uma das mãos pelo cabelo castanho, e os fios lisos cedem à pressão de seus dedos.

— Não se preocupe com isso.

Agora, seu olhar é mais ameno, sem a intensidade de minutos atrás. O homem se levanta da cadeira e dá um passo em minha direção; ele tem os lábios entreabertos, como se quisesse me dizer algo.

Enterneço-me, pois sei, por experiência própria, como dar o primeiro passo pode ser difícil para algumas pessoas; por isso, decido encorajá-lo.

— Vamos ajudá-lo no que precisar. Não se preocupe, ok? — Toco seu braço para acalmá-lo.

Seus olhos desviam do meu rosto para minha mão e adquirem a mesma intensidade de antes. Dou a volta na mesa para me sentar no posto da recepção.

— Agora que o senhor está melhor, em que posso ajudar? — indago.

Ele se aproxima da mesa, estreita os olhos e diz:

— Nós nos conhecemos?

A pergunta soa tão pessoal que desta vez sou eu quem o encara e, ao fazê-lo, estando sentada e ele em pé, percebo o quão alto é e o quanto seus ombros são largos.

— O quê? — pergunto.

— Você já me viu em algum lugar? Já nos encontramos alguma vez?

— Não que eu me lembre — respondo.

Ele baixa a cabeça como se estivesse desapontado.

Que conversa estranha! Vou chamar Enzo se o homem continuar com essa conversa.

— É que tive a sensação de que conheço você de algum lugar, mas é provável que tenha me enganado. Perdoe-me por constrangê-la — diz ele, recuando um passo enquanto guarda as mãos nos bolsos do jeans.

— Tudo bem.

Seria um tanto difícil não me lembrar dele se já o tivesse visto; esse homem tem uma presença marcante.

— Bem, você veio até aqui por um motivo, não é? — investigo.

Ele tira as mãos do bolso e esfrega uma na outra, com os olhos novamente fixos em mim.

— Meu médico me sugeriu que viesse, mas, agora que estou aqui, não tenho certeza se é o melhor lugar para buscar ajuda.

— Você pode me dizer o que te aflige, e eu posso ver se podemos ou não ajudá-lo — profiro, apoiando os cotovelos na mesa.

— Isso é loucura, só posso estar louco... — murmura. Ele apoia as mãos na cintura, joga a cabeça para o alto e a meneia.

Ele está ficando agitado novamente? Acho melhor chamar Enzo. Retiro o telefone do gancho, disco o número de seu ramal e levo o aparelho à orelha.

— Eu fiz um transplante de coração — começa a dizer o homem alto e de olhos claros, tamborilando sobre o próprio peito. Ele parece nervoso, mas não de um jeito excêntrico; está mais para ansiedade. Talvez esteja com medo de que o órgão sofra uma rejeição.

Recebemos muitas pessoas aqui no Salute que desenvolvem traumas emocionais severos por continuarem achando que, mesmo com o novo órgão, suas vidas correm o mesmo risco de antes. Além disso, muitas apresentam quadro depressivo grave decorrente do estresse causado por todo o processo desde antes do transplante.

Ouço Enzo repetir "alô" do outro lado da linha e pondero se o chamo ou não, até desligar o telefone para ouvir o que o homem tem a dizer.

— Sim — digo, esperando que ele continue.

— É isso — finaliza.

Indico com a mão para ele se sentar.

— Vamos começar de novo, tudo bem? — falo de maneira suave. Apanho sobre a mesa o folheto que fala das rodas de conversa. — Esse prospecto contém todos os dias e horários das reuniões de apoio. Nessas reuniões, transplantados como você podem conversar, expor seus receios. Não é uma doutrinação, longe disso; são pessoas comuns que dividem as alegrias e dificuldades do pós-transplante. As sessões são mediadas pela Chiara, a psicóloga-chefe do Salute.

Ele pega o folheto nas mãos e começa a lê-lo, enquanto eu continuo:

— Não precisa ficar ansioso ou com vergonha de expor suas dúvidas, pois todos aqui são acolhedores e sabem que a dúvida de um é a dúvida de muitos. E, se a Chiara não for capaz de responder alguma, ela mesma poderá indicar profissionais que sejam. O centro conta com a consultoria de vários médicos e clínicas para que o transplantado e sua família tenham todo o aporte necessário para voltar a viver plenamente. — Encerro minha dissertação e espero sua resposta.

Contudo, o homem fica mudo; ele suspira algumas vezes com o folheto nas mãos, batendo-o contra os dedos.

— Posso vir na próxima? — fala por fim.

Sorrio, feliz por convencer a primeira pessoa desde que me tornei parte do quadro efetivo do Salute.

— Sim, claro! Vou te entregar uma ficha para preencher, apenas para controle interno do centro, ok?

Reviro a mesa de Dona Sofia à procura dos formulários, que encontro na segunda gaveta. Encaixo a folha numa prancheta, pego uma caneta na mesa e indico as cadeiras de espera adiante para que ele preencha com privacidade.

— Aqui está — digo, sorrindo.

— Obrigado — responde ele.

Dona Sofia cruza as portas de entrada carregando uma sacola plástica de supermercado numa mão e, na outra, um picolé de uva. Assim que entra, ela desvia o olhar para o homem sentado, que não percebe sua chegada, tamanha a concentração no preenchimento da ficha.

Ela se senta na cadeira que o estranho transplantado ocupava alguns minutos antes e continua a chupar seu picolé, enquanto o encara com olhos de lince. Eu a cutuco com o cotovelo para que pare, mas ela ignora minha censura.

Pouco tempo depois, ele se aproxima da mesa e me entrega a ficha.

— Pronto.

Pego o papel e, curiosa, leio seu nome em voz alta:

— Vittorio Rossi.

— Sim.

— Esperaremos por você na próxima reunião. Será um prazer tê-lo conosco.

Vittorio

Segurando as pontas do seu longo vestido vermelho, ela gira com fluidez. As oscilações do tecido são tão suaves e ordenadas que me fazem pensar que o vento é seu cúmplice, que está de conluio com ela para me deixar maravilhado diante de sua presença fulgurante sob a luz do sol, no céu azul como o mar.

Não consigo falar, meus lábios estão selados. Se disser algo, posso quebrar a grandeza que me é permitida ao vê-la. Sentado na grama baixa e bem cuidada, apenas ouço sua risada e os pássaros que cantam nas árvores próximas, e desconfio que esse canto harmonizado que a embala também é de maravilhamento.

Hipnotizados, meus olhos seguem seus movimentos. O farto cabelo negro esconde seu rosto, mas eu sorrio mesmo assim, pois sei que embaixo deles existe a face da mais bela mulher que jamais vi.

A doce sensação de vê-la feliz sob o sol permanece dentro de mim. Tento fundir as imagens do sonho à da mulher que conheci no centro de apoio, dias atrás; elas têm uma enorme semelhança física, embora a mulher no Salute exiba certa tristeza no semblante.

Tento afastar as duas mulheres dos meus pensamentos e apanho o celular na mesa de cabeceira para checar as mensagens e ligações. Não vejo nada de relevante além da notificação de um novo vídeo de motocross de um canal em que me inscrevi recentemente. Assisto ao vídeo e me impressiono com as acrobacias; ver pessoas girando no ar com uma moto entre as pernas é fascinante! Quando me dou por mim, fecho o vídeo e penso no quanto isso é inusitado: meses atrás, eu detestava motos.

O celular soa com uma nova notificação, desta vez da reunião de hoje no Salute. Estreito os olhos ao refletir se é uma boa ideia ir até lá; como posso me sentar numa roda de conversa e contar sobre esses sonhos e sobre as outras coisas incomuns que estão me acontecendo desde que recebi o novo coração?

Além do mais, ver aquela mulher pode avigorar esses sonhos.

Por fim, levanto-me da cama para fazer minhas coisas. Em pouco tempo estou com um pincel na mão, pronto para terminar uma tela que devo entregar até o fim da semana.

O dia passa rápido quando estou pintando, porque cada pincelada, cada detalhe, vem de uma profunda conexão com o que sou; não é apenas tinta escorrendo contra um fundo branco. Nesse momento, posso me desconectar da realidade física para entrar num mundo em que nada mais importa, em que só existe o que sinto. É como se eu entrasse em um transe e fosse capaz de distinguir cada emoção, cada sentimento em mim.

Fecho os olhos e imagino os movimentos da minha mão, as reações, as direções que a mistura de água e tinta tomará; não importa qual seja o desenho que estou produzindo, ele expressará com exatidão o que sinto.

Tampouco importa se o quadro levará um mês ou uma hora para ficar pronto, desde que eu possa submergir em cada obra como se ela fosse a última a ser pintada por minhas mãos.

Talvez eu deva dizer que quem pinta é o meu coração; é sempre ele, antigo ou novo, que demanda as cores e os desenhos. Quando dou a última pincelada, sorrio satisfeito com o resultado: uma mistura de cores que exprime minha ansiedade, meu medo e minha esperança diante do desconhecido.

Com as mãos e os braços cobertos de tinta, olho para trás e noto as horas no grande relógio de ponteiro pendurado na parede dos fundos: tenho pouco tempo para decidir entre ir ou não à reunião.

— Droga! — murmuro ante a decisão tomada, largando os pincéis e correndo para tomar um banho e tirar a tinta do corpo.

Após o banho, escolho uma camiseta e uma calça jeans que não estejam sujas de tinta, calço minhas botas marrons e saio para o Salute.

Estaciono na rua aos fundos do grande casarão; no caminho até a entrada, analiso cada pedaço da construção. Deduzo que deva ser da década de trinta; o estilo arquitetônico mistura o neoclássico e o neocolonial — é uma autêntica casa nacional que, provavelmente, abrigou algum barão do café.

Empurro os portões de ferro e ando por entre os arbustos até chegar à porta principal. Antes de entrar, respiro profundamente e fecho os olhos, concentrando-me para não passar a mesma vergonha da primeira vez. A cena na recepção foi burlesca; a mulher que se parece com a dos meus sonhos estava a ponto de pedir ajuda, pensando que eu era um desatinado.

Entro e, assim que dou o primeiro passo na recepção, avisto uma senhora de mais ou menos sessenta e cinco anos sentada na cadeira atrás da mesa de atendimento e, por um instante, sinto-me decepcionado por não ser a mulher dos meus sonhos. Por outro lado, não a ver torna menos difícil minha experiência neste lugar.

— Olá — digo, aproximando-me.

A senhora abre um largo sorriso e ergue os óculos, que estavam pendurados no pescoço.

— Olá! — diz ela, esticando ao máximo a palavra, fitando-me como se eu fosse um espécime em extinção.

Ajeito a camiseta e me afasto um passo de sua mesa.

— Vou participar da reunião das sete horas — aviso.

— Vittorio, não é? — Ela ergue um dedo.

— Sim, Vittorio — repito num tom baixo.

Essa senhora me olha do mesmo jeito que as amigas de baile da minha mãe; só espero que não esteja a ponto de me tirar para dançar.

— Você chegou um pouquinho adiantado, pode esperar aqui ou lá na sala. — Ela aponta para a cadeira à sua frente.

— Posso esperar na sala. Onde fica? — pergunto, ansioso.

— Siga por esse corredor, é a quarta porta à direita. Entre, escolha uma cadeira e espere pela Chiara. — A senhora pisca um olho.

Concordo com um gesto de cabeça e dirijo-me ao lugar indicado; conto as portas e, quando chego à quarta, giro a maçaneta e reparo que está vazia. Fui o primeiro a chegar; melhor assim, não preciso cumprimentar ninguém. A disposição das cadeiras, em círculos, me deixa confuso, pois não há nenhuma mais reservada. Acabo escolhendo o lado do círculo voltado à janela, sento-me e aproveito para olhar ao redor: a sala é grande, com o pé-direito alto, aproximadamente quatro metros de altura; o teto em gesso é ornamentado com frisos dourados e pinturas florais, as janelas da sala, em madeira maciça, devem ter por volta de dois metros de altura. Arrasto o pé no chão e, então, minha atenção se volta ao piso, cujos ladrilhos decorados são uma atração à parte. É espantoso como o lugar é bem preservado.

Ajoelho-me no chão e, com a cabeça próxima ao ladrilho, avalio a composição geométrica dos desenhos — é mais forte do que eu: sou atraído por tudo o que é arte como formiga por açúcar, e estar neste lugar é como estar na década de trinta.

— Boa noite! — ouço alguém falar.

Levanto-me, porém apoio a mão em falso e caio, levando a cadeira comigo.

Merda! Recoloco a cadeira no lugar e me sento.

— Boa noite — respondo.

A loira que acaba de entrar sorri e pergunta:

— Tudo bem? Acho que o chão foi encerado essa semana, acaba ficando mais liso — diz, arrumando uma justificativa plausível para um homem de um metro e oitenta e seis cair da cadeira.

— Tudo bem — falo, desviando o olhar.

— Qual é o seu nome? — pergunta, e volto a olhar para ela, que tem os cabelos presos num coque e exibe um sorriso grande e caloroso. É baixa e magra e parece sumir dentro do jaleco branco.

Provavelmente é a psicóloga. Tem aquele jeito complacente de que os psicólogos se valem para se aproximar de você sem que perceba.

Identifico o olhar investigador, que não deixa transparecer o que ela está pensando ou analisando.

— Vittorio Rossi — respondo.

Ela começa a folhear as fichas em sua mão e, depois de alguns segundos, levanta uma.

— Aqui, encontrei a sua!

Em silêncio, lê minha ficha, e eu puxo pela memória se tem alguma informação nela que possa facilitar sua análise sobre mim. Acho que não, eram coisas simples como nome, endereço, tipo de cirurgia. Não vejo como ela possa me analisar com profundidade com base nisso, a não ser que seja mais vidente do que psicóloga.

— Vittorio, é sua primeira vez, não é?

Concordo com um gesto de cabeça.

— Eu sou a Chiara. Você não precisa se sentir constrangido nesta sala; o objetivo das reuniões não é julgar. Queremos ouvir e dividir experiências.

Ela com certeza já está me analisando. Concordo outra vez, e ela sorri. Olho para o relógio em meu pulso e vejo que são sete em ponto, porém continuamos somente Chiara e eu na sala. No mesmo instante em que começo a me zangar com o atraso dos outros participantes, a porta é aberta e, uma a uma, as pessoas vão entrando. Conto quinze, que conversam entre si; algumas me cumprimentam com um aceno de cabeça, outras nem me notam.

— Boa noite a todos! — diz Chiara, num tom alegre e cordial.

As pessoas respondem conforme se ajeitam em seus lugares; algumas arrastam suas cadeiras para redimensionar o círculo, torná-lo menor, o que não me agrada. Espero que todos se acomodem antes de me mexer; então, arrasto minha cadeira apenas alguns centímetros para a frente, entrando e ao mesmo tempo não entrando na roda.

— Vittorio, sente-se aqui — ouço Chiara falar e sinto um aperto no peito.

Algumas pessoas olham para mim à espera de que eu me levante e vá ao lugar indicado por ela, ao seu lado — o pior de todos os lugares, pois todos olharão para ela durante a reunião, e eu estarei no foco de visão.

Cogito recusar, dizer que estou bem aqui, mas ela ergue as sobrancelhas e abre um sorriso imenso, o que me obriga a me levantar.

Sento-me ao seu lado e pouso minhas mãos sobre as pernas. Sei que psicólogos leem nossos movimentos e voltam sua atenção para quem se mexe muito, então tento me manter imóvel.

Ela toca meu ombro e começa a falar:

— Fiquei contente que todos conseguiram chegar na hora. Hoje temos um novo participante...

Não diga meu nome, por favor, não diga meu nome.

— Vittorio Rossi, ele é um transplantado cardíaco. Vamos dar-lhe as boas-vindas.

Droga! Aperto os olhos por apenas um segundo quando a sinfonia de "Seja bem-vindo, Vittorio!" começa a ressoar; olho para as pessoas e aceno com a cabeça, oferecendo um sorriso acanhado.

— Como é a primeira vez do Vittorio, vamos deixá-lo por último. Assim ele pode ver como vocês próprios conduzem a conversa e se sentirá mais à vontade até o final.

Chiara se senta e toca meu ombro mais uma vez antes de chamar pelo nome de Nina. Uma mulher se levanta da cadeira; ela é baixinha, cheia de curvas e tem longos cabelos vermelhos, cujos fios passam do quadril — acho que nunca vi cabelos tão longos.

— Olá, pessoal! — Nina começa a dizer. — Semana passada, eu contei para vocês que está sendo difícil me habituar com meu novo corpo, e como esse peso me incomoda e faz que eu não queira mais tomar os remédios. — Ela abaixa a cabeça, envergonhada.

Quando diz remédios, ela está se referindo aos imunossupressores? Se for isso, está louca em cogitar parar de tomá-los! Que transplantado em sã consciência faria algo tão tolo?

— Nina, lembramos que você nos contou como se sente, e me lembro que você tinha uma tarefa durante esta semana. Você a fez?

Sem levantar a cabeça, Nina faz que sim.

— E como foi?

— Não foi bom — diz de maneira quase inaudível.

— Por que não foi bom?

Olho para os lados e noto que todos os participantes têm os olhos fixos na participante, imóveis. Então, ouvimos um soluçar vindo da tal Nina.

— Você não quer nos contar?

Silêncio.

A sala inteira espera, ninguém diz nada; o único som é o do choro de Nina, abafado pela cabeça abaixada.

— Não consigo — ela começa a dizer, fungando. — Aquele lugar é cheio de pessoas com corpos perfeitos, e o meu não é, todo mundo fica me olhando.

— Você parou com os remédios? — pergunta Chiara, desta vez num tom sério.

— Não.

— Vai parar?

Silêncio.

Ouço Chiara suspirar, tão baixo que só eu, ao seu lado, pude ouvir, e de repente percebo meu peito inflando de apreensão por essa mulher que nem conheço. Que tarefa era essa que ela tinha de fazer? Quem fica olhando para ela? Viro para encarar Chiara à espera de que ela continue e esclareça o que está havendo.

— Nina, parar de tomar os remédios não é a solução. Sei que no fundo você está feliz pelo sucesso no transplante de fígado, sei como esse fato foi comemorado por você e sua família. Não faça mal a si e aos que te amam. Seu novo corpo deve ser comemorado, ele é a prova da sua conquista!

— Eu sei disso. Porém não aguento mais esse peso e esses pelos... — diz Nina, sentando-se, ainda com a cabeça baixa.

— Nina, não se preocupe com seu peso, se preocupe apenas com sua saúde. Se o seu novo corpo está lhe trazendo tanta angústia, venha amanhã e nós conversaremos em conjunto com o doutor Alfredo para alinharmos sua alimentação e os exercícios que você pode fazer. Não se desespere e não culpe os remédios, eles existem para lhe trazer paz em sua nova vida, e não sofrimento.

As demais pessoas continuam sem falar nada; apenas ouvem o relato da mulher. Afinal entendo o que está acontecendo: os imunossupressores provocam ganho de peso e, no caso das mulheres, de pelos. Acho que a questão dos pelos vale para homens e mulheres, mas nos homens passa despercebida. Na verdade, o remédio não é o único vilão; geralmente, os pacientes hepáticos passam a ter uma dieta menos restritiva depois da cirurgia, voltam a comer diversos alimentos e, quando aliados com os remédios, esses novos hábitos podem, de fato, trazer um grande aumento de peso.

Sinto por Nina. É difícil não ser a mesma pessoa de antes; imagino que ninguém nesta sala seja o mesmo de antes. Passo os olhos pelos presentes, que continuam olhando fixamente para Nina, e imagino o que amargura cada um. Será que há outro transplantado de coração? Será que, como eu, estão adquirindo hábitos estranhos?

De repente, a porta se abre, e todos se viram em sua direção.

— Antonella, sente-se aqui! — diz Chiara, apontando para a cadeira vazia ao meu lado.

Ela se chama Antonella, penso, conforme a escolto com o olhar.

— Desculpem pelo atraso, estava atendendo outra pessoa — ela justifica.

Eu a encaro enquanto fala, acompanho o mover de seus lábios, carnosos e bem desenhados, que lembram a pintura de um coração, sobretudo pelo tom escarlate.

Ela se vira para mim e acena com a cabeça, abrindo um sorriso tímido. Seus olhos são grandes e arredondados, com cílios fartos e longos, e sua face é única. Essa mulher é lindíssima, tão linda quanto a do meu sonho. Antonella baixa a cabeça para ler os papéis em sua mão, e os cabelos cheios escondem sua face.

É então que ela definitivamente se torna a mesma pessoa com quem eu sonho todos os dias. Meu coração começa a bater forte, descoordenado, como se eu estivesse sofrendo uma arritmia cardíaca.

Levo uma mão até ele e respiro mais fundo, tentando acalmá-lo. Outra pessoa começa a falar, porém não ouço nenhuma palavra, não faço ideia do problema que ela relata porque, com Antonella sentada ao meu lado, meu coração acaba de criar vida própria.

Antonella

Esse cara é muito esquisito; embora ele tenha a cabeça baixa, consigo perceber que está me olhando. Quando entrei na sala, ele foi a primeira pessoa que chamou minha atenção, até por estar sentado ao lado de Chiara, no lugar que eu geralmente ocupo.

Finjo ler as fichas sobre o evento anual, as quais os pacientes deverão levar para casa ao final da sessão, porém o observo de esguelha por entre meus cachos, ouço-o ofegar e em seguida levar uma mão ao peito.

Ergo a cabeça e o fito, pronta para mandá-lo parar. Contudo, seu semblante me desarma, fazendo-me retribuir seu olhar, em vez de inibi-lo.

Ele tem a testa franzida e os lábios entreabertos, além da mão apertando a camiseta na altura do peito. Lembro que ele é um transplantado cardíaco e desespero-me com a possibilidade de estar passando mal.

— Você está bem? — falo, levantando-me apressada da cadeira e derrubando os papéis, que se espalham pelo chão. Coloco minhas mãos em seus ombros. — Você está bem?

Dante, que estava relatando sua dificuldade em voltar ao trabalho depois do transplante renal, imediatamente para de falar.

— O que ele tem? — pergunta Nina, aproximando-se. — É o coração dele, gente! — ela grita após perceber que tem uma mão sobre o peito, virando-se para as outras pessoas, que começam a se agitar.

— Vittorio, o que você está sentindo? — pergunta Chiara, tirando minhas mãos dos ombros dele para lhe dar espaço.

Droga! Esqueci que uma das primeiras regras do centro é respeitar o espaço do outro.

Vittorio olha para Chiara, depois para mim e, em seguida, para além de nós duas; sigo seu olhar e noto que os outros pacientes estão em pé, pasmos.

— Pessoal, está tudo bem, ele está bem, ok? — falo, gesticulando com as mãos para que voltem a se sentar.

Chiara puxa sua cadeira para ficar de frente para Vittorio, e eu me afasto alguns passos.

— Tudo bem, Vittorio? Você sentiu alguma coisa em seu coração? Taquicardia?

Ele desvia seu olhar de Chiara e morde um canto da boca, depois passa uma mão pelos cabelos, escorregando-a pelo pescoço.

— Não foi nada — responde, esfregando a barba por fazer sob o queixo. — Está tudo bem. — Ele olha para mim, mas logo desvia o olhar.

Chiara concorda com um gesto de cabeça e volta para seu posto.

— Antonella, pegue um pouco de água para o Vittorio, por favor — diz, com um sorriso ao final.

Aquiesço, saio da sala e caminho até a cozinha, na penúltima porta do corredor, para encher um copo com água fresca. Retorno apressada, segurando o copo com as duas mãos para não derrubar nenhuma gota. Ao entrar na sala outra vez, vejo que todos estão em seus lugares e que Dante voltou a falar de seus problemas. Em silêncio, aproximo-me de Vittorio e lhe entrego o copo, que ele recebe sem olhar para meu rosto.

Estreito os olhos por um segundo, curiosa para saber o que ele sentiu, porém logo me sento e volto a atenção para Dante.

Cada sessão dura em média duas horas, às vezes mais, às vezes menos; é impossível que todos tenham a chance de falar sobre suas vidas num tempo menor do que esse. Chiara conduz as rodas de conversa com calma, dando a cada um a oportunidade de falar em seu tempo. Com o passar das sessões as pessoas se tornam mais abertas, mais falantes, e o medo de julgamento se dissipa. Foi assim com Dante. Ele está relatando os problemas que enfrenta para retornar ao trabalho, já que não se sente preparado psicologicamente; mesmo sabendo que está sadio, sua mente lhe diz que ainda está doente e que trabalhar pode colocar sua saúde em risco.

Chiara tenta lhe mostrar que o transplante não é uma troca de doença, como muitos transplantados pensam, e sim o fim da doença anterior. Muitos deles passam anos à espera de uma chance, porém, quando ela chega, continuam se sentindo doentes, já que a nova rotina ainda demanda idas frequentes a hospitais, além da ingestão de remédios.

Contudo, nem todos relatam as aflições da nova vida; muitos também falam das conquistas, como Guido, que começa a contar:

— Nesse fim de semana, fui à cidade dos meus pais para participar do campeonato de futsal do hospital que me operou; era o time dos médicos contra o dos transplantados, e nós ganhamos de três a dois.

Guido fez um transplante de pulmão, e sua recuperação foi longa; suas doses de imunossupressores são altíssimas, devido ao risco de rejeição. Ele conta de forma acalorada sobre o evento, e os demais se animam com a narração das jogadas e com o orgulho dele por ter vencido os médicos.

Escuto-o descrever como correu pela quadra, como o ar entrava em seus pulmões sem dificuldade, que teve fôlego para jogar a partida inteira e que ao final estava bem, e agora quer montar um time aqui na cidade. Sorrio ao pensar que essas pessoas são o que de mais próximo temos de super-heróis.

Todos começam a bater palmas e a assoviar. Viro um pouco a cabeça para ver Vittorio e percebo que ele está com um sorriso imenso no rosto, totalmente atento às palavras de Guido. O sorriso esticado forma uma dobrinha em sua bochecha, acentuando a mandíbula angulosa; ele tem uma aparência doce e ao mesmo tempo máscula, e me parece tão saudável que é impossível adivinhar que, debaixo da camiseta justa, moldada aos músculos rijos de seus braços, há uma cicatriz de um transplante tão sério. Além da profundidade do azul de seus olhos, tão claro e vívido quanto um mar caribenho; é difícil não ser atraída pelas duas turmalinas cor de anis que tem em seu rosto.

Aliás, de onde vêm esses braços? Será que depois do transplante ele começou a fazer academia? Ou será que são naturalmente assim?

Ele se vira e me flagra, e eu encaro a janela no canto da sala para disfarçar. Volto-me para Guido, que se curva de maneira teatral em agradecimento aos aplausos.

Depois de ser flagrada, não me permito mais olhar para Vittorio; apenas me concentro nos relatos das demais pessoas e faço anotações para Chiara. Acabo por esquecer que ele está ao meu lado até que ouço Chiara pronunciar seu nome.

— Você ouviu o que todos tinham a dizer. Quer dividir conosco o que o trouxe até aqui? — pergunta ela num tom ameno, cordial, como só ela é capaz de produzir.

Viro-me para esperar a resposta dele — não só eu, mas todos os pacientes —, porém Vittorio balança a cabeça diante do pedido de Chiara.

— Tudo bem, nem todos se sentem à vontade para falar na primeira vez. Eu gostaria que você viesse nos outros encontros, se não para falar, ao menos para ouvir. Posso esperar por você na próxima semana?

Vittorio passa os olhos pelas demais pessoas, que sorriem abertamente para ele, e responde:

— Sim.

Para encorajá-lo ainda mais, a turma bate palmas, e o encontro desta semana se encerra. Levanto-me e entrego as fichas — que Nina recolhera do chão — aos pacientes e recomendo que as tragam preenchidas na próxima semana.

A maioria deles já criou um laço de amizade que vai além dos encontros semanais no centro e, por isso, muitos saem conversando e seguem seus caminhos juntos.

Vittorio também se prepara para ir; antes que ele parta, eu o chamo.

— Sua ficha — falo, aproximando-me.

Ele estende uma mão e recebe o papel. Sem dizer nada, vira as costas e se vai sozinho. Eu encaro suas costas até que ele atravesse a porta.

Sobramos Chiara e eu na sala. Ela volta para sua mesa, no canto, e finaliza algumas anotações. Apoio-me com os cotovelos na mesa para poder conversar sem que ninguém me ouça, ainda que não tenha mais ninguém aqui.

— O que achou? — pergunto baixinho.

— Sobre o quê? — rebate Chiara, que continua a escrever.

— Sobre ele.

— Ele? — Ela nem levanta a cabeça.

— Vittorio, Chiara. Era o único paciente novo hoje — informo em um tom mais atrevido.

— Por que quer saber? Minha opinião como psicóloga não é para ser dividida, e uma avaliação clínica demanda mais tempo. — Ela termina de preencher seu caderno e começa a organizar as fichas.

Afasto-me de sua mesa e cruzo os braços.

— Não quero saber a sua avaliação psicológica; só perguntei para uma amiga o que achou dele — digo, tentando trazer a conversa para o campo informal.

— Quer saber se eu o achei bonito? É isso? — Ela abre seu característico sorriso.

— Claro que não! Não perguntei isso — respondo, passando a desfazer o círculo de cadeiras; amanhã esta sala será usada para uma palestra, e a disposição dos assentos será outra.

— Vamos sair para comer alguma coisa? O Rafa foi viajar a trabalho, estou livre hoje e no fim de semana — propõe Chiara, pondo-se de pé e encaixando sua bolsa transversal no corpo.

— Vamos.

— Ótimo! Vou fechar minha sala. Pergunte para a Sofia se ela quer ir também; em dia de reunião, ela sempre fica até tarde. — Ela sai para o corredor.

Apago a luz e fecho a porta, marchando para a recepção atrás de Dona Sofia.

— Dona Sofia, Chiara e eu vamos sair para comer, quer ir? — pergunto, tocando-lhe um ombro.

— Com certeza, estou faminta! — diz ela, desligando o computador e organizando a mesa.

— Vão sair para comer e não vão me chamar! Que belas colegas de trabalho eu tenho! — Enzo para ao nosso lado com os braços cruzados e uma das sobrancelhas erguida.

— Achei que já tivesse ido embora! Passei pelo corredor e a luz da sala estava apagada — explico.

— Estava nos fundos. Tem um vazamento na edícula e eu estava tentando arrumar, mas não consegui. Teremos que chamar alguém amanhã — diz ele, descruzando os braços e se aproximando mais de mim.

— Nesse caso, quer sair para comer com suas *belas colegas de trabalho*? — falo, afinando a voz ao final da frase.

— Claro que sim! Eu adoraria passar mais tempo com vocês. — Ele pisca um olho e depois leva uma mão à barriga. — Vamos logo! Não consegui almoçar hoje, estou a ponto de roer as paredes!

Começamos a rir, e Dona Sofia sai para apressar Chiara, deixando-me a sós com Enzo. Ele trabalha no Salute há uns dois anos; começou um pouco depois de perder sua filha — ela tinha apenas três anos e não resistiu à longa espera na fila do transplante, que é ainda mais cruel com as crianças. Um tempo após a morte da menina, a esposa de Enzo decidiu se separar dele e ir viver em outro estado.

Mesmo com a perda dupla, Enzo consegue sorrir e nos fazer sorrir. Chiara diz que é uma defesa, que essa é a maneira que ele encontrou de se manter de pé. Enzo é pouca coisa mais velho do que eu. Com olhos e cabelos castanhos na altura dos ombros e barba cerrada, ele parece um modelo italiano. Atrai olhares por onde passa, ainda que os ignore — acho que seu coração não se abrirá para outra pessoa tão cedo, e o entendo melhor do que ninguém.

— A Chiara é impossível! Ela estava respondendo e-mails; ia nos fazer esperar mais uma meia hora, no mínimo! — Dona Sofia volta à recepção, puxando Chiara por um braço. — Ela não entende que eu sou uma senhora que precisa se alimentar! — fala, fingindo-se mais esfomeada do que realmente está.

— Era importante! E seriam só mais uns minutinhos — responde Chiara, que tem o braço liberto. — O Enzo ainda está aqui? Isso é ótimo, faz tempo que não saímos todos juntos.

— Estou, e estou com muita fome, vamos logo — diz ele, apagando as luzes e seguindo para a porta, forçando-nos a partir.

Enzo, eu e Dona Sofia vamos no carro dele, enquanto Chiara segue no seu até o restaurante, a uns dez minutos do centro. O lugar é tranquilo, com boa música e com uma comida deliciosa. Oferecem-nos uma mesa em um dos cantos, onde podemos ouvir a música e, ainda assim, conversar com calma.

Enzo de fato é o mais faminto entre nós, como comprova seu farto pedido. Chiara, como sempre, come como um passarinho; ela diz que é assim desde criança, que não tem muita fome.

Já Dona Sofia e eu não chegamos ao exagero de Enzo, mas também não ficamos somente na salada com brócolis de Chiara; nosso paladar é tão parecido que pedimos o mesmo prato. Dona Sofia é como uma mãezona para nós. Ela trabalhou a vida inteira como enfermeira em um dos hospitais da cidade, e também atuava como voluntária no Salute; quando o centro se tornou mais estruturado e mudou de sede, ela decidiu ficar apenas no Salute, abandonando a longa carreira e os plantões na enfermagem.

— Gente, essa comida é inacreditável de tão boa! — comenta Chiara, fechando os olhos.

— Minha filha, como você pode saber se só come coisas verdes e sem sabor? — fala Dona Sofia, sem papas na língua.

Enzo começa a rir, e eu o acompanho.

— Vai começar a pegar no meu pé? — pergunta Chiara, cutucando com um dedo a cintura de Dona Sofia, que está sentada ao seu lado, comigo e Enzo à frente.

— Hoje em dia, vocês não sabem comer com prazer! Quando eu era jovem, não nos preocupávamos em ficar magrinhas. Aliás, as que tinham curvas eram as mais cortejadas. Lembro que meu falecido sempre falava das minhas curvas quando começamos a namorar — diz Dona Sofia, suspirando ao relembrar o passado.

— Lá vem ela com suas histórias da mocidade! — fala Enzo e ri, levando mais um pedaço de carne à boca.

— Não são histórias, são fatos! — ela rebate, apontando-lhe um dedo.

— Nós já sabemos que suas curvas faziam sucesso! Você faz questão de nos lembrar sempre que saímos para comer — provoca Chiara.

— Você é um caso perdido, desde pequena é assim.

— Ei! — reclama Chiara, mastigando um pedaço de rúcula.

Enquanto Dona Sofia e Chiara brigam, Enzo e eu rimos e comemos, assistindo de camarote à interação das duas. A mãe de Chiara também é enfermeira e conheceu Dona Sofia ainda na faculdade; por isso, Dona Sofia se sente a segunda mãe de Chiara e tem total liberdade para ralhar com ela.

— Estou estufada! — falo assim que engulo a última garfada.

— Eu também! — concorda Enzo.

— Ainda cabe a sobremesa — diz Dona Sofia, erguendo uma mão para chamar o garçom.

— Como está seu diabetes, Sofia? — Chiara pergunta a valer, apoiando os braços sobre a mesa.

— Tsc! Deixe meu diabetes em paz, menina!

— Vou avisar minha mãe sobre o que anda fazendo — Chiara usa sua única arma de controle.

— Sua mãe é minha mãe? Deixe minha amiga fora disso! E, sim, meu diabetes está ótimo. Depois que emagreci uns quilinhos, está tudo voltando à normalidade. — Dona Sofia coloca os óculos para escolher a sobremesa no cardápio.

No fim, resolvo acompanhá-la e comer um *cheesecake* de chocolate com calda de morango. Continuamos a conversar sobre o passado — ao menos sobre as partes alegres. O tempo que passo com eles é sempre agradável e mais confortável do que com qualquer pessoa do meu passado.

Fartos e com os assuntos em dia, estamos prontos para partir. Enzo é o primeiro a se despedir; em seguida, Chiara, Dona Sofia e eu também nos levantamos para ir embora. Chiara vê um amigo da época da faculdade e se afasta para conversar com ele.

Volto a me sentar com Dona Sofia e ficamos à espera de Chiara, que nos dará carona.

— O Enzo é um rapaz tão bonito e educado, você não acha? — diz ela, puxando assunto.

— Acho — concordo.

Enzo é, de fato, bonito e educado. Dona Sofia começa a sorrir e fala:

— Vocês dois são tão jovens e passaram por tanta coisa...

Estreito meus olhos ao prever onde a conversa vai chegar.

— Por que você não o chama para jantar um dia desses, somente vocês dois? — Ela pisca um olho.

Sinto vontade de rir. Dona Sofia está sempre animada e pronta para solucionar o problema de qualquer um, e, embora possa ser um tanto invasiva de vez em quando, é alguém que aprendi a entender e com quem me divirto.

— A senhora acha mesmo que formaríamos um bom casal? — lanço a pergunta, esperando uma resposta sincera.

— Sim, acho! Vocês trabalham no mesmo lugar, têm histórias parecidas, acho que poderiam se ajudar. — Dona Sofia adquire um tom mais sério, e percebo que ela sinceramente acha que a dor que temos em comum pode melhorar a dor um do outro.

— Seríamos a muleta um do outro, nada mais. Seria como usar um curativo para arranhão para estancar uma hemorragia. Nem ele nem eu estamos prontos para nada, não tem espaço aqui. — Espalmo a mão no peito, na altura do coração.

Ela me olha com complacência e baixa a cabeça por um momento.

— Você anda tão animada ultimamente que pensei que seu coração estava cicatrizado.

— Ele não jorra como antes, mas cicatrizado não está. Penso em Enrico o tempo todo. Ficar com vocês no Salute me faz bem, porém não a ponto de namorar o Enzo.

Dona Sofia volta a me encarar com seus olhinhos enrugados e suspira.

— Você ainda quer ir atrás dos receptores dos órgãos dele? — pergunta, e eu olho para o lado para ver se Chiara a ouviu, mas ela está numa conversa animada com o amigo.

— Sim. Quero. Sinto que agora é diferente; no início, eu sentia culpa por não ter conseguido proteger o Enrico, pensava que ele não podia ter sido enterrado vazio, faltando partes, e era por isso que queria encontrar essas pessoas.

— Querida, não é assim... — fala Dona Sofia, e busca minhas mãos sobre a mesa, segurando-as para confortar-me.

— Sei que não. Hoje eu sei que ele salvou outras vidas. Sinto que conhecer os receptores vai ser como encerrar um ciclo, uma forma de me despedir dele, vendo com meus próprios olhos que, de alguma maneira, ele vive nessas pessoas, e que elas vivem bem graças a ele.

Dona Sofia continua a apertar minhas mãos enquanto me ouve, e seus olhos começam a brilhar marejados.

— Ah, minha filha, não imaginei que isso era tão importante para você — diz, soltando minhas mãos para secar os olhos.

Não digo mais nada. Ainda é dolorido falar de Enrico; eu o faço somente nas reuniões e, mesmo assim, faz tempo que não participo de uma como paciente. Talvez tenha sido isso que passou a impressão de que estou pronta para outro relacionamento.

Dona Sofia pega sua bolsa e tira dela uma caneta e um bloquinho de papel. Ela anota um nome e um telefone e depois me oferece o papel.

— Pegue. — Ela olha para Chiara, que continua a conversar. — Eu trabalhei com ele por muitos anos, somos muito amigos. O Marcello vai te ajudar.

Recolho o papel de sua mão, sem entender o que ela está dizendo.

— O quê?

— Vá ao Hospital Battito e procure pelo Marcello na enfermagem. Eu vou inteirá-lo da situação, e ele vai ajudar. Mas a Chiara nunca poderá saber que fui eu quem ajudou, ouviu?

Olho para o papel mais uma vez e leio o nome e o telefone de Marcello; não acredito que estou diante de uma chance de conseguir o que mais desejo.

— Eu entendi certo? Esse Marcello vai me ajudar a conseguir a lista dos receptores? — inquiro, para ter certeza do que ela está dizendo.

— Sim. Ele não vai negar um pedido meu. Mas isso tem que ser uma missão secreta, ou você pode complicar a minha vida e a dele.

Guardo o papel no fundo da minha bolsa e dou a volta na mesa, agachando-me em frente a Dona Sofia; desta vez, sou eu quem segura as mãos dela.

— Eu juro, eu juro que vocês não terão problema! Juro!

6

Antonella

— Antonella, você conseguiu finalizar todas as planilhas com os atendimentos que fizemos no mês? — pergunta Enzo, sem levantar a cabeça, concentrado na pilha de relatórios sobre sua mesa.

— Sim, terminei agora há pouco — respondo.

— Você pode enviar para o meu e-mail, por favor? Estou acabando o fechamento e preciso inserir esses dados para enviar às clínicas parceiras. — Ele gira a cadeira para pegar mais uma pilha de papéis na bancada atrás de si.

— Claro! — Abro meu e-mail e anexo as planilhas.

— Crianças, trouxe café para vocês! — diz Dona Sofia, entrando na sala com duas xícaras nas mãos. Ela deixa uma sobre a minha mesa e outra sobre a de Enzo.

— Obrigado! Estava mesmo ansioso por um café. O dia está cheio — diz Enzo, soltando o calhamaço para se dedicar à bebida.

Dona Sofia sorri e se apoia na minha mesa.

— E você, Antonella, também está com o dia cheio?

— Ah, sim! — Tomo um gole do meu café.

— Pode sair por uns minutinhos? — pergunta, piscando para mim de uma forma engraçada.

— Sair? — questiono.

— Estamos atolados, Dona Sofia, preciso da Antonella — fala Enzo, mexendo-se inquieto em sua cadeira. — Se é para comprar sorvete, espere até o fim do expediente. — Ele sabe que Dona Sofia sempre escapa até a padaria da esquina para comprar guloseimas e picolés.

— Menino, você sempre deu conta do trabalho sem a Antonella!

Enzo estreita os olhos e bebe o restante do café num gole só antes de responder:

— Sim, só que ela está aqui *justamente* para ninguém mais precisar virar noites para dar conta de todo o trabalho.

Dona Sofia entorta a boca para um lado e caminha até Enzo.

— Na verdade — ela começa a dizer com uma voz mais suave —, a Chiara precisa que a Antonella busque alguns documentos no Battito.

— Agora? — pergunta Enzo, conferindo o relógio de pulso.

— Sim.

Não digo nada, apesar de achar estranho que Chiara me mande sair a esta hora, quase cinco e meia, sendo que temos reunião às sete. Vou acabar me atrasando.

— Ok! — diz Enzo, coçando a cabeça. — Eu me viro com o restante. — E, então, volta a trabalhar.

— Temos reunião às sete, por que a Chiara quer que eu vá agora? — indago.

— Venha logo, menina! — diz Dona Sofia, gesticulando com as mãos para que eu me levante.

Coloco a bolsa sobre um ombro e a sigo numa marcha acelerada para a recepção.

— O Marcello acabou de me ligar, disse para você ir ao hospital — ela sussurra, segurando um dos meus braços.

Sinto um frio na barriga assim que ela diz o nome “Marcello” e por fim entendo o que quis dizer com “buscar documentos no Battito”.

— Ah, meu Deus! A senhora falou com ele? — Aperto sua mão.

— Sim, falei no fim de semana. Pensei que demoraria mais algumas semanas, mas ele acabou de me ligar e disse para você ir, pois não pode ficar com *aquilo* por muito tempo.

— Tudo bem, estou indo. E a Chiara?

— Eu invento qualquer coisa. Vá logo e volte para a reunião das sete. — Quando ela termina de falar isso, eu já estou cruzando as portas.

Assim que piso na rua, noto como meu tempo é curto para voltar a tempo de não causar nenhuma suspeita em Chiara e corro pela rua até a estação de metrô. Ofegante, entro no trem, abraçando minha bolsa ao me sentar.

Não acredito! Não acredito que vou conseguir essa lista. Meu coração galopa dentro do peito, sinto a adrenalina correr nas minhas veias. Sei que isso não trará Enrico de volta, contudo é como se eu estivesse prestes a vê-lo; como se descobrir quem são os receptores fosse uma maneira de encontrá-lo outra vez.

Conforme acompanho as pessoas saírem e entrarem do vagão a cada parada, sinto que os minutos parecem intermináveis. Quando o trem chega à minha estação, fico de pé com a mão contra a porta, aguardando ansiosa que ela se abra.

— Vai, vai... — murmuro.

Salto do vagão e corro em direção às escadas rolantes para voltar à superfície. A caminhada até o Battito leva mais uns dez minutos; decido ir correndo para diminuir o tempo pela metade.

As pessoas na rua me dão passagem ao perceber minha urgência. Quando alcanço o primeiro degrau da entrada do hospital, já não tenho mais fôlego; paro para recuperar o ar por um instante, subo os poucos degraus e entro na recepção. Antes de procurar por Marcello, vou até o bebedouro para matar a sede e controlar a respiração.

— Onde fica a secretaria da enfermagem? — pergunto à atendente de cabelos presos e bem maquiada sentada atrás da mesa de informações, que está acostumada com minhas vindas até aqui por conta do meu trabalho no Salute. Ela me informa que o local que procuro fica no terceiro andar. — Obrigada!

Paro de frente aos elevadores e aperto várias vezes o botão, mas logo desisto de esperar e subo as escadas; no terceiro andar, leio as placas para me localizar, noto os vários pacientes sentados à espera de exames e, no fim do corredor, uma porta azul com uma placa em que se lê “Enfermagem”. Caminho até ela e, quando estou com a mão em punho prestes a bater, detenho-me.

Talvez não seja uma boa ideia bater; deve haver vários outros profissionais aí dentro. O que vou dizer?

Afasto-me da porta e pego o celular na bolsa e também o papel com o nome e o telefone de Marcello. Disco o número, levo o aparelho à orelha e espero ser atendida, porém a ligação é recusada.

Droga! Ele deve estar em atendimento. Resolvo mandar uma mensagem dizendo que estou no hospital. Não passa nem um minuto e recebo a resposta de que devo aguardar no térreo; Marcello ainda pergunta a roupa que estou usando e informa que descerá em alguns minutos.

Feliz por não ter batido à porta da enfermagem, desço as escadas e me apoio numa parede no canto mais vazio para aguardar. A cada enfermeiro que vejo passar, sinto meus batimentos se acelerarem, até que um deles, um homem baixo de óculos e cabelo cortado rente que carrega um envelope nas mãos, olha para os lados à procura de alguém. Dou um passo à frente, e, assim que me vê, ele começa a caminhar em minha direção; compreendo que só pode ser Marcello.

— Oi, você é a Antonella? — ele diz, apreensivo.

— Sim, sou eu — digo, aproximando-me mais.

— Guarde-o. Estou fazendo isso porque foi um pedido da Sofia e eu confio nela. Espero não me arrepender — ele diz, semicerrando os olhos.

— Não se preocupe, você não vai. — Busco uma de suas mãos para agradecê-lo.

Marcello suspira e suaviza o semblante.

— Eu não consegui a lista final. Teria que ter acesso ao sistema nacional, o que eu não tenho. O que consegui foram os nomes das pessoas operadas aqui, mas não nos outros hospitais. A Sofia me contou a sua história e espero que isso seja o suficiente para acalmá-la e fazê-la seguir sua vida — diz ele, complacente, com os olhos fixos nos meus.

Assinto com um movimento de cabeça, e ele vira as costas para voltar à sua rotina. Aperto o envelope e noto que minhas mãos tremem; estou ao mesmo tempo ansiosa e temerosa para descobrir os nomes.

Dobro o envelope e o guardo dentro da bolsa. Vou precisar correr mais uma vez para voltar ao Salute antes que minha ausência aguce a curiosidade de Chiara.

Contando que as pessoas façam sua parte e abram espaço, equilibro-me sobre meus saltos e consigo manter um ritmo acelerado. Para desviar de uma mulher com várias sacolas de compras, direciono meu corpo à direita; porém, quando estou a poucos metros de distância dela, a mulher muda o sentido e se coloca em meu caminho; para não cair sobre ela, desvio ainda mais, mas meu salto se prende em um buraco, freando-me bruscamente.

Sem conseguir manter o equilíbrio, desabo. No entanto, em vez do concreto duro, o que sinto contra minhas costas são duas mãos espalmadas.

— Opa! — Escuto atrás de mim.

As mãos começam a me empurrar devagar, colocando-me novamente em posição vertical.

— Obrigada — digo, ofegante, antes de me virar, ainda sentindo meu corpo agitado pela quase queda. Abaixo-me para libertar meu salto do maldito buraco que o aprisionou.

— Quer ajuda? — pergunta o homem.

— Meu sapato prendeu nessa droga de buraco! — falo, constatando que metade do salto está afundado.

— Espere — diz ele, abaixando-se também. — Acho que fica mais fácil se você tirar o pé do sapato.

É só então que olho para a pessoa que acabou de me salvar de um belo tombo.

— Vittorio? — pergunto, mas não há dúvida: é impossível não se lembrar de seu rosto.

— Oi — ele diz tão somente.

Nos encaramos por alguns segundos, ainda agachados, sem reparar no pouco espaço que nos separa. Seus olhos refletem o alaranjado que anuncia o entardecer, e sua íris serve de espelho para a inércia em que sou completamente abstraída pela forma como ele umedece os lábios entreabertos em um gesto comum, natural, que, no entanto, se transforma ao final: é o mesmo gesto que Enrico fazia quando estava prestes a me beijar.

— Não acha melhor tirar seu pé? — repete ele, fazendo-me desviar o olhar de seus lábios e me levantar às pressas.

— Claro! — E sigo seu conselho.

Ajoelhado no chão, ele segura o calçado preso e começa a puxá-lo; o salto está socado de tal maneira que nem se move. Vittorio usa outra técnica: começa a girá-lo, o que parece funcionar. Ele intensifica sua força, até que o sapato é liberto — entretanto, sem o salto, que continua fincado no concreto.

— Ah, não! — murmuro.

Vittorio arregala os olhos, que passam do sapato estripado para mim e vice-versa. Pensando em como vou voltar ao Salute descalça, olho para os lados à procura de uma loja de calçados, mas só vejo lojas de materiais artísticos, como tintas e telas, lojas de roupas e lanchonetes.

— Antonella, desculpe! — diz ele, erguendo-se, voltando a estreitar a distância entre nós.

— Como sabe meu nome? — pergunto, afastando-me.

— Da reunião — Vittorio fala num tom baixo, ainda com o que sobrou do meu sapato nas mãos.

— Ah, sim — solto ao lembrar que de fato meu nome é mencionado o tempo inteiro no centro. — Não se preocupe com o sapato. Obrigada por ter me segurado; poderia ter sido pior. — Abro um meio sorriso ao pegar meu sapato de volta de suas mãos. Resolvo, então, ficar totalmente descalça e começo a me mover.

— Espere! — diz ele, fazendo-me parar. — Você está indo para o Salute? — Ele aponta para trás com um braço.

Confirmo com a cabeça.

— Posso te levar. Estou indo para lá.

Por que ele está indo para o centro? Não é o dia de sua reunião; a conversa de hoje é para pessoas que perderam alguém que estava na fila de transplante e não chegou a receber o órgão, ou que faleceu no pós-transplante.

— O que você vai fazer lá? — pergunto.

— Vou para a reunião.

— Sua reunião é daqui a dois dias. — Observo-o com olhos semicerrados.

— Não podemos participar de outras? — Ele dá um passo em minha direção. Seus olhos perscrutam meu rosto à espera do que direi a seguir.

Sinto-me embaraçada por tê-lo questionado; se ele quer participar de todas as reuniões, decerto é muito bem-vindo. Se Chiara estivesse aqui com certeza me repreenderia, e com toda a razão.

— Podem, claro. Só achei que você poderia ter confundido o dia.

— Não confundi — responde num tom mais seco que não me passa despercebido.

Ofereço-lhe um sorriso e espero que ele o entenda como um pedido de desculpa pelo interrogatório.

— Meu carro está estacionado na próxima rua. Espere aqui para não ter de caminhar descalça, vou dar a volta. — Ele baixa a cabeça e passa por mim.

Toco seu braço.

— Não precisa. Vou com você, o trânsito está bem ruim para dar a volta. — Posiciono-me ao seu lado.

Há tanta coisa pelo chão que meus passos são lentos; Vittorio não se apressa, caminha na mesma velocidade que eu. Ele acelera somente quando dobramos a esquina da próxima rua, para abrir a porta do carro azul, o segundo em uma longa fila.

— Só um minuto — diz, tirando várias sacolas do banco do passageiro e abrindo o porta-malas para guardá-las e, assim, ceder espaço para que eu possa me sentar.

— Obrigada — falo, acomodando-me no assento.

— Nunca levo ninguém de carro comigo, por isso está cheio de coisas — ele comenta ao se sentar e colocar o cinto de segurança.

Uma tela de pintura comprida, de tecido branco, grampeada em volta de uma armação de madeira e que está apoiada no banco de trás espeta meu ombro; tento afastar meu corpo um pouco para a frente, mas fico ainda mais desconfortável.

Vittorio liga o carro, sai da vaga e segue o fluxo; quando ele freia no primeiro semáforo, a quina da tela me espeta com mais força, encontrando um ponto sensível, e, mesmo não querendo chamar a atenção, acabo arredando e massageando meu ombro.

Vittorio, ao notar o motivo do meu gesto, dá a seta e encosta o carro.

— Você se machucou? — pergunta, preocupado.

— Não, não, não foi nada — falo, balançando as duas mãos para acalmá-lo.

Antes que eu possa reiterar, ele já desceu do carro e está no banco de trás puxando a tela para fora.

Ele a coloca sobre o teto do carro, vai até o porta-malas e tira algumas cordas para prendê-la; só depois de se certificar de que a tela está bem presa e o porta-malas, fechado, ele retorna a seu posto.

— Poderia tê-la deixado no banco, não havia necessidade de tirar. Estou com vergonha da quantidade de transtornos que estou lhe causando — assinalo, sorrindo sem graça.

Vittorio não diz nada, somente me observa com um semblante sereno. Apenas sua íris se movimenta, sondando meus cabelos, meu pescoço, meus braços; ele se demora mais na tiara dourada que Enrico me deu alguns meses antes de morrer. A atmosfera se torna densa, pesada, irrespirável conforme o tempo passa sem que seus olhos se apartem. Vittorio me olha em transe, como se buscasse uma resposta vital, como se eu tivesse em meu poder a chave de seu destino.

Sei que eu não deveria corresponder ao olhar, que meu silêncio pode encorajá-lo a continuar, mas mesmo assim continuo calada, encarando-o.

Por fim, ele suspira demoradamente e leva uma das mãos ao peito, virando-se para a frente. E, como se nada tivesse acontecido, como se não tivesse passado o último minuto me observando em silêncio, liga o carro e volta a dirigir.

Recomponho-me e me concentro nos carros à frente; não desvio o olhar nem um milímetro sequer. O silêncio que se forma acaba por me deixar ainda mais desconfortável; é por isso que volto a falar:

— Você pinta? — pergunto da forma mais casual possível; imagino ser uma pergunta pertinente, já que ele tem uma tela no carro.

— Sim — responde de pronto.

— Que legal! Como hobby?

— Não, é meu trabalho.

Percebo sua cabeça virar em minha direção, porém não correspondo, continuo olhando à frente.

— Trabalho? E como funciona? — dou continuidade à conversa.

— Eu pinto quadros, as pessoas compram.

Sua resposta simplifica de tal maneira a questão que preciso pensar na próxima pergunta.

— Entendo. E que tipo de coisa você pinta? — Aperto meu sapato e a bolsa sobre meu colo.

— Não tem algo certo. — Ele olha para o retrovisor ao trocar de faixa.

— Não? Tenho um tio distante que pinta paisagens. Você pinta paisagens?

Ele faz uma pausa, e penso que exagerei na curiosidade.

— Meus quadros são reflexos do que sinto, uma espécie de fusão entre o que eu sou e os pincéis. — Ele baixa o tom de voz ao continuar: — Um quadro meu diz o que minha boca não tem coragem. É por isso que não pinto algo específico.

Suas palavras soam como uma confissão, e, sem pensar, viro-me para fitá-lo. Ele continua atento ao trajeto.

— *O que minha boca não tem coragem*... — repito num sussurro. — O que isso significa?

Vittorio me olha de relance e estica um lado da boca.

— Que é mais fácil falar através das tintas, porque as pessoas são surdas para elas.

Concordo com a cabeça, compreendendo o que ele quer dizer. Paro para pensar em como um homem que só expressa o que sente por meio das tintas foi parar numa roda de conversas do Salute, onde o objetivo é falar abertamente.

— E se um dia alguém escutar o que suas tintas dizem? — Mantenho meus olhos nele, e noto que aperta com mais força o volante.

— Vou precisar me esconder melhor.

Mudo a direção do meu olhar para entrever os prédios que tomam a cidade de um cinza triste e pouco revelador.

— Deve ser muito bom descobrir que tem um dom e poder viver dele — comento.

— Gosto muito do que faço, mas não vejo como um dom apenas. Estudei muito para aprender novas técnicas e aperfeiçoar minha arte. Se eu mostrar a você meus primeiros desenhos, vai achar que foram feitos por uma criança de dois anos — ele fala com uma voz mansa, gostosa de ouvir.

— Mesmo se eu estudasse a vida inteira, meus desenhos ainda se pareceriam com os de um bebê. Então, acho que algum dom você tem. — Continuo distraída pela cidade; penso que a falta de cor a torna triste.

— Bem, você não viu nenhum desenho meu, é melhor não ter tanta certeza de que tenho um dom; você pode se arrepender.

Deixo de lado a paisagem cinza para voltar a fitá-lo.

— Tem razão, não vou elogiar até vê-los — digo, com um sorriso.

Desta vez, incomodo-me menos com o silêncio que se segue. Lembro-me da lista dentro da minha bolsa, aperto-a contra mim e sinto um frio na barriga, um tremor, uma sensação estranha que me deixa ansiosa, assustada, mas também feliz.

Vittorio para o carro, e eu desço, descalça. Sinto o chão frio sob meus pés. Andamos um ao lado do outro entre os arbustos do jardim até a porta principal. Ao entrar, encontramos Dona Sofia, que olha para o relógio assim que me avista.

— Você chegou bem na hora! — diz ela, antes de franzir o cenho ao ver Vittorio.

— Olá — ele fala, erguendo uma mão.

— Oi. Você tem reunião hoje? — questiona Dona Sofia, colocando os óculos e pegando a lista do dia sobre sua mesa.

— Ele vai participar da reunião de hoje também — digo.

— Ah! — Ela solta a lista, levanta-se e dá a volta na mesa, notando meus pés descalços.

— Por que você está descalça?

— Ah, isso? Meu salto quebrou.

— Tenho uma sapatilha no meu armário, quer?

— Quero. Eu ia tentar tirar o outro salto, mas, se você tem um para me emprestar, é melhor. — Caminho até ela.

— Sente-se, Vittorio. Avisaremos quando a reunião for começar — falo, segurando a mão de Dona Sofia e trazendo-a comigo até o corredor.

— Você veio com ele? — ela pergunta, com uma sobrancelha erguida.

— Mais ou menos, esbarrei nele na saída do hospital — digo, sem dar detalhes.

Marchamos até a edícula, nos fundos, e ela abre seu armário e me oferece dois pares para escolher, uma sapatilha vermelha e um tênis de corrida.

— Você é bem equipada, não? — Fico impressionada.

— Nunca se sabe. Sempre chove sem aviso e, como venho de ônibus, deixo um sapato reserva. — Ela indica a sapatilha. — Sorte a sua que calçamos o mesmo número.

Pego o calçado e me sento em um banco no canto para limpar a poeira dos pés e calçá-los.

— E aí? Como foi com o Marcello? — sussurra Dona Sofia, chegando mais perto.

— Estou com a lista! Ainda não consegui olhar, vou fazer isso quando chegar em casa.

Ela acena com a cabeça em concordância e junta uma mão na outra num gesto de fé.

— Você vai falar na reunião de hoje? Faz tempo que não faz isso. Acho que deveria conversar também. — Ela apoia uma mão em meu ombro depois de se sentar ao meu lado.

— Não sei — respondo com sinceridade.

— Tudo bem, faça o que seu coração mandar. O coração é sempre nosso melhor mentor. — Dona Sofia se levanta e caminha para fora da edícula, deixando-me sozinha com meus pensamentos.

Fecho os olhos e respiro fundo para me acalmar, baixar toda a adrenalina que circulou por meu corpo durante as últimas horas. À medida que me aquieto, vem à minha mente a imagem de Vittorio agachado no chão com os olhos quase saltando do rosto por ter quebrado meu sapato. Ainda de olhos fechados, sorrio da expressão de desespero.

Será que o conheço de algum lugar?

A maneira como ele me olha é atípica e ao mesmo tempo familiar. Vittorio perguntou a mesma coisa na primeira vez que esteve aqui, e eu respondi que não. Entretanto, agora estou em dúvida.

— Por que você está se escondendo? A Chiara está à sua espera, a reunião vai começar.

Ouço a voz de Enzo e abro os olhos.

— Estou indo — digo, levantando-me.

Ao entrar na sala, encontro todos já sentados; alguns conversam entre si, outros estão em silêncio, com uma expressão apreensiva, e outros ainda estão observando distraídos as grandes janelas de madeira dos anos trinta e o teto ornamentado em bege e dourado. Avisto Vittorio no lado oposto do aposento; seu semblante exibe tanta apreensão quanto os outros rostos novos. Desvio o olhar de todos eles para focar Chiara, ainda sentada atrás de sua mesa, escrevendo relatórios.

— Estava procurando por mim? — pergunto ao me aproximar dela.

— Sim, onde estava? — questiona.

— Na edícula. — Resumo a resposta aos últimos vinte minutos.

— Estava esperando você. Temos participantes novos hoje, e gostaria que você abrisse a conversa. — Chiara solta a caneta sobre a mesa e ergue o rosto para encarar o meu.

— Eu? Não tenho mais nada a dizer — rebato, dando uma olhada rápida nas demais pessoas.

Chiara se levanta, dá a volta na mesa e para à minha frente, tomando minhas duas mãos nas suas.

— Antonella, não precisa pensar no que dizer; apenas se apresente e conte um pouco da sua história. Você saberá o que dizer para deixar essas pessoas mais confiantes. — Seus lábios se esticam num sorriso ao qual nunca consigo dizer não.

Assinto com a cabeça e suspiro, soltando minhas mãos e ocupando uma cadeira no círculo. Ela ocupa a cadeira seguinte e cumprimenta os participantes; deve haver umas trinta pessoas, bem mais do que o normal. E, a julgar pelo tema de hoje, penso em como é triste termos a sala cheia: é uma amostra de que a quantidade de pessoas que morrem à espera de um órgão é muito maior do que daquelas dispostas a doarem.

Respiro fundo mais uma vez e espero Chiara mencionar meu nome e me apresentar como uma participante. Meus olhos vagueiam pelas pessoas e se demoram um pouco mais em Vittorio, que tem a testa franzida e divide seu olhar entre mim e Chiara, talvez surpreso por eu também ter uma história para contar.

Assim que Chiara termina de falar, toca minha mão, incentivando-me a falar. Então, eu começo.

— Olá, meu nome é Antonella. Hoje não é o meu primeiro dia numa reunião no Salute. Ainda assim, toda vez que conto essa história, é como se fosse a primeira vez, pois ela sangra como se fosse a primeira vez. — Aprumo-me na cadeira na tentativa de encontrar algum conforto que contrabalance a sensação penosa que a história me causa. — Talvez seja assim para vocês também. No entanto, ainda que sangre, falar é a melhor opção. Se chegamos até aqui, é porque não suportamos mais deixar guardado, entalado, sufocado. Quando conheci o Salute, eu pensei: *o que estou fazendo aqui? Não perdi ninguém na fila nem sou um paciente transplantado.* Então, se não sou nenhuma das duas coisas, por que continuei vindo e hoje me tornei parte da equipe? Porque eu não esperava pela morte, não pensava nela, tinha absoluta certeza de que se tratava de uma lenda daquelas que acontecem num lugar distante, com o outro, nunca comigo. Apesar disso... aconteceu: o Enrico morreu.

Baixo a cabeça por um instante e suspiro, e então volto a encarar todas as pessoas, cujos olhos estão colados em mim.

— Íamos nos casar... — Faço uma pausa. — Encontrei um anel de noivado na gaveta da mesa de cabeceira no dia do acidente, era nosso aniversário de namoro. — Fecho os olhos e inspiro. — Mas não deu tempo, ele morreu antes disso, morreu com o anel no bolso, antes de me pedir...

Abro os olhos e, enquanto falo, encaro meu dedo anelar e aperto-o no lugar reservado para receber o anel comprado por Enrico; pisco os olhos para afastar as lágrimas que abrolham e escorrem por meu rosto. Tento controlar-me, mas sem sucesso. O bolo que se forma em minha garganta, os sinais físicos da dor, da ausência, do sofrimento que aparecem toda vez que preciso reviver esse episódio.

— Quando recebi a notícia de sua morte, não quis acreditar, não quis acreditar que a morte não é uma lenda. Ela é real, queiramos ou não. E, entre gritos, choros e lamentações, os pais dele decidiram doar seus órgãos. Eles decidiram matá-lo pela segunda vez — aumento o tom de voz, mas diminuo em seguida. — Sim, era assim que eu pensava, que eles estavam matando o Enrico outra vez ao enterrá-lo vazio. Fui contra, não queria que tirassem mais nada do meu Enrico.

Algumas pessoas na sala estreitam os olhos, outras franzem os lábios, não contentes em ouvir que eu não queria que os órgãos de Enrico fossem doados. Entretanto, não me intimido.

— Para mim, que nunca havia visto a morte de perto, era inconcebível que fizessem aquilo com meu namorado. Mas eu não pude fazer nada, a decisão não era minha, só me restava aceitar. E eu não aceitei. Não até decidir me sentar numa dessas cadeiras, exatamente como vocês estão fazendo, até colocar para fora o que sentia, o que me atormentava, até conseguir refletir além do momento da dor, como os pais de Enrico, que mesmo ao receber a notícia da morte do único filho, foram maiores que sua dor e escolheram salvar outras pessoas.

"Ao me sentar aqui, descobri que Enrico morreu para salvar não uma, mas seis pessoas, ou seja, hoje existem seis pessoas vivendo graças ao Enrico, graças aos seus pais. São seis pessoas que puderam ter um novo início, trilhar um novo caminho, são seis famílias que sorriem por terem afastado o fantasma da morte. Contudo, existem muitas outras que choram a perda, tristes porque não surgiu um Enrico a tempo de salvar seus entes. Cada um de vocês tem uma história para contar, uma história triste de alguém que se foi, mas como eu..."

Baixo a cabeça assim que o choro iminente começa a embargar minha voz. Controlo a respiração e seco os olhos, voltando a encarar os presentes.

— Vocês também podem pensar nos momentos felizes que dividiram, podem se apegar às lembranças boas que carregam. Aos que perderam alguém importante na fila de transplante, em vez de chorar todos os dias, vocês podem ajudar para que mais pessoas tenham seus pontos de vista transformados, como eu tive o meu. — Ergo uma mão até tocar meu peito. — Porque a morte do Enrico não pôde ser evitada, não havia nada que pudéssemos fazer, entretanto ela trouxe vida a muitos outros. Pensem além dos entes que perderam: pensem em todos aqueles que podem ajudar.

Viro-me para Chiara e sinalizo que terminei. Ela sorri com doçura e, com os olhos chamejantes, segura minha mão.

— Obrigada — sussurra.

Chiara se levanta e se dirige a todos, estimulando-os a tomarem a iniciativa, a falar, e alguns começam a contar sua história. Um homem conta que sua esposa faleceu há cerca de três meses na espera por um transplante de fígado; ele chora desconsolado entre uma palavra e outra, diz que é a primeira vez que fala sobre o assunto e que não sabe o que fazer.

Uma mulher conta que a filha teve rejeição ao transplante de pulmão e não sobreviveu; que, depois da tortura que foi aguardar na fila, depois da expectativa gerada pela cirurgia bem-sucedida, depois de acreditarem que tudo estava bem, seu mundo desmoronou.

Eu os ouço, todos tristes, com seus corações desolados, com seus olhos lacrimejantes, e, ao ouvi-los, percebo como somos iguais —

frágeis, fortes, tristes e felizes, cada um vivendo o próprio tempo — enquanto uma pessoa sorri, outra chora; enquanto uma brada sua força, outra tomba. Uma hora ou outra, todos experimentamos os mesmos sentimentos, as mesmas lutas, e isso me mostra a importância que uma pessoa pode ter na vida de outra, porque, quando um está fraco, o forte o levanta do chão; quando um chora, o outro seca sua lágrima. E é assim que mantemos o equilíbrio e a bondade entre nós.

Meu olhar cruza com o de Vittorio, e ele o sustenta. Noto a complacência que seu semblante transparece; ele está condoído por essas pessoas. Ou por mim.

7

Antonella

Sentada com as pernas cruzadas no sofá, na sexta-feira à noite, seguro a lista que recebi de Marcello; não tenho ideia de quantas vezes já a li, acho que foram centenas. Dia após dia, leio as três colunas sob o nome do doador "Enrico Bellini": a primeira com o órgão doado, a segunda com o nome do receptor e a terceira com o endereço e telefone deste.

Na lista constam os receptores de suas córneas, de seu fígado e de seus rins e pâncreas. Isso deveria ser o suficiente para mim, mas não é. Eu preciso saber quem recebeu o principal: seu coração.

Deito-me no sofá abraçada à folha. Sinto como se Enrico estivesse por perto, andando pelo apartamento, reclamando do barulho da rua ou preparando algo para comermos. À luz da única luminária acesa, quase na penumbra, tento subjugar o caos que domina minha mente ao silêncio que reina no apartamento, e adormeço antes de decidir qual dos nomes será o primeiro em minha jornada.

Desperto na manhã seguinte com o pescoço dolorido, sento-me e me alongo para um lado e para o outro. Vejo a lista no chão, pego-a e, com os olhos fechados, deslizo o indicador por ela; quando volto a abri-los, meu dedo aponta um nome: "Sandro Cass", o receptor dos rins e pâncreas.

Seu endereço fica num bairro mais afastado. Penso que sair para essa busca num fim de semana é a minha melhor opção e sigo para tomar um banho e trocar de roupa. Pouco tempo depois, estou pronta. De frente para o espelho, analiso o vestido rodado e florido, diferente das roupas formais de trabalho, passo as mãos por ele para assentar o tecido sobre meu corpo e ajeito o cabelo para deixar os cachos livres para tomar o volume que desejam; minha maquiagem se resume a uma máscara de cílios e um batom rosado nos lábios.

Saio de casa e pego um táxi. No carro, sinto-me inquieta, sem saber ao certo como me apresentar; fico pensando no tipo de pessoa que Sandro Cass pode ser, em como me receberá. Finalmente, depois de tanto tempo, vou conhecer um dos receptores. Talvez eu devesse ter contado aos pais de Enrico... Eles não aprovariam. Quando falei sobre o assunto, já deixaram bem claro que eu não deveria me envolver com isso.

De qualquer forma, acho melhor fazer isso sozinha; além de Dona Sofia, não há ninguém em quem eu possa confiar. Nem os meus pais nem os de Enrico, nem Chiara nem Enzo entendem o quanto isso é importante para mim. Embora me sinta asfixiada e ansiosa por conversar com alguém, nenhum deles seria capaz de entender meus motivos.

— É aqui, moça — avisa o motorista, estacionando na frente de uma ampla casa bege com janelas azuis, com muros baixos e um jardim florido.

Tiro dinheiro da minha bolsa, entrego-o ao taxista e saio do carro. Examino com mais atenção a casa e também as casas vizinhas, que seguem a mesma linha de construção; este é visivelmente um bairro de classe média alta.

Inspiro o ar para me acalmar, procuro a campainha perto do baixo portão e a aperto, ouvindo o toque ecoar dentro da casa. Ajeito novamente o vestido e o cabelo. Os minutos se passam e ninguém aparece; então, resolvo tocar mais uma vez. Agora alguém entreabre a porta.

— Sim — diz uma mulher, que não se aproxima.

— Bom dia! Eu gostaria de falar com o senhor Sandro Cass. — Preciso erguer um pouco a voz para ser ouvida.

— Quem é você? — ela pergunta, desconfiada, inclinando um pouco a cabeça.

— Meu nome é Antonella. Ele fez um transplante de rins, certo? — volto a falar, e a mulher abre a porta por completo e começa a caminhar em minha direção.

— Você é da central? — pergunta ela, detrás do muro.

A mulher deve ter por volta de quarenta anos. Alta e esguia, vestida com uma elegante camisa de chiffon com as mangas dobradas, ela ostenta longos fios louros e lisos que balançam com o vento, invadindo seu rosto de traços finos e olhos claros.

— Não... É... Na verdade... — gaguejo.

Esperei tanto por esse momento e, agora que ele chegou, não consigo formar as frases certas para começar essa conversa. Encaro seu rosto, e ela ergue uma das sobrancelhas em sinal de impaciência.

Respiro fundo e reinicio:

— Meu nome é Antonella. Meu namorado faleceu, e os órgãos dele foram doados. Um dos receptores é o senhor Sandro Cass.

A expressão da mulher, antes impaciente, agora exibe o cenho franzido e os olhos semicerrados.

— E daí? — diz, sem interesse.

— Eu gostaria de conhecê-lo, saber como ele está, se tudo correu bem...

Ela ergue uma mão para me silenciar.

— Por quê? E como você descobriu nosso endereço? Ninguém no hospital nos disse que essa informação era aberta! — Ela cruza os braços.

Baixo a cabeça e penso em como responder sem colocar Marcello em risco.

— Desculpe se isso parece estranho; não quero incomodar, só queria saber se ele está bem...

A mulher franze os lábios e olha para trás antes de dizer:

— Espere aqui. — Ela dá as costas para mim e volta para dentro da casa.

Incerta, espero seu retorno, que acontece cerca de dez minutos depois, quando a vejo sair seguida de um homem. Acompanho os passos dos dois, especialmente os dele.

Os dois se aproximam de mim, embora continuemos separados pelo muro baixo. O homem se parece com ela: alto, de cabelos e olhos claros.

— Oi — diz ele.

— Oi — respondo.

Estar diante desse homem provoca em mim uma enxurrada de sensações que me deixam com as pernas bambas e as mãos trêmulas; minha respiração se torna mais rápida, assim como os batimentos do meu coração. Essa situação é real, está acontecendo mesmo, enfim estou conhecendo uma pessoa que carrega dentro de si uma parte de Enrico.

— Você é o Sandro? — pergunto.

— Sim, sou. Você era a namorada do cara que doou os rins?

— Sim. Meu nome é Antonella. Eu queria muito conhecer você — digo, apoiando uma mão sobre o muro, o mais perto dele que consigo chegar.

Os dois dão as mãos e se entreolham por alguns segundos.

— Não quero incomodar. Eu só queria vê-lo, ver com meus próprios olhos que existem pessoas vivendo graças ao Enrico. — Sorrio e pisco várias vezes para controlar as lágrimas que se formam e ameaçam embaçar minha visão.

Eles se mantêm em silêncio.

— Está tudo bem? Sua recuperação? — pergunto, passando uma mão por meu rosto.

— Está sim, correu tudo bem, estou cada vez melhor. Não tive nenhum sintoma de rejeição. — A voz e o semblante do homem se abrandam. — E sinto muito por seu namorado.

Eu aceno com a cabeça, aceitando sua condolência. Por dentro, estou radiante de alegria por saber que é legítimo, que Enrico salvou essa pessoa, que ele salvou uma vida.

— Ele era como você? — pergunta a mulher, e vejo que Sandro dá um puxão na mão que segura.

— Como eu? — questiono, sem entender.

— Sim. Seu namorado era parecido com você? — ela insiste, soltando-se do marido, ou assim suponho ser.

— Parecido comigo? — Franzo o cenho.

— Ele tinha a mesma cor que a sua? — E, para se certificar de que está se fazendo entender, a mulher sacode um dedo, apontando para meu rosto e corpo.

Meu sorriso se desfaz lentamente. Encaro Sandro à espera de uma reação que corrobore ou censure a pergunta, porém ele foge do meu olhar. A alegria que eu sentia até um segundo atrás dá lugar a uma sensação que já me acometeu incontáveis vezes, mas que, mesmo assim, sempre tem um sabor amargo.

— Sim, ele era da mesma cor que a minha — respondo, dando um passo para trás, afastando-me do muro.

A mulher olha para o marido e franze os lábios afetadamente, sem disfarçar o aborrecimento por saber que Enrico era negro como eu.

— Os rins e o pâncreas dele não tinham cor, e estão funcionando bem, não? — contesto.

A mulher me oferece um riso breve e continua:

— Sabemos disso. Bem, você já viu o Sandro, acho que não temos por que prolongar esse encontro. — Ela enlaça um braço no de Sandro.

Observo os dois no jardim da requintada casa e entendo que não sou bem-vinda ali.

— Claro. Obrigada por terem me recebido — falo, sentindo os olhos embaçarem outra vez. — Bom dia para vocês. — Dou-lhes as costas e começo a caminhar pela calçada.

Meu queixo treme conforme contenho o nó na garganta. Não quero chorar no meio da rua, mas está difícil segurar, está difícil aceitar.

Desloco-me pelas ruas, perdendo-me no bairro. Assim que avisto uma praça, corro até ela, sento-me no banco e, malsucedida em controlar minha tristeza, desprezando tudo ao redor, choro.

Choro de raiva, de mágoa, de saudade — sentimentos que se misturam e se reviram dentro de mim, emoções revoltas que tentam se libertar através dos meus olhos. Escondo o rosto entre as mãos e pranteio sem retenção; os soluços ressoam, mas não me preocupo se alguém os ouve.

Também há no meu choro a raiva por uma parte de Enrico ter ajudado pessoas preconceituosas. Como aquela mulher pôde ser tão horrível? Por que ela não perguntou ao médico que fez o transplante do marido se o doador era negro? Tenho certeza de que essa informação não fazia diferença quando o marido agoniava à espera de um órgão sadio.

Meu choro não cessa, não paro de pensar que está tudo errado. Estou arrependida de ter vindo aqui, arrependida de buscar os receptores, não quero nem imaginar como são os outros. Não quero imaginar em que tipo de pessoa o *coração* de Enrico foi parar.

8

Vittorio

— Você me ama mesmo? — pergunta, deitada de bruços na cama.

Como ela pode ter dúvidas do meu amor, se o meu desejo mais profundo é passar a vida deitado ao seu lado, se anseio com toda a minha força que o mundo pare de girar para que possamos ficar para sempre envoltos nestes lençóis de cetim, se não existe nada nem ninguém que me faça mais feliz?

— Amo para sempre — respondo, deslizando os dedos sobre a pele morna de suas costas.

Os lençóis brancos discrepam do tom de sua pele, acentuando sua beleza. Não existem mãos que não ambicionem tocá-la assim, esparramada sobre a cama.

Saber que sou eu o escolhido me faz amá-la ainda mais.

— Você é linda... É a mais linda mulher deste mundo.

Ela se acomoda num movimento manhoso que faz meu coração se liquefazer e, incapaz de controlar meus desejos, saco o lençol para exibi-la por completo; no entanto, assim que seguro o tecido, experimento uma dor lancinante.

— NÃO! — grito, e sinto o pano pegajoso; o lençol que era branco, limpo e macio, agora está tingido de vermelho, um vermelho vivo e quente.

Oh, Deus! Está saindo de mim.

Tento gritar para que ela me ajude. Ela está tão confortável, tão sonolenta, que não ouve meu clamor. Esmorecido, meus olhos começam a perder a capacidade de ver, meus dedos, de sentir, meus ouvidos, de ouvir, até que tudo se apaga.

— NÃO! — urro, sentando-me de supetão na cama.

Ofegante e aflito, afasto com os pés o edredom e passo desesperado as mãos pelo meu corpo à procura do sangue que emanava e manchava tudo, e só depois de alguns segundos constato que foi mais um sonho, que não sou eu quem sangra e que não há ninguém ao meu lado.

Fecho os olhos e tento acalmar a respiração e as batidas do coração.

— Merda... O que foi isso? — murmuro, caindo com a cabeça no travesseiro.

Os sonhos, apesar de estranhos, são agradáveis, graças à mulher primorosa ao meu lado, que irradia entusiasmo e jovialidade. Contudo, essa foi a primeira vez que sonhei como se eu fosse uma terceira pessoa, um espectador de uma vida que não me pertence, um intruso sem direito a escolha.

E aquele sangue? De onde veio aquele sangue, e o que significa?

Sento-me outra vez, agora na beirada da cama, apoiando os pés no chão, e aperto a cabeça com força, tentando fazer com que ela volte a funcionar.

Talvez eu tenha ficado impressionado com a história que Antonella contou no Salute; não esperava por aquilo, suas palavras foram uma mistura estranha de consternação e motivação, e não houve ninguém naquela sala — nem eu — que não se comoveu.

Será que meu subconsciente está criando variações com base em seu relato?

Não consigo chegar a uma conclusão melhor; estou indo às reuniões, e até agora ninguém mencionou nada parecido com o que acontece comigo. A cada sonho, acho que estou ficando mais louco. Embora Chiara sempre me convide a falar, não me vejo contando àquelas pessoas as coisas que andam acontecendo comigo.

Na verdade, não acho que aquele lugar possa me oferecer uma resposta. Às vezes penso que nem deveria voltar lá; ouvir as pessoas me deixa apreensivo e deprimido. Todavia, algo mais forte, algo incontrolável, me diz para continuar...

No fundo, acho que só estou frequentando o Salute para ver Antonella. Embora nunca tenha visto o rosto da mulher dos meus sonhos, passei a associá-la a Antonella; elas compartilham os cabelos naturais e livres, a pele lisa, quente e brilhosa. E, assim como a mulher do meu sonho, é impossível olhar para Antonella sem aspirar tocá-la.

Saio da cama, vou até o armário e recolho a caixa guardada na última prateleira. Com ela em mãos, volto à cama e a abro para avaliar seu conteúdo: um par de sapatos pretos de salto alto, com friso dourado no bico.

Eu o comprei um dia depois de ter quebrado o de Antonella. Apesar de não ter sido por completo minha culpa, me senti compelido a comprar outro. Entretanto, ainda não tive coragem de entregar.

Deslizo os dedos pelo sapato e penso se seria uma boa decisão. Antonella pode interpretar essa ação como uma cantada, e, depois de ouvir sobre a morte de seu namorado, posso parecer ainda mais esquisito do que já sou.

Suspiro e fecho a caixa, devolvendo-a à sua prateleira. Tomo uma ducha e vou fazer o café da manhã; já não é tão cedo, porém, para mim, a hora do café da manhã é a hora em que acordo, mesmo que seja próximo do meio-dia.

Quando vou ligar a cafeteira, noto que o pó de café acabou e que não há nenhum pacote na despensa. Volto ao quarto e visto uma camiseta justa e surrada, calço os tênis e sigo para o armazém mais próximo.

É verdade que o bairro é tranquilo, mas obriga que a maioria das coisas simples sejam feitas de carro. Quase não há comércio; para conseguir um pacote de café, é necessário caminhar cerca de vinte minutos.

Isso não é um problema para mim. De fato, isso é *vida*. Antes do transplante, eu não era capaz de caminhar vinte metros sem precisar parar algumas vezes para tomar fôlego, e agora posso ir e voltar do armazém quantas vezes precisar. Ainda é assustador pensar que posso fazer o que quiser, que o coração em meu peito bate com vigor, forte e coordenado, que ele me deu uma nova vida.

Na volta, já com o café comprado, ao passar pela praça do bairro, ouço um barulho fora do comum. Procuro a origem do som, até que identifico ser um choro, mas não um choro qualquer: alguém soluça, engasga, lamenta.

Paro e giro o corpo à procura da pessoa, até que a diviso num dos bancos mais afastados da praça, com a cabeça baixa, quase nos joelhos. Sem ajuizar se estou incomodando ou não, aproximo-me.

Ela não nota minha chegada. Embora os negros e volumosos cabelos encubram seu rosto, eu a reconheceria em qualquer circunstância.

— Antonella!

Soluçando, ela ergue a cabeça, com os olhos vermelhos, o rosto molhado, o nariz escorrendo.

— O que aconteceu? — pergunto, sentando-me ao seu lado e olhando em volta à procura de alguém que possa ser o responsável por seu choro.

— Não foi nada... — Antonella passa o dorso das mãos nos olhos e depois no nariz, e então se agarra à sua bolsa e se levanta.

— Você foi assaltada? — questiono, preocupado.

Ela nega com a cabeça. Olha ao redor, um tanto perdida, depois volta a se sentar e a chorar, desta vez mais baixo.

— Por que você está chorando? O que aconteceu? — Toco seu ombro.

Antonella se vira para mim e então começa a contar, mas sua voz embargada faz com que ela misture os soluços a palavras desconexas.

— Acalme-se, por favor. Respire e se acalme, ok?

Ela obedece e, depois de alguns minutos, está calma o suficiente para falar:

— Você se importaria se descobrisse que seu coração veio de um homem negro? — dispara contra mim, com um olhar raivoso.

— O quê? Não! Que pergunta é essa?

— Você tem um coração novo, não tem? — Ela aponta para meu peito.

— Sim!

— E se esse coração for negro? — diz, com firmeza e o rosto coberto de lágrimas.

— Antonella, o que está acontecendo? Por que você está me perguntando isso?

— Esqueça! — Ela desvia o olhar para o horizonte. — Você me encontrou numa má hora, só isso. — Ela se levanta e prossegue alguns passos antes de olhar em volta, tentando decidir para qual lado seguir.

— Está perdida? — pergunto, ainda sentado.

Ela olha para trás e franze os lábios, desgostosa. Entretanto, não tendo alternativa, confirma com a cabeça.

— Onde você mora?

— No centro. Só me diga onde encontro um ponto de ônibus.

Traço mentalmente um mapa. A parada mais próxima fica a uma grande distância, muito maior do que até a minha casa.

— Minha casa não é longe. Por que não vem comigo, e de lá peço um táxi para você?

Antonella me observa por um tempo, depois olha novamente ao redor decidindo se aceita ou não minha sugestão. No final, ela assente. Junto-me a ela e aponto para a direita.

— É por aqui.

Prosseguimos calados por todo o trajeto até minha casa. Antonella está mais calma, já não chora mais, e observa as casas e as poucas pessoas pelas quais passamos.

Quando chegamos, ela ergue as sobrancelhas, e seu olhar passa da casa para mim, e de mim para a casa. Talvez ela esperasse algo mais parecido com as outras residências; meu galpão é muito mais antigo do que as casas das famílias abastadas que se fixaram aqui na última década.

— Desapontada? — pergunto.

— O quê? — Ela desvia o olhar para o portão, que estou prestes a destravar.

— Com a casa?

— Não! Sua casa é bem... interessante.

Sorrio diante da colocação. Destravo o portão e caminho sobre o seixo colorido que cobre toda a frente do galpão que abriga meu ateliê e morada. Os olhos de Antonella perambulam por todos os lados, e sua expressão ganha ares de espanto quando abro a porta e convido-a ao lado de dentro.

Boquiaberta, ela gira sobre os calcanhares para avaliar o interior.

— Meu Deus! Esta é a sua casa?

— É meu ateliê e minha casa — respondo, indicando o mezanino ao fundo, que abriga o quarto, o banheiro e a cozinha.

— Nunca tinha visto algo assim, a casa de um artista de verdade.

Ela me encara e, com isso, posso ver que as bolsas sob seus olhos vermelhos começam a diminuir, assim como a aparência de quem chorou por um longo tempo. Antonella examina algumas obras — quadros com mais de três metros de altura e esculturas de metal — que ficam logo na entrada.

— Posso tocar? — pergunta, com uma mão erguida a centímetros do primeiro quadro.

— Sim. — E me dou conta de que é a primeira vez que deixo alguém tocar a tela em si.

Quadros são feitos para olhar, apreciar; no entanto, antes de pensar, eu já havia dito "sim". Mesmo não estando acostumado, acho encantador ver seus dedos finos com unhas bem-feitas deslizarem pela tinta com um interesse quase infantil por descobrir do que são feitas. Depois de investigar a primeira pintura, Antonella passa à escultura ao lado e a aprecia de todos os ângulos antes de tocá-la também.

A escultura, com cerca de um metro e meio de largura, é uma representação do meu antigo coração; foi uma das últimas peças que fiz antes de ser internado e, caso não conseguisse ser transplantado, morrer.

— É um coração? — pergunta ela, dando a volta na peça.

— Sim.

Não dou muitos detalhes; a maioria das pessoas se contenta com esse laconismo. Antonella ergue o olhar para encarar meu rosto e então retorna a atenção à peça de ferro retorcido, tingida em vários tons de vermelho. Seus dedos roçam a escultura por mais algum tempo até que ela conclui sua avaliação e caminha para perto de mim.

— Eu tinha razão — diz ela, parando à minha frente.

— Sobre o quê? — pesquiso, sem ter ideia do que está passando por sua cabeça nesse momento.

— Sobre você ter um dom. Isso — ela aponta para trás — não se aprende na escola. — Ela diz, e volta a se posicionar ao lado da escultura. — Dá para sentir seu desespero. É possível ver sua angústia diante do que era a decretação de sua morte. Esta peça é sobre seu coração antigo, não é?

Entreabro os lábios, surpreso. Nunca falei para ninguém sobre o real significado da escultura; todos pensam que é sobre a dádiva de ter conseguido um novo coração, mas não é. Essa obra é, de fato, sobre o coração apodrecido que eu tinha antes.

Como ela soube?

Concordo com um gesto de cabeça, que ela responde com uma expressão condolente antes de seguir às pinturas seguintes, penduradas ao longo da parede.

— É lindo... — sussurra. — Quando você disse que seu trabalho era pintar, não imaginei que seria algo tão grandioso. — Ela me olha com um largo sorriso, incompatível com a Antonella que chorava até pouco tempo atrás, desconsolada e sozinha num banco de praça.

— Tinha saído para comprar café quando te encontrei. Me acompanha? — falo, erguendo a pequena sacola que tenho nas mãos.

Antonella sorri mais uma vez e aquiesce. Subo para o mezanino e arrumo minha cozinha: limpo a bancada e a mesa, cheia de copos e migalhas. Faço isso em tempo recorde, enquanto a cafeteira começa a gotejar e espalhar o aroma de café fresco pelo galpão.

Abro a geladeira e tiro dela uma garrafa de suco de laranja, geleia de framboesa, patê de azeitona preta e um queijo branco e os coloco sobre a mesa, junto com um pacote fechado de torradas e biscoitos amanteigados que encontro no armário, e o café que acaba de ficar pronto.

Encostando-me na mureta do mezanino, chamo Antonella, que solta um pincel sujo de tinta e vem até mim.

— Ah, não! Não precisava se incomodar! — diz ela, balançando as mãos, assim que nota a mesa posta.

— Não é incômodo, sempre tomo café da manhã assim — minto. Eu tomo café da manhã todos os dias, porém não assim.

Antonella franze de leve o cenho e aceita, sentando-se.

— O que você quer primeiro? — pergunto.

— Suco — diz, indicando a garrafa.

Sirvo-a e aproximo dela o patê e as torradinhas, estimulando-a a não ficar somente no suco.

— Obrigada — diz ela, acanhada.

Sento-me também e me sirvo de uma xícara de café, biscoitos, torradas e queijo branco. Como sem cerimônias, ao passo que Antonella se serve apenas de uma torrada, que mastiga demoradamente; em seguida, bebe o suco e repousa as mãos sobre as pernas.

— Não está bom? — questiono.

— Está ótimo.

— Coma mais.

Ela sorri e se serve de uma xícara de café, que bebe com o olhar distante, desconectado, como se um milhão de pensamentos agoniantes zanzassem em sua mente.

— Antonella, o que aconteceu? — indago outra vez. Apesar de ela ter se distraído com meu trabalho, é nítido que algo importante a está chateando. Ninguém choraria daquela forma à toa.

Ela segura a xícara com as duas mãos e me encara com olhos tristes, ponderando se dá início ou não a essa conversa. Por fim, suspira e devolve a xícara à mesa.

— Às vezes me sinto sufocada, sem ter com quem falar. — Seus ombros estão projetados para a frente, numa posição de derrota.

— Por que diz isso? — questiono, baixando a voz.

Ela dá de ombros.

Sua resposta me surpreende dada sua vivência no Salute, o fato de contar sua história nas rodas de conversa; para mim, aquilo é o auge de ter muitas pessoas com quem falar.

— E o Salute? Sua família? — Deixo de lado o café para ouvi-la.

— Não posso falar com eles sobre o que aconteceu hoje. Não posso falar com ninguém que conheço.

— Por que não?

Antonella olha para os lados e expira, soltando todo o ar, que parecia preso dentro de si.

— Porque eles me dirão que estou errada. E eu já estou prestes a desistir. Se alguém reafirmar que devo parar, não terei forças para continuar.

Suas palavras imprimem com exatidão o que sua face transparece: a iminência da ruína, a estrada bloqueada a impedir a trilhada de um caminho. Sua fala não alcança somente meus ouvidos. Ela atinge também meu coração, certeira como uma flecha.

— Fale comigo! Se não pode falar com eles, fale comigo — exprimo, sem saber como tais palavras saem de minha boca.

Ela ergue as duas sobrancelhas e franze a testa, espantada com meu pedido.

— Não sou do Salute, não sou da sua família, não direi para desistir — afirmo, na tentativa de convencê-la de que sou sua melhor opção.

Antonella baixa a cabeça, meditativa.

Espero, ansioso e inconsciente da razão de minha avidez. Depois de uma eternidade durante a qual pareceu fazer todos os cálculos mentais, ela começa a falar:

— Meu namorado morreu...

Assinto. Lembro-me de cada palavra dita por ela na reunião do Salute.

— E... eu... — Antonella passa uma mão pelo rosto. — Eu consegui a listagem das pessoas que receberam seus órgãos.

Desta vez, sou eu quem arregala os olhos. Sei que existe um consenso entre os médicos de que as partes envolvidas em um transplante não devem se conhecer, para não haver qualquer tipo de falsa ligação afetiva.

— Continue — digo, suprimindo minhas muitas perguntas.

— Hoje conheci o homem que recebeu seus rins. Ele mora neste bairro.

Aquiesço, e Antonella mexe numa migalha de torrada caída sobre a mesa.

— Quero conhecer todos eles, todos os que receberam uma parte do Enrico, quero ver com meus próprios olhos que essas pessoas são reais e que vivem bem e com saúde. Sei que pode parecer estranho para você, mas... para mim é uma forma de justificar a morte dele, entende? — Ela volta a me encarar em busca de aprovação.

Concordo com um gesto de cabeça e ela continua:

— O problema é que... e se as outras pessoas forem como aquele homem?

Ela não termina a frase, mas sua pergunta na praça volta à minha mente: "Você se importaria se descobrisse que seu coração veio de um homem negro?", e as peças começam a se encaixar.

— O que ele disse, Antonella?

— Eles nunca dizem com todas as palavras, só dão a entender. — Ela continua mexendo nas migalhas sobre a mesa.

— O que ele deu a entender?

Ela franze os lábios e aperta os olhos por um segundo, abrindo-os em seguida.

— Você é branco — afirma, e aquele olhar raivoso volta ao seu semblante.

— Sim, eu sei — digo amistosamente, buscando entender seu ponto.

— Eu não sou nem o Enrico era.

É possível ver os sulcos em sua testa. Ela semicerra os olhos.

— Antonella, o que ele disse?

Ela se demora a falar, e eu insisto:

— É por isso que você fez aquela pergunta na praça? Por que esse homem que conheceu hoje discriminou você?

Ela assente em silêncio.

— Ele quer devolver os rins? — pergunto. Não acredito que alguém possa ser tão estúpido.

— Você também é branco — ela volta a afirmar, desta vez com mais suavidade.

— Eu não sou assim. E desprezo quem seja.

Este mundo é repleto de pessoas que são apenas metade do que poderiam ser, pessoas que não pensam em ninguém além de si, pessoas que não enxergam além dos próprios julgamentos, pessoas que empobrecem o mundo de respeito e de dignidade, que o tingem do vermelho do sangue de seus semelhantes.

— Desculpe... — ela fala, com os olhos marejados; sua raiva foi vencida pela dor.

— Antonella, não tenho a menor ideia de onde veio o coração em meu peito, porém sou grato, grato com toda a minha alma, por estar vivo. Uma pessoa que só enxerga duas cores é digna de pena e não merece uma única lágrima sua. As cores existem para colorir, para espalhar vida. O que embeleza nosso mundo é a diversidade de cores das pessoas — discorro, elevando a voz e aproximando meu corpo da mesa.

Ela me ouve, atenta, e, quando termino de falar, ergue um canto da boca num tímido sorriso.

— Nem todos pensam assim... — diz.

— Eu sei — digo, resignado e consciente de como as coisas no mundo são difíceis.

Antonella suspira e dá um gole em seu café. Ficamos em silêncio por alguns minutos.

— Posso ir com você?

— Até minha casa? Não é preciso — responde ela, erguendo uma mão.

Olho diretamente em seus olhos, tão semelhantes a duas joias, que brilham mais do que as estrelas, olho para os cabelos volumosos, que são como um cintilante véu negro que se derrama para enfeitar seu colo, para os lábios coloridos em um tom rosa que dá ainda mais brilho e fulgor à sua pele.

E penso no quão lamentável é um ser cego para a estonteante beleza e para o carisma dessa mulher.

— Não, na sua busca.

9

Antonella

Sentada na beirada da cama, questiono-me o quão estranho pode ser sair com ele na busca aos receptores dos órgãos de Enrico. Mal conheço Vittorio. Entretanto, nossa conversa tirou um peso imenso de minhas costas; minha alma deixou de se arrastar e voltou a flutuar. A força e firmeza em minha decisão, que estavam se esvaindo, revigoraram-se.

Inquieta, balanço minhas pernas, olho para o relógio e noto que faltam vinte minutos para o horário que Vittorio e eu combinamos no fim de semana passado. Vi-o em duas reuniões no Salute durante a semana, porém ele não falou comigo, sentou-se afastado, e, como de costume, apenas ouviu os relatos. Isso me deixa ainda mais confusa quanto a aceitar sua ajuda em minha busca; talvez eu deva continuar sozinha.

Apanho o celular e pondero se devo cancelar o encontro. Como posso me justificar? Quando estou prestes a digitar, o aparelho apita. Abro a notificação. É uma mensagem de Vittorio dizendo que já está lá embaixo à minha espera.

Vou até a janela do quarto, e localizo do décimo andar o carro azul estacionado do outro lado da rua e Vittorio encostado no capô. Observo-o por alguns minutos: ele olha para a recepção do prédio e então para as janelas; mesmo sabendo que não pode me ver, afasto-me num pulo.

— Droga! — murmuro, sentando-me novamente na beirada da cama. Por fim, respondo a mensagem: “Ok!”.

No corredor do andar, aguardo o elevador, que demora uma eternidade. O prédio é antigo, sua manutenção é ruim; os elevadores estão sempre com problema, as lâmpadas queimam e nunca são trocadas. Já estou cansada de reclamar com o zelador, que diz não poder fazer muita coisa e reclama sobre como é difícil dar conta de tudo sozinho. Quando a caixa de metal finalmente chega, puxo a porta de madeira e entro; durante a descida, respiro fundo para tentar me acalmar, aperto meus dedos uns contra os outros enquanto observo a contagem regressiva dos números até o térreo.

Vittorio se vira em minha direção assim que piso na calçada. Ergo uma mão para cumprimentá-lo, mas ele não reage. Mantém-se com as mãos no bolso esperando-me cruzar a rua. Espero o fluxo de carros se atenuar e relanceio Vittorio, que continua imóvel com os olhos pregados em mim. Divido meu olhar entre ele e os carros, e quando enfim atravesso ele acompanha cada passo meu.

— Oi — falo ao me aproximar.

— Oi — responde num tom baixo e suave.

Espero-o agir, me convidar a entrar no carro, porém Vittorio se mantém em silêncio, fitando-me intensamente, o que me deixa constrangida. Às vezes, ele me olha como se eu fosse uma aparição, um fantasma a assombrá-lo; em outras, como se eu fosse uma musa, uma inspiração para suas representações artísticas. Nessas ocasiões, tenho a impressão de que ele se ausenta, parece entrar em transe.

Aperto a bolsa contra meu corpo e resolvo falar:

— Podemos ir?

— Claro — diz, sendo tirado de seu transe. Vittorio olha para o lado e passa por mim para abrir a porta do passageiro, depois segue para seu posto, passando a mão pelo cabelo cheio, que fica ligeiramente bagunçado, num estilo que combina com o jeans surrado e a camiseta justa.

Agora que sei que ele é um artista, que conheço seu trabalho, um dos mais belos que já vi, tudo nele passou a harmonizar: os cabelos bagunçados, a barba ora feita, ora por fazer, as calças surradas, as botas de couro com manchas de tinta.

Dentro do carro, Vittorio diz:

— Para onde vamos? — Ele apoia o braço no encosto do meu banco.

Sem querer, fito os músculos a centímetros de distância, e então volto a atenção para minha bolsa, tirando dela a lista obtida com Marcello.

— Estes são os endereços. O Sandro é o que já visitei. — Ofereço-lhe a lista, que Vittorio pega e lê.

— Podemos ir a qualquer um.

— Acho melhor irmos ao mais perto. — Um dos endereços na lista fica em uma cidade mais distante; levaríamos o dia inteiro para ir e voltar.

— Podemos ir a qualquer um — repete Vittorio.

— É muito longe. — Aponto para o papel.

— Em qual *você* quer ir primeiro? — diz, enfatizando que a escolha é minha.

Mordo um canto da boca, ponderando se digo que gostaria de conhecer o receptor das córneas, embora more longe.

— Antonella? — Vittorio ergue uma das sobrancelhas.

Olho para a frente e digo:

— Pietro Moretti.

Ouço o som da folha balançando nas mãos de Vittorio.

— Vamos lá.

A saída da cidade para a rodovia é demorada; mesmo sendo fim de semana, o trânsito está carregado. Isso não parece incomodar Vittorio, que mantém a calma atrás do volante, expressa em movimentos suaves. Penso em Enrico: ele se irritava quando ficava preso em congestionamentos, se aborrecia com os outros motoristas; por isso, sempre que o tempo estava bom, escolhia sair de moto.

Vittorio e eu permanecemos em silêncio até que avisto a rodovia.

— Quanto tempo vai levar? — pergunto para puxar assunto.

— Está perto das dez, então vamos chegar no início da tarde — responde ele, conferindo o relógio digital no painel do carro.

— O trânsito está ruim, não é?

— Um pouco, mas não me incomoda. — Ele troca de faixa.

— Que bom. A maioria das pessoas não gosta.

Vittorio sorri, liga a seta e entra na rodovia, acelerando para se equiparar à velocidade da via. As janelas fechadas abafam o som externo, permitindo que conversemos.

— Quando eu estava no hospital, pensei que nunca mais fosse dirigir. A primeira vez que entrei no carro e pude dirigir depois da cirurgia foi incrível. Agora valorizo até mesmo ficar preso no trânsito.

Sorrio também e o fito.

— Demorou para conseguir seu transplante? — pergunto.

— Em comparação com outras pessoas, acho que não. Mas para mim foi como passar centenas de anos deitado na cama à espera da morte. — Vittorio continua atento à estrada, com uma mão no volante e a outra sobre a coxa, controlando a aceleração do carro e mantendo-nos em linha reta.

— Como foi? Se não quiser falar, tudo bem — apresso-me em dizer, erguendo uma mão.

— Nasci com uma cardiopatia rara. Fiz cirurgias durante a vida inteira e desde criança sempre tomei muitos remédios. Mas chegou uma hora em que nada mais era suficiente, eu precisava de um transplante, meu coração não tinha mais forças para continuar; ou ele era trocado, ou eu morreria. — Ele me relanceia.

— Desde criança? E sua vida, como era?

— Ruim.

— Muito?

— Demorei um tempo para aceitar que não podia fazer o que as outras crianças faziam. Não podia correr, nem jogar bola, nem brincar como os outros. Na adolescência, foi um pouco mais fácil; eu já estava acostumado ao fato de que não podia fazer esforço físico, e foi quando comecei a me interessar por artes plásticas. Enquanto os outros garotos praticavam esportes frenéticos, eu pintava.

Não noto mágoa em sua voz; sinto que ele aprendeu com suas limitações.

— Você sentia dor? — Viro o corpo para ele. Existe uma aura de mistério em torno de Vittorio que me faz sempre querer saber mais.

— Não era dor. Eu sentia como se a vida saísse de mim pouco a pouco. Cada vez que meu coração sofria uma recaída, as coisas pioravam. Deixei de ser capaz de subir cinco degraus de escada, de tomar banho sozinho, até chegar ao ponto de não conseguir me levantar da cama. Foi então que fui para a UTI, onde fiquei até o transplante. Essa época foi a mais agoniante, porque de lá eu só sairia morto ou transplantado, não havia mais opção. Bem, quando você passa tão perto da morte, até o trânsito caótico de Vita se torna belo.

Ele sorri outra vez, e eu reflito que é por pessoas como Vittorio que vale toda a luta pela conscientização sobre o transplante de órgãos, que é por pessoas assim que o trabalho no Salute tem de prevalecer. É por pessoas assim que a morte de Enrico pode ter algum sentido.

— Posso fazer uma pergunta? — diz ele.

— Sim. — Observo seu perfil.

— Como você conseguiu a lista?

Comprimo os lábios pensando no que responder; não posso contar sem envolver outras pessoas.

— Não posso dizer.

Vittorio desvia os olhos da estrada para mim por breves segundos.

— Perguntei por curiosidade, porque sei que é consonância entre os médicos que as famílias de doadores e receptores não se encontrem.

Endireito-me no banco, cruzando as mãos e afundando os pés no assoalho do carro. Meu corpo fica rijo, e penso em como posso me contrapor ao que ele acabou de dizer.

— Não é proibido, é só uma precaução. Não está escrito em nenhum lugar que eles não podem se conhecer. Se as famílias querem se ver, é melhor permitir.

Vittorio solta uma mão do volante e a agita ao meu lado.

— Calma! Eu não disse que é proibido. Mas eu ouvi dos médicos que é melhor que as pessoas não se conheçam para não haver falsa ligação afetiva.

Viro o rosto para a janela, observando a mudança da paisagem de urbana para rural.

— *Falsa ligação afetiva?* O que há de falso em conhecer alguém que seu familiar ajudou a salvar? Isso não faz sentido.

— Algumas pessoas podem acabar confundindo as coisas e criar sentimentos por quem recebeu os órgãos.

Viro-me novamente para ele.

— Está dizendo que vou me apaixonar por um deles?

Vittorio faz um movimento sutil com a cabeça.

— Não estou dizendo isso; estou dizendo que é a justificativa que os médicos dão para não expor os nomes.

Volto a observar a paisagem, em silêncio. Vittorio volta a falar:

— Imagine uma mãe que perde um filho; como ela se sentiria ao conhecer a criança que recebeu os órgãos? Ela com certeza ficaria emotiva o suficiente para confundir os papéis, poderia achar que aquela criança também a pertence de alguma maneira.

Suspiro e fecho os olhos. Sei que ele está certo, sei de tudo isso; já ouvi de Chiara, já ouvi dos médicos e já ouvi da assistente social do hospital todas as razões pelas quais eu não deveria conhecer os receptores. Entretanto, é a primeira vez que um transplantado me fala com tanta determinação.

— Você gostaria de saber quem doou seu coração? — Continuo sem me virar para ele.

— Não — ele diz rápido e certeiro.

— Por quê?

— Para evitar a chance de trazer mais dor para a família do doador.

Volto a olhá-lo e aperto a bolsa contra o peito.

— Você acha que eu estou errada? Que devo parar? — sussurro, baixando a cabeça.

— Não, acho que deve continuar.

— Não entendo... — murmuro, confusa.

— Em nenhum momento eu falei para você desistir. Só estava curioso sobre a lista, porque sei que não foi pela central de transplantes que você conseguiu. Mas você resolveu puxar o fio do novelo...

Entorto meus lábios antes de falar:

— Sim, digamos que eu não consegui pelos meios *protocolares*, por isso não posso dizer.

— Ok — ele encerra a conversa e volta sua total atenção à estrada.

O silêncio no carro é quebrado pela música baixa. No rádio, está tocando "Always", de Gavin James; a música é como uma onda suave na qual posso mergulhar e me banhar; sinto cada palavra, sinto a melodia reverberar pelo meu corpo. Minha sintonia com a música é tão profunda que esqueço que estou no carro com Vittorio e, com os olhos fechados, canto seus versos:

Cracks won't fix and the scars won't fade away
I guess I should get used to this
The left side of my bed's anempty space
I remember we were strangers
So tell me what's the difference/ Between then and now
And why does this feel like drowning?
Trouble sleeping, restless dreaming
You're in my head
Always, Always[1]

Quando a música termina, sinto meus olhos úmidos, mas não me preocupo em abri-los nem em secá-los; deixo que as lágrimas escorram,

1. Versão traduzida do trecho da música "Always", Gavin James: Rachaduras não vão se consertar e as cicatrizes não vão desaparecer/ Acho que devo me acostumar com isso/ O lado esquerdo da minha cama, um espaço vazio/ Eu me lembro que éramos estranhos/ Então me diga qual é a diferença/ Entre antes e agora/ E por que isso parece como estar me afogando?/ Problemas para dormir, sonhos inquietantes/ Você está na minha cabeça/ Sempre, sempre.

e submerjo nas músicas que se seguem, também calmas, melódicas. Permito que meu coração aceite esse afago; são poucos os momentos em que consigo me desligar assim do mundo. Sinto como se abrigasse em mim a voz de outra pessoa, e isso me traz placidez.

Vittorio continua dirigindo em silêncio. Ele parece saber exatamente o que colocar para tocar, parece saber o que meu coração precisa. Perco a noção do tempo, e é só quando ele reduz a velocidade do carro que abro os olhos e percebo que estamos numa cidadezinha.

— É aqui? — pergunto em voz baixa, com a cabeça recostada no banco.

Vittorio estaciona o carro, vira-se para mim e pergunta, também em voz baixa:

— Você está bem?

— Sim. — Sorrio.

Este "sim" foi a palavra mais verdadeira que saiu da minha boca no último ano. Vittorio me observa e também sorri, parecendo entender a complexidade que essa palavra tão curta carrega.

— Vou colocar o endereço no GPS. — Ele digita no aplicativo e logo começa a seguir as instruções ditadas pela máquina.

A cidade é pequena, intimista, acolhedora, distante da loucura da cidade grande. Conforme seguimos pelas estreitas ruas de pedra, passamos pelo centro, repleto de árvores com flores de todas as cores e, então, o GPS informa que estamos a poucos metros do destino. Neste momento, meu coração se acelera.

E se ele pensar como Vittorio? E se não quiser conhecer a família do doador? E se for pior do que o primeiro receptor que conheci?

Minhas mãos tremem e suam frio.

Vittorio estaciona o carro ante uma casa simples, porém muito bonita, com uma varanda com redes de descanso, cercada por um gramado baixo com árvores frutíferas, pelo qual pequenos cães correm animados. Uma típica casa do interior.

— Pronta? — pergunta Vittorio.

Concordo com um gesto de cabeça, e ele me oferece um grande sorriso que forma rugas nos cantos de seus olhos claros.

Saímos do carro e batemos as portas ao mesmo tempo.

Vittorio se coloca ao meu lado enquanto procuro uma campainha; como não encontro nenhuma, resolvo bater palmas. Ao som da batida das minhas mãos, os cachorros fazem um alvoroço, e seus latidos são muito mais eficazes do que minhas palmas. Ouço um homem gritar:

— Já vai!

Olho para Vittorio mais uma vez e sorrio. Apesar do medo do desconhecido, sinto-me mais forte pelo fato de não estar aqui sozinha.

— Pois não? — Escuto e me viro na direção da voz.

Avisto um homem que aparenta ter cinquenta e poucos anos, de cabelos grisalhos, vestido com bermuda, camiseta e sandálias de dedo. Ele coloca uma mão sobre a testa para sombrear os olhos sob o sol a pino.

— Oi... — Limpo a garganta. — Oi, meu nome é Antonella e estou procurando por Pietro Moretti.

— Sou eu, em que posso ajudar? — diz ele, aproximando-se.

Quando vou abrir a boca para dizer a razão de estar aqui, meus lábios travam. Minha mente rodopia com mil conjecturas: e se ele me rejeitar? Ou me expulsar? Ou brigar comigo? Ou me denunciar para o hospital?

Meu peito arfa, minhas pernas fraquejam e eu desisto.

— Não é nada, desculpe o incômodo. — Viro as costas e começo a caminhar de volta para o carro, porém sinto um toque em meu braço: Vittorio me segura e balança a cabeça negando que eu vá.

— Não consigo — sussurro.

— Venha — ele fala, puxando-me de volta. Então, para diante do portão, alinhado ao homem, cujo olhar confuso passa de Vittorio para mim. — Olá, meu nome é Vittorio, sou um transplantado cardíaco. E esta é Antonella. Nós viemos de Vita para conhecê-lo. Você fez um transplante também, certo?

— Sim, em um hospital de Vita. Aqui não temos os equipamentos e os médicos que vocês têm por lá. Fiz um transplante de córneas — diz o homem, sorrindo e apontando para os próprios olhos.

Vittorio me olha de relance e sorri.

— Querem entrar? Vou pegar a chave do portão. — Pietro Moretti volta para dentro de sua casa e retorna com um molho de chaves poucos segundos depois. No caminho até o portão, ele ralha com os cachorros.

Ele abre o portão e nos conduz até sua residência. Continuo em silêncio. A casa, de paredes claras, é repleta de quadros e retratos. Pietro nos convida a sentar no longo e macio sofá antes de gritar em direção ao corredor:

— Mulher! Oh, mulher! Tem visita!

Logo, uma mulher com mais ou menos a mesma idade dele aparece secando as mãos em um pano, que joga sobre o ombro.

— Boa tarde! — diz ela, oferecendo-nos uma mão.

— Boa tarde! — respondemos em uníssono, aceitando seu cumprimento.

A seguir ela olha para Pietro, esperando que ele esclareça quem são os convidados no meio de sua sala. Ele tem dificuldade de responder e, por isso, desvia os olhos da mulher e fixa o olhar em nós, fazendo-me perceber que não sabe como explicar a situação à mulher.

Sinto-me compelida a falar:

— As córneas que você recebeu eram do meu namorado — digo de uma vez.

Os dois arregalam os olhos e se entreolham.

— Meu doador era seu namorado? — Pietro tem um dedo apontado para si mesmo.

— Sim. Me desculpe por aparecer aqui sem avisar. Eu precisava conhecer a pessoa que recebeu uma parte do Enrico. Juro que não estou aqui para incomodar. Só quero saber se o senhor está bem... É só isso... Só me responda se está bem, e eu vou embora e não volto nunca mais — disparo uma palavra após a outra.

Sinto uma forte pressão no peito, e o ar desaparece com a angústia de talvez ser expulsa daqui. Vai ser tão difícil quanto da primeira vez? Estou certa de que eles vão dizer que não têm interesse em saber quem eu sou e acharão que estou sendo impertinente.

— Antonella... — sussurra Vittorio, tocando meu braço e trazendo-me de volta ao presente.

Tanto Pietro quanto sua mulher continuam mudos e imóveis. Aperto minhas mãos suadas uma contra a outra.

— Eu já vou. Me desculpem, me desculpem! — Levanto-me para partir. Vittorio também se levanta e apoia uma mão em meu ombro.

— Antonella, calma! — sussurra, aproximando sua cabeça da minha.

— Eu sempre quis conhecer alguém da família da pessoa que devolveu minha visão! — ouço Pietro falar.

— O quê? — Fito-o, muito surpresa.

— Eu estava cego, menina! Eu estava cego fazia muito tempo! — Pietro aponta para o sofá novamente. Ele segura a mão da mulher e diz: — Vem, bem, vamos preparar alguma coisa para esses dois lancharem.

O homem deixa a sala acompanhado da mulher.

Boquiaberta e com os olhos arregalados, agarro a mão de Vittorio que está em meu ombro e a aperto. O casal retorna à sala cerca de dez minutos depois; a mulher arrasta a mesinha de centro e coloca sobre ela uma jarra com suco, alguns pãezinhos, frios, um bolo caseiro e frutas.

— Espero que esteja a contento de vocês. Eu mesma fiz o bolo e os pães — diz a mulher, sorridente.

— Está ótimo! Tenho certeza de que está delicioso — respondo, pegando um pedaço do bolo.

— Já que vocês estão aqui, e se não for uma ofensa perguntar, como meu doador faleceu? — pergunta Pietro, cruzando as mãos.

Aperto meus olhos, e a sequência de imagens daquele dia assalta minha mente. O barulho da moto derrapando, eu sendo arremessada, os gritos, as buzinas, as sirenes, então o silêncio absoluto. Sinto a dor irradiar por meu corpo tal como naquele dia, e meu coração se aperta no peito. Entretanto, Pietro tem o direito de saber; ele aceitou me contar a sua história e, agora, devo contar a minha.

— Num acidente de moto — respondo, sintetizando o que em minha cabeça é um longo e infeliz filme.

— Ah, sinto muito! Cidades grandes e seus acidentes de trânsito... É muito triste. Ele era tão jovem quanto você?

Aprumo-me no sofá e corro os olhos por Vittorio, Pietro e a mulher, todos os três imóveis e atentos a mim.

— Sim, ele tinha vinte e nove anos.

Pietro e a mulher se entreolham e fecham os olhos.

— Que tristeza, meu Deus! — fala a mulher, juntando as mãos. — E por que você resolveu nos procurar, querida?

Ofego e reúno toda a minha coragem.

— Eu quero conhecer as pessoas que carregam uma parte do Enrico, quero saber se elas estão bem. Acho que assim vou ver com meus próprios olhos que a morte de Enrico não foi em vão.

Todos eles mantêm os olhos em mim mesmo depois de eu terminar de falar, até que Pietro suspira e quebra o silêncio:

— Se ele era parecido com você, então sou um homem de muita sorte por ter algo dele em mim. Ainda mais os olhos: imagino que seu namorado foi muito feliz por ter tido o privilégio de usá-los para admirar uma mulher tão linda como você.

Sua mulher concorda e busca sua mão para segurá-la. Ambos estão emotivos e sorrindo.

— Quando perdi a visão, pensei que nunca mais veria o rosto da minha mulher — diz Pietro, olhando para a esposa. — Esse era o meu maior desgosto. Não me importava de andar batendo nas coisas, nem de ser apontado na rua, nem de ser tratado como um inválido. O que mais me doía era não poder ver o rosto da minha mulher. — Pietro continua fitando a esposa, que tem os olhos brilhando, marejados de lágrimas.

Sinto que meu coração está prestes a explodir, que não cabe mais dentro do peito. Não consigo explicar a sensação que circula por mim; é euforia, é otimismo, é uma mistura disso com a tristeza de não ter mais Enrico, mas também com um contentamento imensurável por conhecer este homem e com o orgulho de que um pedacinho de Enrico esteja com ele, trazendo-lhe felicidade. Levo uma mão em punho até meu peito, arrebatada pelo que acabei de ouvir e sentir.

— Obrigada — falo, o que os faz olhar para mim outra vez.

— Somos nós que agradecemos a você e à família do seu falecido namorado — diz a mulher, aproximando-se e tomando uma das minhas mãos. — Você será sempre bem-vinda nesta casa, sempre.

Não consigo responder; emocionada, apenas aceito o aperto de sua mão e faço que sim com a cabeça.

— Agora, comam! Por favor, comam! — ela insiste, voltando a se sentar ao lado do marido.

E assim fazemos; nós quatro comemos e conversamos por boas horas. Pietro conta a Vittorio como é a vida nesta cidade e quer saber sobre a vida em Vita. Percebo que Vittorio está à vontade com essas pessoas; ele fala abertamente, sorri, muito diferente do que é no Salute. Pergunto-me qual é o tipo de ajuda que ele busca, já que frequenta duas reuniões por semana, sem, no entanto, se pronunciar em nenhuma delas.

— É melhor irmos — diz Vittorio.

— Claro — respondo, alcançando minha bolsa.

— Por que tão cedo? — pergunta Pietro, dando dois tapinhas nas costas de Vittorio.

— O caminho de volta é longo — falo.

— Antes, quero dar uma coisa para vocês. Venham comigo. — Pietro nos conduz para fora da sala e pela lateral da casa.

Chegamos à entrada do que parece ser uma pequena oficina. Ele entra e volta com duas esculturas de aproximadamente vinte centímetros cada; não consigo identificar o que elas representam até que ele coloca uma em minhas mãos e a outra nas de Vittorio.

— É um beija-flor? — pergunto, um pouco envergonhada.

— Sim. — Pietro sorri, escondendo as mãos atrás do corpo. — Bem, eu tentei esculpir um beija-flor, ainda estou aprendendo. Quando voltei a enxergar, quis fazer algo que pudesse deixar para as pessoas se lembrarem de mim.

— É muito bonito! — fala Vittorio, girando a peça nas mãos. — Obrigado.

— Um beija-flor representa amor, cura, sorte, graça e suavidade. É o que eu desejo para vocês. Que tenham uma boa vida juntos e com muito amor. Imagino o quanto deve ser difícil recomeçar. Mas do que a vida é feita senão de recomeços, não é?

Ouço com um sorriso no rosto até a parte em que ele diz "tenham uma boa vida juntos e com muito amor".

— O quê? Não! Nós não temos nada! — apresso-me em falar. — Vittorio é meu... — Olho para Vittorio em busca da palavra mais apropriada. — Amigo, ele é meu amigo.

Pietro olha para nós dois e franze a testa.

— Desculpe, achei que ele fosse seu novo namorado.

Vittorio estreita os olhos enquanto me observa desfazer a confusão na cabeça de Pietro.

— Não é — reforço, encarando Vittorio, que, ao me ouvir, esfrega uma mão com força no queixo e baixa a cabeça antes de se voltar para Pietro e dizer:

— Foi um prazer conhecê-lo, e obrigado por nos receber tão bem. Precisamos mesmo ir, ou chegaremos muito tarde em Vita.

— Obrigada! Estou muito feliz em vê-lo bem e saudável — falo, tomando Pietro num abraço, que ele retribui com afeto.

Sua mulher logo se junta a nós e também nos abraça, dizendo para voltarmos sempre que quisermos. E é assim que me despeço deles: com o coração inflado de orgulho.

Eu e Vittorio seguimos nosso caminho de volta. Ele dirige em silêncio enquanto eu analiso cada detalhe do beija-flor em minhas mãos. As palavras de Pietro sobre o significado da peça pairam em minha mente. Reflito sobre a força que um pássaro tão pequeno deve ter para se manter persistente em busca do néctar das flores, em busca do lado doce da vida, mesmo em meio às dificuldades; é um lembrete de que devemos ser moldáveis.

Em seguida, penso no engano de Pietro, que deduziu que Vittorio e eu éramos um casal.

Deixo minha imaginação voar e cogito se um dia alguém vai conseguir entrar em meu coração. Se isso acontecer, acho que seria alguém que, mesmo em silêncio, fizesse eu me sentir confortável, como se estivesse em casa. Como Vittorio.

Olho mais uma vez para o beija-flor e pondero sobre como minha vida será daqui para a frente. Como será quando eu terminar minha jornada? Como será após conhecer todas as pessoas que carregam um pedaço de Enrico? Como será quando a última página deste triste relato da minha vida for virada?

— Preciso parar para comer alguma coisa. Tenho que tomar meus remédios e não posso fazer isso com o estômago vazio. Tudo bem para você? — pergunta Vittorio, distraindo-me dos meus pensamentos.

— Sim! O que você precisar. — Sinto-me um pouco culpada por, de alguma forma, arriscar sua saúde.

Vittorio dirige por mais algum tempo até que avistamos uma parada na estrada.

— Vamos parar ali? — falo, indicando o ponto luminoso.

O lugar é uma parada comum, com posto de gasolina, alguns restaurantes pequenos e lojas de conveniência. Eu e Vittorio entramos em um dos restaurantes e escolhemos uma mesa próxima a uma janela. Um garçom se aproxima e nos entrega o cardápio. Faço meu pedido. Vittorio se demora mais, mas acaba por escolher o mesmo que eu.

Ele está quieto. Mais cedo, vendo-o conversar com Pietro e a esposa, imaginei que nossa volta seria mais animada. No entanto, desde que Pietro nos tomou por um casal, Vittorio se silenciou. Mesmo sentado à minha frente, ele evita me olhar; sinto vontade de perguntar o que o chateia, mas tenho medo que se diga arrependido de estar aqui, arrependido de ter se juntado à minha busca.

— Eles são boas pessoas — falo, buscando puxar assunto.

Vittorio concorda com um gesto de cabeça e esboça um sorriso.

— Estava com medo de eles me expulsarem de lá ou coisa do tipo — complemento. — Mas agora que os conheci tenho esperança de que as outras pessoas da lista sejam como eles.

Ele me escuta em silêncio, observando o movimento no restaurante.

— Você acha que os outros serão como eles? — pergunto.

— Quanto tempo vocês ficaram juntos? — indaga ele, e agora fixa o olhar em mim, ignorando o entorno.

— Enrico e eu?

Ele assente.

— Três anos.

Vittorio desvia os olhos outra vez e diz:

— É um bom tempo.

— Por quê? — Inclino a cabeça um pouco para o lado.

Ele parece querer dizer algo mais, porém não o faz. Suspiro, resignada com a ideia de que ele não quer continuar essa busca comigo.

— Já é noite. Desculpe por fazê-lo perder o dia. — Giro a cabeça para a janela e observo a noite que começa a cair.

Passam-se alguns segundos de silêncio até que o ouço dizer:

— Não perdi.

Viro-me para ele novamente, e nossos olhares se encontram. Vittorio agora tem as duas mãos sobre a mesa.

— Se você não quiser mais ir comigo atrás das outras pessoas, não tem problema. Não se sinta pressionado a continuar.

Seus dedos se mexem inquietos ao lado dos talheres.

— Você canta?

— O quê?

Sua pergunta me pega de surpresa; esperava uma resposta para meu comentário e, mais uma vez, ele introduz um assunto diferente.

— Por que a pergunta? — Inclino o corpo para a frente e também apoio as mãos na mesa.

Vittorio mexe nos talheres de maneira inquietante.

— Você cantou na vinda. Estava com os olhos fechados e cantava. Não pude deixar de notar como sua voz é bonita. Pensei que também pudesse cantar, além do trabalho no Salute.

Ele enfim para de mexer nos talheres e descansa as mãos no próprio colo.

— Ah! — Sorrio e baixo a cabeça, embaraçada por ter soltado a voz mais cedo; em geral, sou comedida em relação a isso.

— E então?

— Não, eu levei a música a sério.

Desta vez, sou eu quem desvia o olhar para acompanhar a movimentação do restaurante.

— Você sabe que sua voz é muito bonita, não sabe? — Ele também se inclina para a frente.

— Obrigada, mas não é para tanto.

Sempre me senti constrangida em relação à minha voz. Sei da potência que ela pode alcançar, sei que as notas deslizam com facilidade para fora da minha boca. No entanto, quando pequena, sempre que eu dizia que queria cantar, que queria viajar o mundo cantando, alguém ria ou me falava para parar com esses sonhos malucos, que ninguém vive de arte, que isso era só uma ilusão. Que milhares de outras garotas com uma voz igual ou melhor estavam estudando e trabalhando.

Com o passar dos anos, fui abrindo a boca cada vez menos, até parar completamente de soltar a voz. Já não cantava nem mesmo perto de Enrico.

Finalmente, nossos pratos chegam. Deixamos a conversa de lado e nos concentramos na refeição. Mesmo depois que acabamos, não voltamos a discorrer sobre nenhum assunto. Ao voltar para o carro, Vittorio pega no banco traseiro uma bolsa cheia de medicamentos e começa um verdadeiro ritual de ingerir pílulas.

Não me causa estranheza; sei que a vida de um transplantado é assim. São os remédios que mantêm sua vida nos trilhos. E ao que vejo, no caso de Vittorio, sem muitos efeitos colaterais.

Ele liga o rádio outra vez. Não falo nada, mas seu gosto musical se encaixa perfeitamente ao meu. O caminho de volta é silencioso, porém aconchegado.

10

Antonella

— Muito obrigada, não tenho como agradecer por ter estado comigo nesse momento — falo, olhando-o com firmeza.

Ele dá de ombros e sorri com o canto da boca; sorrio também e abro a porta do carro para descer, porém, antes de colocar o primeiro pé para fora, sinto sua mão em meu braço.

— Quando quer ir ao próximo da lista? — sua pergunta me surpreende, pois pensei que ele não tinha mais interesse em fazer parte dessa jornada.

— Você vai comigo? — sussurro, confusa.

Metade da face de Vittorio é banhada pela luz que vem dos postes e do farol dos carros, fazendo seus olhos fulgurarem, enquanto a outra metade se esconde na penumbra da noite, e sua voz soa rouca e aveludada, mergulhando-o numa atmosfera de mistério. Ele confirma com a cabeça, ainda com a mão em meu braço.

— No próximo fim de semana? — proponho, capturada pelo brilho em seu olhar.

— Ok, no próximo fim de semana.

Nos entreolhamos por alguns segundos até que ele afasta a mão de minha pele e a coloca sobre o volante. Saio do carro e, assim que entro no prédio, aceno com a mão.

O antigo prédio possui um pequeno átrio com uma bancada acanhada e uma banqueta para o porteiro. A portaria está vazia; o senhor Oswald já deve ter ido embora. Miro o relógio na parede atrás da bancada e vejo que passa das nove; aos fins de semana, ele só fica em seu posto até as oito. Depois desse horário, só se pode entrar no prédio usando a chave ou contando com a boa vontade de um vizinho. Olho para trás uma última vez e vejo o carro de Vittorio partindo e o acompanho com o olhar até que desaparece na escuridão.

Chamo o elevador e, enquanto espero, constato que estou exausta e alongo os braços e o pescoço. Entretanto, embora meu corpo esteja cansado, sinto a alma mais leve; a agonia que me rodeia constantemente desde a morte de Enrico dá sinais de remissão agora que conheci Pietro e sua esposa e sei que uma parte de Enrico está com alguém especial. Isso acalma meu coração. Levo uma mão ao peito e ajuízo que essa dor enfim vai me abandonar.

Ouço o barulho da engrenagem do velho elevador quando este para no térreo, puxo a porta, entro e aperto o botão com o número dez, correspondente ao meu andar. Acompanho os números no visor até que, no sexto andar, faz-se um ruído alto e as lâmpadas piscam.

— Oh, não, não! — murmuro, apertando o número mais uma vez.

Contudo, é inútil, porque, assim que passa do sétimo piso, o elevador dá um solavanco, fazendo-me dobrar as pernas e projetando-me para trás. Minhas mãos deslizam pelo aço na tentativa de me amparar.

A caixa ainda sobe vagarosamente mais um tanto antes do segundo solavanco, com um barulho que reverbera do metal até meus ossos, jogando-me de joelhos ao chão. As luzes se apagam, e o elevador para de vez. Agarro minha bolsa e tateio dentro dela até encontrar o celular para ligar a lanterna.

Com as pernas doendo por causa do tranco, arrasto-me e bato com a mão espalmada na porta.

— Ei! Tem alguém aí? O elevador parou! — grito e bato com mais força, porém ninguém responde. — Droga!

Esfrego o rosto e tento controlar a respiração, pois o desespero ameaça se intensificar. Digo a mim mesma para me acalmar, repetindo isso como um mantra. Com dificuldade, coloco-me de pé e volto a bater na porta e a gritar mais alto:

— Ei! Alguém? Estou presa no elevador!

Coloco a orelha contra a porta para tentar ouvir alguma movimentação, mas não ouço nada. Ilumino o painel numérico e aperto repetidas vezes o botão de emergência, porém ele não soa. É provável que esteja quebrado.

Respiro intensamente, coordenando a ação de inspirar e de expirar na tentativa de manter o controle e tentando me convencer de que está tudo bem, de que logo alguém vai aparecer para me tirar daqui.

— Estou segura, estou segura... — recito. — AHHHHHHHHHH! SOCORRO! — Meu desespero volta com força total quando o elevador dá outro solavanco, com um ruído ainda mais estrondoso.

Jogo-me contra a porta e bato nela com os punhos cerrados, gritando a plenos pulmões:

— SOCORRO! ALGUÉM ME TIRA DO ELEVADOR?! — Sinto as lágrimas quentes escorrendo pela minha face. — SOCORRO!

Ouço um bipe sob meu choro descontrolado e encosto a orelha contra a porta para saber se veio de fora. Mais uma vez, não escuto nada. Com os punhos contra a porta, clamo para que alguém me tire deste lugar. O pânico me domina, meu cérebro não funciona, não consigo pensar em nada. Com o rosto entre as mãos, assusto-me com um barulho ao meu lado, passo o dorso da mão sobre os olhos e noto que o som vem do meu celular. Pego o aparelho e deslizo o botão verde.

— Por favor...

— Desculpe ligar agora, é que você deixou seu beija-flor no meu carro...

— Vittorio, por favor! — interrompo-o.

— O que aconteceu? — pergunta, alarmado.

— Elevador... Estou presa... Quero sair daqui... — As palavras saem como uma súplica desconexa e chorosa.

— Calma. Você apertou o botão de emergência? — ele pergunta com a voz branda.

— Está quebrado, está tudo quebrado! Ninguém me escuta, eu quero sair daqui! Ele vai cair, essa coisa vai cair comigo aqui dentro! Pelo amor de Deus, me tira daqui! — Assim que termino de falar, ouço um novo estalo, e o elevador desce mais um pouco, fazendo-me perder o último fio de sobriedade. — SOCORRO! — Solto o telefone e me deito no chão, encolhida e protegendo a cabeça.

O efeito psicológico de estar impotente e aprisionada em uma caixa de metal fria, escura e defeituosa a dezenas de metros do chão destrói qualquer raciocínio coerente que eu possa ter; esqueço até que estou com Vittorio ao telefone. Desapodero-me de qualquer sentido de tempo e de espaço, já não sei mais se estou aqui há segundos, minutos ou horas, e a escuridão só intensifica a sensação de estar perdida no espaço, sozinha.

Faço um esforço mental para dispersar esses pensamentos, para imaginar que não estou aqui, e sim em minha casa, em minha cama. Acreditando que, se eu não me mexer, o elevador não cairá, fico tão imóvel quanto possível. Meu choro migra para um soluço preso na garganta. Tento controlar meus arquejos, com medo de respirar forte.

Enquanto tento, sem sucesso, abstrair-me de tudo, sou trazida de volta ao presente pelo som do celular: de início, escuto-o como se ele estivesse a quilômetros de distância, mas então o som vai ficando mais alto, até que eu me dou conta de onde vem. Tateio pelo aparelho e o levo à orelha.

— Antonella? Antonella?

Não consigo falar; meu corpo inteiro treme a cada rangido desta caixa condenada. Encolho-me mais e mais, como se quisesse me fundir ao chão.

— Você está me ouvindo?

Confirmo com um gesto de cabeça, tentando enfrentar o medo para expressar em palavras que, sim, estou ouvindo.

— Antonella, diz que está me ouvindo!

— Sim — murmuro.

— Escute, não precisa ter medo. Estou chegando no seu prédio. Fique com o celular, não precisa falar, só me escute, ok?

Faço que sim com a cabeça mais uma vez.

— Chamei ajuda, você vai sair daí logo.

Prendendo o telefone contra a orelha, continuo imóvel, porém o ranger das engrenagens, das cordas ou do que quer que o esteja causando diminui a cada segundo a minha confiança de que vou conseguir sair daqui.

— Não se desespere. Pense em outras coisas, tente distrair sua mente... Nada vai acontecer. Nada.

— Está caindo... — sussurro, com medo que até o som da minha voz faça que as cordas arrebentem, lançando-me numa queda para a morte.

— Você não vai cair. — Sua voz se torna mais firme, e ouço o som de um carro freando e, em seguida, de uma porta batendo.

— Estou aqui! Estou indo até você. Já, já você estará fora daí.

— Está caindo, ele vai cair... — repito baixinho. — AHHHHH! — Mais um tranco, e o elevador despenca alguns metros, tão rápido que meu corpo é suspenso no ar e tomba com força. — VAI CAIR, VAI CAIR! MEU DEUS! — grito, voltando a chorar. — VAI CAIR, VITTORIO!

— Não vai! Merda! Como abre essa porta? Não tem ninguém na portaria?

Escuto um barulho de metal e entendo que ele está tentando entrar no prédio e, na mesma hora, me arrependo de ter trancado o portão.

— TOCA NOS OUTROS! TOCA NOS OUTROS! — berro.

— *Oi, tem uma moradora presa no elevador. Eu chamei os bombeiros, mas preciso que abra o portão...*

No meio da escuridão, arrasto-me até encontrar o canto e me encolho nele. Ouço Vittorio pedindo a vários moradores que abram a porta. Então, escuto uma voz diferente ao fundo.

— Eles estão aqui — diz Vittorio. — Fique calma. Você sabe em que andar parou?

— Estava no sétimo, mas caiu alguns metros. Está escuro aqui, Vittorio...

— Estamos indo. Fique com o telefone na orelha.

Faço como ele diz e ouço seus passos.

— Sim, fui eu que liguei. Tem uma moradora presa no elevador, o portão está trancado e ninguém abriu para mim. — Escuto-o dizer e imagino que seja para um bombeiro.

— Vamos abrir.

Depois disso, Vittorio para de falar comigo, mas continuo escutando tudo. Meu corpo estremece ao ouvir uma forte batida, e percebo que eles acabaram de arrombar o portão.

— Estamos subindo! — diz Vittorio, ofegando.

Com os olhos fechados, visualizo as ações a partir dos sons, já que Vittorio mantém o telefone ligado para que eu siga o passo a passo deles até mim. Algumas vozes se misturam, e o som dos passos se intensifica.

— Antonella?

Afasto o telefone da orelha. O som não parece vir da ligação.

— Antonella?

Desligo a chamada, abandono o celular no chão e me arrasto até a porta.

— Aqui! — brado.

Colo a orelha à porta e me concentro no que eles dizem.

— Senhora, fique calma. Vamos tirá-la em segurança, mas preciso que se acalme. Não vai demorar — uma voz grossa chega a mim.

— Está caindo! — respondo.

— O elevador não vai cair; os freios de emergência estão acionados. É normal que ele faça alguns barulhos por se tratar de uma máquina antiga. Não significa que vai cair.

Ouço isso com descrença; se os freios de emergência estão acionados, por que o elevador despencou alguns metros? Mesmo assim, faço um esforço para acreditar que o bombeiro diz a verdade.

Várias vozes falam entre si ao mesmo tempo, e não consigo entender o que estão dizendo. Depois de algum tempo, mais um estalo ressoa, e eu grito em pânico.

— Antonella, são eles, não tenha medo! — diz Vittorio, tentando me tranquilizar.

Tateio o chão à procura do celular, já com a tela apagada, e, quando o encontro, retorno a última ligação.

— Estou aqui — atende Vittorio.

— O que está havendo, por que não me tiram daqui?

Alguns segundos de silêncio se passam antes de ele suspirar e falar:

— Os freios de emergência estão travados. Os bombeiros não conseguiram localizar o zelador do prédio nem falar com a empresa que faz a manutenção.

Aperto os olhos, sem entender o que isso significa na prática.

— Não vão conseguir nivelar a cabine a um dos andares e, por isso, vão ter que tirar você pelo teto. — Ele baixa a voz na última frase: — Isso vai demorar um pouco mais.

— Como assim? — questiono, com o peito arfando.

— Os freios travaram, o elevador não vai se mover.

Apesar de ele falar isso num tom de pesar, eu recebo a informação como algo bom: se os freios estão travados, então é verdade que o elevador não vai cair.

— Não vai cair?

— Não, não vai. Não pense mais nisso, ok? Você vai sair daí em segurança, só vai demorar um pouco mais do que esperávamos — diz, novamente num tom brando.

Movo-me no breu e me apoio em uma das laterais, um pouco menos apavorada por saber que os bombeiros estão trabalhando.

— Antonella? — Vittorio me chama após eu ficar alguns segundos em silêncio.

— Estou muito cansada — falo, juntando os joelhos e apoiando a cabeça neles.

— Eu sei. Um dos bombeiros está descendo até a cabine, você vai ouvi-lo acima de você.

De fato, segundos depois, ouço alguém pisar no teto do elevador.

— Senhora, estamos trazendo as ferramentas necessárias para tirá-la, tudo bem?

— Sim — respondo, já sem muita seiva.

— Você está bem? — escuto Vittorio perguntar.

— Não, estou sentindo meu corpo fraco — respondo, deitando-me no chão do elevador, mantendo o telefone na orelha.

— Está com sede?

— Estou.

O tempo passa e estou cansada, com medo, com sede, com vontade de ir ao banheiro, uma mistura de necessidades que a falta de estimativa majora. Fecho os olhos mais uma vez, absorvendo a escuridão do ambiente, e fico deitada no chão à espera de ser salva. Desprendo-me do tempo, volto a imaginar que estou em casa, no escuro do meu quarto, sobre o conforto da minha cama.

— Ela está lá há mais de duas horas! Como não conseguem tirá-la? — escuto Vittorio esbravejar.

Encolho-me mais e desligo o telefone; não quero mais ouvir o que estão falando ou fazendo. Concentro-me nas pegadas barulhentas no teto da caixa, o mais próximo que tenho da liberdade.

— Senhora, você vai ouvir um barulho muito alto. O alçapão está travado, então vamos ter que serrar a trava. Em mais ou menos trinta minutos, você estará livre. Fique sentada no canto esquerdo do elevador.

— Ok! — Obedeço e rastejo até o canto, retraindo-me ao máximo.

Um minuto depois, um barulho ensurdecedor começa, um som de metal contra metal que me deixa desorientada e me faz tapar os ouvidos. Não sei dizer por quanto tempo esse som continua.

Contudo, assim que o barulho termina, abro os olhos e vejo o primeiro lampejo. A luz de uma lanterna é dirigida ao meu rosto; protejo os olhos com uma mão e me ergo.

— Vamos tirá-la agora. Uma escada vai ser descida até você, e você vai subir conosco até a porta do andar de cima, está bem? — diz um homem, que desvia a luz do meu rosto, de modo que consigo vê-lo melhor. Ele usa um uniforme cinza.

Faço que sim com a cabeça e sinto o coração bater frenético no peito com a expectativa de sair. Poucos minutos depois, vejo mais dois homens acima, e uma escada começa a ser encaixada dentro do elevador.

— Pegue suas coisas e comece a subir. Depois que chegar aqui, ajudaremos no restante do trajeto — diz o homem da lanterna, colocando a cabeça dentro da caixa.

Pego o celular, jogo-o dentro da bolsa e a passo em volta do pescoço, encaixando o pé no primeiro degrau. Chego ao teto do elevador e ponho a cabeça para fora. Minhas pernas travam na escada quando me vejo no vão assustador, escuro, sujo, repleto de engrenagens e cabos.

— Me dê sua mão — diz um dos bombeiros, com o braço estendido.

Agarro a mão dele e saio do interior do elevador para a superfície do teto. Embora eu ansiasse sair, não posso dizer que estar aqui em cima me cause menos medo. Sinto todos meus músculos tesos e agarro o uniforme de um dos bombeiros para me sustentar.

— Um de nós vai seguir na frente e o outro vai atrás de você. Não se preocupe, você ficará segura, e a distância é curta.

Olho para o alto e não entendo como ele pôde dizer que a distância é curta; para mim, é o monte Everest. Ainda assim, assinto e, com sua ajuda, agarro-me à escada e sigo o primeiro bombeiro. Tudo vai bem até que olho para baixo para me certificar de que o segundo está logo atrás. Então, tudo começa a girar, meu labirinto deixa de funcionar e perco o equilíbrio, errando o degrau.

O bombeiro abaixo de mim, rápido e eficaz, ampara meu corpo e me coloca de volta no lugar. Lá se foi meu fiapo de coragem. Aperto os olhos e grudo-me na escada com tanta força que é impossível dizer o que sou eu e o que é ela.

— Não tenha medo. Pode continuar subindo, eu não deixarei você cair — diz o bombeiro.

Meu cérebro ouve e entende o que ele diz, porém meus braços e minhas pernas se recusam a se mover.

— Antonella... — a voz suave de Vittorio me alcança. — Não olhe para baixo nem para cima. Encare somente o degrau da escada, concentre-se nele, e, um a um, você chegará aqui. Não olhe para nenhum outro lugar, ok?

Concordo com um aceno firme de cabeça e faço como ele diz: encaro o ponto que minhas mãos tocam e elevo-as pouco a pouco até começar a subir os degraus — devagar, mas sem interrupção.

— Me dê sua mão — ouço novamente, e vejo a mão aberta do primeiro bombeiro, pronto para me tirar do poço do elevador.

Assim que piso no hall, exausta e feliz por estar livre, me deixo desabar, porém Vittorio, prevendo minha queda, envolve-me em seus braços e me baixa com suavidade até o chão.

— Você está bem? — pergunta afetuosamente, ainda me segurando.

Nossos rostos estão alinhados a poucos centímetros um do outro. Seus olhos brilham ao explorar cada centímetro da minha face. Eu, enfim, sinto-me abrigada e protegida.

Dando-me conta de que ele aguarda uma resposta, falo:

— Acho que sim, ainda estou assustada. — Estico minha mão para lhe mostrar como ela treme.

Ele sorri e me solta lentamente, porém não afasta o corpo do meu. Buscando minha mão, ele a segura e a afaga para que pare de tremer. Ainda demoro para olhar ao redor e notar a quantidade de pessoas, bombeiros e moradores.

— Vamos interditar esse elevador. Ele não tem nenhuma condição de continuar operando. O prédio vai ter que apresentar um plano de modernização ou de troca desse equipamento — escuto um dos bombeiros.

— Posso ir para casa? — pergunto a Vittorio. Ele assente e me ajuda a levantar. — Em que andar estamos?

— No quinto.

Isso me provoca um arrepio. Isso significa que o elevador despencou por dois andares; evito pensar no que poderia ter acontecido se o freio de emergência não tivesse funcionado.

Vittorio me acompanha até as escadas; apoio-me em seu corpo e, em silêncio, subimos os cinco andares. Quando chegamos à porta do meu apartamento, Vittorio diz:

— Vou deixá-la descansar. Boa noite. — Ele me solta e começa a se afastar.

No entanto, uma voz em meu cérebro grita para que eu não o deixe ir.

— Não!

Vittorio me olha espantado pelo meu tom urgente; eu estou ainda mais surpresa por sentir que não posso deixá-lo partir.

— Você não pode ir embora sem ao menos entrar... e tomar alguma coisa. Se não fosse por você, eu ainda estaria presa naquela coisa — pondero.

Ele sorri e concorda.

— Entre, por favor.

Ambos entramos, e Vittorio examina meu lar com olhos atentos e curiosos.

— Sua casa é interessante.

Jogo a bolsa sobre o sofá e sorrio — imagino que esse seja o jeito educado dele de dizer que ela é apavorante.

— Tudo bem, não precisa dizer nada. Sei que ela é velha e fora de moda.

Vittorio se volta para mim e complementa:

— Não, é claro que não! Eu achei muito bacana como você compôs o estilo dos anos 1970 dos revestimentos com os móveis. Os quadros coloridos e as plantas ajudam a dar um toque seu e deixam o lugar bem acolhedor.

Olho para as peças e me lembro onde e quando comprei cada uma — a maioria em lojas de usados ou em feirinhas artesanais e de antiguidades. Sou apaixonada pelo poder que essas peças emanam, pelo passado que contam. Já meus pais, sempre que vêm me visitar, comentam que não entendem como alguém tão jovem gosta dessas coisas velhas; nem mesmo Enrico entendia o charme da minha decoração.

— Comprei em lojas de móveis usados — digo.

— Há história nessas peças, há vida nelas, e a forma como você arranjou cada coisa em cada lugar diz muito sobre você.

— Sobre mim? O que elas dizem? — indago, atraída por sua forma de enxergar e de falar.

— Essas peças exalam personalidade, assim como a dona delas. É engraçado: antes de entrar aqui, eu tinha imaginado a sua casa exatamente como ela é, uma mistura de cores, cheia de sensibilidade. — Ele continua olhando ao redor enquanto anda pela pequena sala.

Sua maneira de falar me seduz; nunca ninguém falou assim sobre o apartamento. Penso que talvez ele enxergue meu gosto com olhos mais afáveis por ser um artista.

— Tenho uma exposição amanhã à tarde, e, vendo sua casa agora, e sabendo que você gostou das peças no meu ateliê, gostaria de convidá-la. Se não puder, tudo bem. Sei que está cansada depois de tudo o que aconteceu hoje... — ele se precipita em dizer.

Vittorio é alto e robusto e sua presença parece preencher todo o espaço. Não sei explicar, mas é como se ele pertencesse a este espaço.

Aceito seu convite, e ele se vira de costas e começa a mexer nas fitas cassete que guardo como relíquia em uma caixa sobre o aparador, ao lado das fotos de família. Estreito os olhos e encaro meus pés, buscando entender o pensamento que acabou de me ocorrer sobre ele pertencer a este lugar.

— Eu vou pegar um suco. — Saio para a cozinha.

De onde estou, consigo vê-lo na sala, com a cabeça baixa, examinando fita por fita; ele as pega e as gira para ler os nomes das músicas nas capas, até que suas mãos se detêm na caixa. Ele então gira o corpo devagar, com uma fotografia nas mãos. Vittorio me procura e me olha com uma intensidade inédita.

Caminho até ele com o copo vazio na mão e estico o pescoço para ver a foto que o deixou tão perplexo. Noto que é uma das últimas que tirei ao lado de Enrico: estamos os dois na cama, envoltos em lençóis brancos, eu deitada de bruços com Enrico ao lado. Guardávamos essa foto só para nós. Ela não estava nos porta-retratos, estava no meio das fitas.

— É ele? — pergunta.

— O Enrico? Sim.

Vittorio franze o cenho à medida que analisa cada detalhe da imagem; um de seus dedos desliza pela imagem de Enrico, depois pela minha. Fito-o sem entender e me sinto um tanto constrangida pela maneira como ele encara a foto íntima de um casal enamorado.

Decido que Vittorio já está há tempo demais com ela e retiro-a de sua mão e a guardo na primeira gaveta que vejo.

— Quanto tempo? — indaga ele, com o semblante caído, beirando o sofrimento.

— Que namoramos? Eu contei no restaurante. Três anos — falo, e encosto no aparador.

— Não, não! — Vittorio se agita, balançando as mãos, e dá um passo para a frente. — Quanto tempo faz que ele morreu?

Embora ele esteja começando a me assustar, prefiro responder.

— Foi no ano passado, em vinte de setembro.

Com os braços caídos ao lado do corpo, Vittorio não mexe um músculo. Seu olhar, melancólico e profundo, atravessa minha carne — ele olha para mim e através de mim, como se eu fosse a chave para desvendar todos os seus medos.

— O que está acontecendo? Você está com alguma dor? — investigo.

— Eu já vou — diz ele, apressando-se até a porta.

Antes que eu possa dizer qualquer coisa, ele sai, deixando-me com a mão estendida e os lábios entreabertos.

Vittorio

Com a cabeça baixa, observo minhas mãos: numa, trago um molho de chaves, e na outra, uma sacola de papel pardo com a logomarca de uma rede de fast-food. Ergo ambas sem entender, quando algo ainda maior chama minha atenção. Estreito os olhos e procuro assimilar o que estou fazendo aqui. Olho ao redor e vejo dois elevadores antigos atrás de mim e uma porta de madeira escura à minha frente.

Certeiro, escolho uma entre as diversas chaves e a insiro sem dificuldade na fechadura. Giro a maçaneta, ouço o rangido das dobradiças e, à medida que a porta se abre, observo dentro antes de dar o primeiro passo, seguido de outro, e de outro, examinando tudo à volta, admirado com o pequeno apartamento repleto de cores e de objetos antigos.

— Achei que você vinha mais tarde! — escuto, e me espanto, fazendo-me recuar um passo.

Quando percebo de quem veio a voz, meu coração alucina e meus pés adquirem vida própria e caminham em direção a ela — na verdade, eles flutuam como se eu estivesse sobre brancas e fofas nuvens. Sua voz é o suficiente para me seduzir, como o chamado de uma sereia ao qual nenhum marinheiro é capaz de resistir.

Com um vestido branco rendado com uma das alças caídas de modo a exibir a pele de seu ombro, ela está sentada no chão, rodeada de fotografias. Aproximo-me e, em silêncio, sem conseguir tirar meus olhos dela, ajoelho-me no limite das fotos.

O sol que entra pela janela se choca contra suas costas e lhe confere a aura de um anjo. Minha vontade mais aguda é esticar os dedos e tocá-la, sentir sua pele suave, quente e sedosa, mas, antes que eu faça qualquer coisa, ela engatinha até mim e, sem aviso, toca de leve meus lábios em um beijo rápido.

Fecho os olhos no mesmo instante e solto a sacola no chão para segurar seu rosto e aprofundar o beijo. Entretanto, sinto seus lábios se estenderem num sorriso e escuto-a sussurrar em tom divertido contra minha boca:

— O que foi? Está carente hoje?

Minhas mãos não a soltam, e experimento um arrepio dos pés à cabeça: o desejo de afundar-me em seu beijo é intenso, desesperador, insano. Meu corpo arde, queima, chega a tremer de anseio, o que a faz se endireitar, tirar minhas mãos de sua face e segurá-las.

— O que foi? Você está bem? — questiona, sentando-se sobre os joelhos. — Aconteceu alguma coisa?

Faço que sim com a cabeça porque de fato aconteceu alguma coisa, algo que nunca sonhei: de repente, tenho um futuro, uma mulher, uma vida a dois, alguém para dividir meus dias — para sempre.

Isto é um sonho? Não, não deve ser. Eu tenho um coração forte agora, eu posso ter alguém ao meu lado, eu não preciso mais ter medo de morrer, de deixar outra pessoa para trás. Não preciso ter medo, pois ela, a mulher mais linda que já vi, está aqui, perguntando se estou bem, beijando meus lábios.

Seus olhos se desviam para a sacola, e ela abre um sorriso que ocupa todo o rosto.

— Ah! Eu amo os lanches de lá! — diz, depositando outro beijo rápido em meus lábios.

Estico a mão e toco minha boca, ainda sentindo o peso de seus lábios.

— Vou pegar o refrigerante — ela fala e se levanta para ir à cozinha.

Eu fico no chão, acompanhando cada passo seu. Ela é como um anjo, um anjo talhado a partir do mais nobre ébano, um deleite para meus olhos, para meu coração e para minha alma. E é minha.

— Não, ela não é!

Uma voz grossa e ríspida ecoa dentro da minha mente. É tão alta que minha reação é me jogar ao chão com as mãos na cabeça para tentar suprimi-la. Meu coração se aperta como se houvesse uma mão dentro do meu peito a esmagá-lo. A dor é tão insuportável que me faz girar pelo chão.

— Ela não é sua!

Ouço a voz agora ao meu lado e, com esforço, viro-me em sua direção. Ajoelhado, o homem me olha com desprezo; a frieza em seus olhos seria capaz de congelar as entranhas de um vulcão ativo. Em seguida, uma de suas mãos se lança e agarra meu pescoço.

— Ela é minha! — profere, com os olhos faiscando rancor e ódio.

Não consigo me defender, apenas fecho os olhos e sinto a pressão crescente de seus dedos contra minha pele.

Como magia, quando abro os olhos, vejo-me dentro de um elevador. O homem continua a me enforcar com apenas uma mão. Encaro seu rosto e noto a mancha de sangue que escorre por sua testa e tinge todo o lado esquerdo de sua cabeça.

Ele diz:

— Você quer tudo o que é meu, não é? Meu coração não basta?

O ar começa a me faltar; tento inspirar, mas é em vão. Agarro o pulso do homem e forço sua mão para baixo, tentando liberar meu pescoço. Ele intensifica a pressão, ainda mais furioso. Ele sequer pisca, exalando o mais puro ódio. E quando minha visão começa a escurecer e minhas forças se drenam, o homem me solta.

Caio de joelhos e puxo o ar, desesperado. Estico uma mão ao painel e aperto todos os botões para o elevador parar, porém não adianta, ele desce numa velocidade absurda.

— Ela não é sua! A Tonton vai continuar sendo minha!

Consigo me colocar de pé para confrontá-lo, mas ele sumiu. Giro à sua procura, sem entender onde pode ter ido parar, se bem que é tarde demais para pensar em qualquer outra coisa, e pouco importa, pois o elevador chega ao seu destino, colidindo contra o chão.

Abro os olhos para a escuridão e, ofegante e aflito, com o coração galopando no peito, me levanto de ímpeto da cama e acabo caindo no chão. Esfrego o rosto para afastar a última imagem da minha mente, arranco a camiseta ensopada em suor e alcanço a luminária.

Levo uma mão ao pescoço para me certificar de que está tudo bem; embora eu saiba que foi apenas mais um sonho, é como se os dedos do homem ainda estivessem pressionando minha pele. Apoio a cabeça sobre o colchão e penso na foto que vi na casa de Antonella — a imagem é precisamente igual à dos meus sonhos. Entretanto, era eu quem estava com ela na cama, e não ele.

Estou ficando louco, estou ficando completamente louco.

A foto, o homem, Antonella, meus sonhos, a data da morte dele... Tudo isso gira dentro da minha cabeça. Não pode ser real! Não pode ser que o coração que carrego no peito seja dele.

Tento organizar os pensamentos, porém é inútil; eles rodopiam como um tornado, varrendo qualquer fio de coerência.

A data da morte de Enrico é a mesma da minha cirurgia. Eu sonho com uma mulher igual a Antonella todos os dias, e no sonho de hoje ambas as faces se revelaram, eram os dois e eu.

Aperto minha cabeça, que começa a doer, ergo-me do chão e caminho em direção ao banheiro. Em frente ao espelho, a primeira coisa que noto é a longa cicatriz em meu peito; deslizo os dedos por ela, observando cada nuance disforme e pensando no que ela guarda. Entendo que o coração de outra pessoa habita meu corpo, mas não consigo compreender o que esse coração está fazendo com minha mente.

Fecho os olhos e suspiro, resignado e fraco, ainda com a mão no peito. Controlo a respiração para acalmar minha mente e, assim, tentar juntar as peças desse quebra-cabeça. Quanto mais eu penso, mais os fatos apontam para um sentido.

O coração de Enrico está dentro de mim. Estou apaixonado por Antonella.

Assim como as mãos de Enrico em torno de meu pescoço, o beijo que ela me deu pareceu real, tão real quanto possível — ainda agora, acordado, sinto o calor de seus lábios nos meus, seu perfume, suas mãos em meu rosto, a chama que irradiou por meu corpo, queimando cada célula.

Deixo-me baixar lentamente até estar de joelho no chão frio, angustiado, preocupado, atormentado.

Como posso dizer à Antonella que estou apaixonado por ela?

O sol raia através do basculante do banheiro. Passa-se muito tempo até que eu me dê conta do meu torpor, do chão gelado e desconfortável — embora muito menos desconfortável do que a minha possível descoberta.

Suspiro e me arrasto até o chuveiro. Com os olhos fechados e as mãos espalmadas no azulejo, deixo o jato de água bater contra minha cabeça por um bom tempo, como se ele fosse colocar as coisas no lugar, resolver meus dilemas, trazer uma espécie de solução mágica. Nunca me senti como agora; sempre evitei qualquer relacionamento sério ou duradouro, porque desde muito novo sabia que não havia garantia de uma vida longa para mim.

No entanto, o sentimento que me abrange desde a primeira vez que vi Antonella vai na contramão disso, e, quanto mais me determino a não vê-la, mais quero fazê-lo, mais quero ouvir sua voz, mais quero estar a seu lado. Mesmo depois de ouvir sua história, mesmo depois de ela ter sido enfática ao dizer a Pietro que sou apenas seu amigo, mesmo sabendo que não tenho a menor chance com ela, mesmo assim não consigo deixar de me encantar a cada gesto, a cada palavra dela.

Se minha suspeita estiver certa, se for o coração de Enrico em meu peito... *Ah, Deus! Por que eu?*

Saio do banho e, pingando no piso, caminho até a cama e me sento. O melhor seria nunca mais vê-la, não ir mais ao Salute. Não posso continuar acompanhando-a em sua busca pelos receptores se posso ser um deles.

Deslizo os dedos pelos fios molhados do meu cabelo e pressiono minha cabeça, sem saber o que fazer.

Meu celular bipa, e vejo que é um lembrete da exposição de hoje. A última coisa que quero é interagir com um monte de gente. No entanto, não posso deixar de cumprir esse compromisso; Luigi se dedica tanto a difundir meu trabalho que seria uma grande desconsideração com ele.

Respiro fundo e me levanto.

Minutos mais tarde, já trocado, abro o notebook em minha mesa para procurar o e-mail da galeria e conferir a lista das obras que estarão expostas, mas logo me desconcentro: embora eu não o veja, o quadro, escondido atrás dos outros, me chama com tanta força que é impossível ignorá-lo.

Abandono a mesa e caminho em direção à mais bela obra que já produzi. Ergo-a dentre as pinturas que a resguardam e a coloco sobre um dos cavaletes vazios. Quando a pintei, a mulher era apenas a musa dos meus sonhos, uma pessoa desconhecida e sem rosto que me enternecia durante as noites. Agora, ela não pode mais ficar sem face, porque, seja de dia ou de noite, é a de Antonella que vejo sempre que fecho os olhos.

Separo alguns pincéis e tintas, tiro a camisa e as botas, ficando só de jeans e, então, entro num transe e esqueço tudo ao redor para tentar imprimir na tela o encanto que Antonella transmite. A cada pincelada, a cada gota de tinta acrescida, seu rosto, seus traços expressivos tomam forma: os olhos grandes e brilhantes, os cílios cheios que, a cada piscar, batem suavemente como as asas de uma borboleta, a sobrancelha delineada, os vultosos lábios matizados em vermelho que são como a representação mais singela de um coração.

Meus dedos se movem com precisão e, depois de horas, paro em frente à pintura, passo o dorso da mão pela testa e sorrio: é como se a Antonella que vejo estivesse aqui em pessoa. Minha vontade mais imediata é a de pendurar o quadro no lugar de maior destaque do ateliê, para que todos que entrem a vejam e a admirem tanto quanto eu.

Contudo, a realidade logo me bate. Como eu poderia exibir essa peça se nem sequer posso dizer a Antonella o que estou sentindo? Fecho os olhos e mais uma vez reflito que para mim é fácil falar através das tintas, mas não das palavras.

Tiro o quadro do cavalete e levo-o até meu quarto, colocando-o encostado na parede em frente à minha cama. Sento-me para admirá-lo por mais algum tempo. Preciso tomar outro banho para limpar os respingos de tinta nos braços, nas mãos, no peito. Quando desligo o chuveiro, escuto o toque do celular, porém não me apresso para atender, porque sei que deve ser Luigi querendo saber se estou a caminho da galeria.

Quando volto para minha mesa e enfim pego o aparelho, me surpreendo ao ver na tela o nome de Antonella. Meu coração dispara; ao senti-lo caótico, revolto, dou-me conta de que não há mais volta, mesmo sabendo que eu deveria me afastar dela e de tudo o que a envolve, sou tomado outra vez pela ânsia de vê-la, de vê-la todos os dias.

Considerando a maneira súbita como saí de sua casa, pensei que ela não me ligaria. Na verdade, talvez ela esteja ligando para dizer que não vai por qualquer motivo. Aperto o celular e penso no que fazer: devo ignorar a ligação, fingir que não vi, ou ligar de volta para ser rejeitado? Enquanto me acho nesse dilema de um adolescente que se descobre apaixonado, o telefone começa a tocar outra vez, e o nome dela surge na tela.

Respiro fundo antes de atender.

— Alô — digo, tentando disfarçar o nervosismo em minha voz.

— Oi, Vittorio. É a Antonella — ela diz, embora eu seja capaz de distinguir sua voz entre outras mil.

— Oi, Antonella. — Sento-me numa cadeira.

— Sobre a exposição...

Fecho os olhos e espero sua dispensa educada.

— Você pode me passar o endereço e o horário?

Abro os olhos, surpreso e sem resposta.

— Vittorio? — diz ela após alguns segundos de silêncio.

— Você quer que eu te pegue na sua casa? — ofereço, pensando que não deveria fazer isso e ao mesmo tempo desejando desesperadamente que ela diga sim.

— Não, não. Já dei muito trabalho ontem. Eu pego um táxi e encontro você lá.

Fico um pouco decepcionado, mas decido não insistir para não parecer estranho.

— Está com papel e caneta? — Tenso, mas me esforçando para controlar a voz, dito o endereço.

— Você pode me mandar uma mensagem quando chegar lá?

— Claro.

— Então, até mais tarde!

— Até. — Desligo e ainda passo uns bons minutos encarando o telefone, e o dilema volta à minha mente.

Se eu sou um dos receptores de Enrico, como vou dizer a ela?

Solto o telefone sobre a mesa e levo as mãos ao rosto, até que o aparelho toca novamente. Agitado com a possibilidade de ser Antonella, ergo-o rapidamente, mas na tela surge a palavra "mãe".

— Oi, mãe.

— Oi, meu bem! Que horas é a exposição?

— Às quatro. Você vai?

Questiono porque sei que ela detesta sair de casa aos domingos; eu e meu pai entendemos e respeitamos isso. Como diretora pedagógica de um tradicional colégio na cidade, seu trabalho junto a professores, pais e alunos é uma loucura; ela precisa da calmaria aos domingos para enfrentar a semana. Eu já lhe havia dito que não precisava ir desta vez, que não haveria nenhuma obra que ela já não conhecesse.

— Sim! Eu sempre vou — diz ela.

— Eu falei que essa não terá nada que você não tenha visto. Pode ficar descansando. — Apoio os cotovelos sobre a mesa.

— Mesmo assim, seu pai e eu vamos dar uma passada para ver você. Esse tem sido o único jeito de ver meu filho ultimamente. Me diga, como você está? Está tudo bem com você e com seu coração? Está indo às consultas com o doutor Luca?

Sorrio diante do clássico bombardeio de uma mãe preocupada.

— Tudo em ordem. Não se preocupe, estou saudável como nunca fui.

Ouço-a suspirar do outro lado.

— Você não tem ideia do que essas palavras significam para uma mãe, Vittorio. Eu tento não ligar toda hora, deixá-lo finalmente viver uma vida de verdade, mas só seu pai sabe como fico aflita.

Sorrio mais uma vez. Sei o que ela quer dizer; quando decidi voltar a viver no ateliê, depois da operação, ela teve uma crise de choro com medo do que poderia me acontecer por estar sozinho e recém-operado. Hoje, ela entende que, se eu mantiver a rotina de remédios, exames e consultas, vou ficar bem.

— Fique tranquila, dona Martina, estou mesmo bem — digo.

— Que bom, filho. O Luigi estará na exposição?

— Sim, foi ele quem organizou tudo.

— Esse rapaz vale ouro! — declara, fazendo-me sorrir e balançar a cabeça. Ela é mais fã de Luigi do que de mim.

— Nos vemos na exposição, mãe — despeço-me e desligo o aparelho.

Volto a olhar meus e-mails e noto um que acabou de chegar, da curadoria da principal galeria de arte de Vita, uma das cinco principais do país. Clico nele e leio seu conteúdo. Está dizendo que fui aceito e que meu trabalho será exposto, mas eles querem novos materiais, novas obras.

Coço o queixo com a barba por fazer, e logo meu telefone volta a tocar. Desta vez, é Luigi.

— Você viu o e-mail?! Acabei de ver no celular. Cara, isso é muito bom! — Eufórico, Luigi atropela as palavras.

— Estou com ele aberto. A ficha ainda não caiu.

— Vittorio, não tem ficha para cair! Põe essa cabeça e esses pincéis para trabalhar! Vou responder para eles amanhã, pedindo detalhes do contrato.

— Eu sei, vou fazer isso. — Sorrio com sua animação.

— Estou indo para a exposição, faça isso você também, a gente precisa chegar bem antes.

— Ok!

Desligamos, e eu volto ao quarto para pegar uma jaqueta. Em seguida, saio do ateliê, entro em meu carro e dirijo pela cidade vazia de domingo, chegando rapidamente à galeria, diante da qual avisto o carro de Luigi.

Envio uma mensagem de texto para Antonella informando que acabei de chegar e que vou deixar o nome dela na lista de convidados. "Tudo bem, logo estou aí", ela responde. E essa simples troca de mensagens é o suficiente para fazer meu corpo inteiro tremer com a expectativa de vê-la.

12

Antonella

Corro para pegar o celular e confirmo que a mensagem é de Vittorio; ele já está na galeria. Hoje o tempo amanheceu nublado e frio, por isso, escolho um conjunto de alfaiataria com blazer alongado, cujo caimento é perfeito; é sofisticado, um dos mais bonitos que tenho, motivo pelo qual o uso apenas em ocasiões importantes. Para quebrar o monocromatismo do conjunto, escolho um *scarpin* vermelho com salto agulha dourado.

Estou curiosa para ver a exposição; nunca fui a uma galeria de arte e, além disso, após ver as obras no ateliê de Vittorio, quero conhecer suas outras peças. Seu trabalho exprime intensidade, tristeza e, ao mesmo tempo, leniência. Ainda penso em suas palavras quando disse que tem mais facilidade em se expressar através das tintas; isso me faz querer saber mais sobre ele, sobre o que pensa, como se vê, o que o aflige. Acho que minha experiência no Salute aguçou meu interesse por saber como as outras pessoas se sentem.

Conhecer indivíduos que aprendem a viver com marcas e cicatrizes faz com que eu me sinta melhor, me faz ver que todos nós temos momentos ruins. De um jeito estranho, me ampara, me faz sentir que não estou sozinha. Todos os dias, uma infinidade de pessoas chora ao passo que outras sorriem, e tudo bem, porque ninguém chora para sempre.

A tristeza é como um céu cinza, carregado de nuvens, e pode durar dias, meses, até anos, pode tirar a cor de sua vida, pode anuviar seu sorriso, pode se derramar em chuva, assim como olhos que choram. No entanto, não há chuva, céu cinza ou nuvem carregada que dure para sempre; o sol sempre aparece, abrindo caminho pelo céu, trazendo luz, secando lágrimas, iluminando sorrisos. Eu só preciso olhar para o alto e esperar pelo sol que desbravará meu céu.

Suspiro e volto a pensar em Vittorio e na maneira como ele foi embora daqui ontem. Qual terá sido o motivo? Será que teve a ver com minha busca? Será que ela é muito pesada para ele? Só agora me dou conta de que não sei há quanto tempo ele está operado; talvez conhecer os receptores de Enrico não lhe faça bem.

Jogo-me de costas sobre a cama e, com a cabeça a mil, encaro o lustre. Apesar de conhecer Vittorio há pouco tempo, o fato de poder falar abertamente com ele sobre os receptores, sem medos, sem rodeios, é como uma brisa quente e suave que acalma minha alma — muito embora ele não pareça me enxergar da mesma forma, já que divide comigo muito pouco sobre si.

Fecho os olhos e me dou conta de que hoje será a primeira vez, depois que Enrico se foi, que sairei num domingo. Acostumei-me a passar os fins de semana trancada em casa, recusando quaisquer convites, até que eles se extinguiram. No entanto, quando Vittorio me convidou à exposição, nem passou pela minha cabeça recusar.

Saio da cama e me olho no espelho uma última vez para conferir o cabelo e a maquiagem. Ao fechar a porta do apartamento, encaro os elevadores, e a tormenta que vivi ontem retorna; embora um deles esteja funcionando, dou meia-volta e decido descer de escada. Na rua, peço um táxi pelo celular e, enquanto espero, olho para o céu e imagino mais uma vez quando o meu céu voltará a brilhar.

Já dentro do carro, permaneço em silêncio, observando a cidade, hoje quieta, com poucos carros e pessoas — casais de mãos dadas, pais passeando com os filhos, pessoas de bicicleta. Pouco tempo depois, o táxi me deixa em frente a uma casa de dois andares, que eu observo antes de prosseguir. Uma grama rasteira se estende por vários metros, e não há portões nem muros. É evidente que o lugar, todo branco, com uma arquitetura minimalista, geométrica, em linhas retas, é recém-construído. A princípio, ele me passa uma sensação de frieza e desconforto, mas tento ignorar essa impressão e caminho em direção ao homem ao lado da porta dupla de vidro, o qual segura uma prancheta.

— Boa tarde — ele fala quando me aproximo.

— Olá, boa tarde — respondo, abrindo um sorriso.

— Seu nome? — Ele tem cara de poucos amigos.

— Antonella. Antonella Galli.

Tirando uma caneta do bolso do terno, o homem começa a ler a folha.

— Seu nome não está na lista, e a exposição é apenas para convidados — diz, repassando todas as páginas.

— Fui convidada pelo Vittorio — informo, esticando o pescoço para olhar a lista em sua mão.

— Seu nome não está aqui, então você não pode entrar. — Ele cruza os braços e se posiciona no centro da porta. Seu enorme tamanho bloqueia minha visão do interior.

— Ele disse que colocaria meu nome na lista. Você pode chamá-lo, por favor?

Ele entorta os lábios e me olha com desdém.

— Seu nome não está na lista. O evento é para convidados, não é para qualquer uma.

Não é para qualquer uma?

Ainda me encarando com desdém, ele estica um braço sinalizando que me afaste, como se eu fosse um vira-lata atrás de comida.

— Eu não sou qualquer uma. Fui convidada pelo Vittorio. Se você fizer a gentileza de chamá-lo, ele próprio vai confirmar.

O homem ergue uma sobrancelha, duvidando que eu seja uma convidada.

— Olha, moça, só estou fazendo meu trabalho. Conheço as pessoas que frequentam esse lugar, e elas são de um nível que com certeza não é o seu. Por que não vai procurar outro lugar para ir? Se fosse mesmo uma convidada, você saberia que a exposição só começa às quatro.

Surpreendida pelo tom acerbo de suas palavras, balanço a cabeça tentando entender o que ele inferiu ao dizer que meu nível não é o mesmo das pessoas que frequentam esse lugar, e entendo que não se referiu somente ao dinheiro: ele se referiu à minha cor.

— Entendo. E qual é o seu critério para avaliar o *meu nível*? — questiono, reunindo toda a minha calma. Aprendi desde muito jovem que a argumentação objetiva é o melhor recurso para lidar com pessoas assim.

— O quê? — ele pergunta, confuso, franzindo o nariz.

— Você disse que está acostumado com as pessoas que frequentam esse lugar. Então, você deve ser muito bom em saber o nível das pessoas apenas avaliando com os olhos, não? Só pode ser isso, visto que não passei nenhuma outra informação a meu respeito.

Ele se inquieta, e eu cruzo os braços à espera de sua resposta.

— Olha, acho melhor você ir arrumar desordem na sua vizinhança.

— E qual é a minha vizinhança? Consegue saber também só com o incrível poder dos seus olhos?

Encaro seu rosto, muitos centímetros acima do meu.

— Antonella! — ouço meu nome e, ao desviar do brutamontes, vejo Vittorio se aproximando.

Ele percebe o clima indigesto, e seu olhar saltita de mim para o recepcionista.

— Tudo bem? — indaga.

— Meu nome não está na lista e, segundo esse senhor, eu não tenho a aparência necessária para frequentar essa galeria e deveria voltar para uma vizinhança mais condizente com o *meu nível* — disparo.

Dia após dia, enfrento pessoas que me desqualificam sem saber sobre minha vida, quem sou, o que faço, quanto dinheiro tenho na carteira, em que área sou formada, por onde já viajei — tudo o que elas veem é a quantidade de melanina que tenho na pele.

— O quê?! — exalta-se Vittorio.

O homem se afasta para liberar a porta e volta a olhar para a prancheta. Vittorio o encara sem piscar e parece prestes a puxá-lo pelo colarinho.

— Eu disse que estava esperando Antonella! — esbraveja.

— Desculpe, eu não anotei o nome que o senhor disse, e nem me passou pela cabeça que a pessoa que o senhor estava esperando poderia ser ela — diz ele numa tentativa de desculpa esfarrapada.

— Por que não? — pergunta Vittorio rispidamente, e o homem me olha de soslaio.

É uma pergunta cuja resposta é simples e dolorosa, e o recepcionista não a diz em voz alta, limitando-se apenas a desviar seu olhar.

Essa luta diária é cansativa. É cansativo entrar em uma loja e perceber os seguranças me olhando. Por isso, parei de usar bolsas grandes. Também parei de usar casacos pesados, mesmo no inverno rigoroso. Se eu entrar com uma bolsa grande em uma loja, serei vigiada; se eu entrar com um casaco pesado ou longo no supermercado, serei vigiada. Estou sempre de salto não importa quão cansados estejam meus pés, estou sempre maquiada, estou sempre com o cabelo perfeito. Estou sempre buscando passar uma imagem que faça que os dedos não sejam apontados primeiro para mim. Mas nada disso é suficiente, nunca é. Serei sempre julgada por algo que não deveria nem sequer ser considerado. Quanto mais portas eu abro, mais eles tentam fechar.

— Ninguém além dela me interessa. Fui claro que queria ser avisado assim que Antonella chegasse — protesta Vittorio.

Desvio meu olhar para ele, surpresa ao ouvir: "Ninguém além dela me interessa".

— Vamos — diz, segurando minha mão e me guiando para dentro da galeria.

Aquela frase ecoa em minha cabeça. O que ele quis dizer com "ninguém além dela me interessa"?

Ele percorre o corredor até que para, fazendo-me parar também. Vittorio solta minha mão e se vira para mim, esfregando sua testa.

— Desculpe por isso...

Sorrio e toco um de seus braços.

— Ele é quem deveria se desculpar, não você. Apesar de cansada, bem cansada, estou acostumada com esse tipo de coisa. Faz parte do meu dia a dia desde que me entendo por gente. Até que o ser humano evolua em seus conceitos, vou ter que continuar enfrentando essas situações.

— Não deveria ser assim, vou falar com o gerente... — diz, fitando-me.

— Não, deixa... Hoje eu só quero ver suas peças.

Vittorio me escuta e oferece um breve aceno de cabeça, sem desviar o olhar, que perscruta minha face, cada traço dela, até se fixar em meus lábios.

A intensidade em seus olhos deveria fazer eu me afastar, tirar a mão de seu braço, porém não o faço — continuo vendo o reflexo de meus lábios entreabertos refletidos em suas pupilas dilatadas. Então, ele começa a mover sua cabeça em direção à minha, lentamente. Sou envolvida pelo movimento vagaroso, e não percebo o que está prestes a acontecer até que o sopro quente de sua respiração me atinge...

Solto seu braço e me afasto dois passos; atônita, perco o equilíbrio sobre os saltos e começo a me inclinar para trás. Vittorio estica uma mão para agarrar meu pulso e me puxar e, como numa comédia romântica, o faz com tanto vigor que não só me impede de cair como me põe entre seus braços, com minha cabeça colada ao seu peito.

No mesmo instante, seu aroma invade minhas narinas, entorpecendo meus sentidos, e assim que me envolvo no bater ritmado de seu coração, fecho meus olhos, permitindo que o som ultrapasse as paredes de seu tórax e reverbere em cada parte de mim. Então, sinto uma de suas mãos tocar meu braço e afastar-me de si.

Ficamos os dois em silêncio. Vittorio passa uma mão pelo cabelo, girando o corpo para ficar de costas para mim. Depois, vira-se novamente e abre a boca para dizer algo.

Já eu não consigo me mover, apenas sinto meu rosto queimar. Não há o que eu possa dizer para tornar esse momento menos constrangedor; ao mesmo tempo que me afastei quando ele aproximou seu rosto do meu, me acolhi em seu peito a ponto de me perder nas batidas de seu coração.

— Esse chão está escorregadio — fala, apoiando uma mão na cintura.

— Sim. Ajeito o colarinho do blazer e olho para trás.

— A exposição não abriu ainda, mas vou lhe mostrar as peças. — Ele começa a andar rapidamente pelo corredor.

Eu fico imóvel por mais alguns segundos; então, coloco uma mão sobre o peito e sinto meu coração pulsar alucinado, como se tivesse acabado de terminar uma prova de triatlo.

O que foi isso?

Respiro e sigo Vittorio. Atravessamos o longo corredor até chegar em um amplo salão. O interior da casa segue a mesma linha, reta e simples, com paredes brancas e bem iluminadas; no entanto, a frieza do ambiente se transforma assim que vejo as primeiras obras de Vittorio. As várias pinturas e esculturas preenchem a grande sala, e, embora não se assemelhem em cor ou tamanho, se unem e convivem todas em singular harmonia. As cores dançam, sem a preocupação de querer agradar ou de seguir regras, notas, seguindo seus próprios ideais, e é justamente a ausência de pretensão que torna o conjunto da obra ainda mais belo. Tudo se completa, desde os cheiros — de tinta, de metal — até as texturas — algumas suaves, outras rústicas.

— Você fez tudo isso? — indago, mas a resposta é óbvia.

— Sim — responde ele, parando ao meu lado.

— Vittorio... — Olho para ele, porém não consigo formular um elogio que esteja à altura de seu trabalho.

Embora eu não saiba dizer o significado de cada uma das peças, quando olho para ele e para a beleza que suas mãos, sua mente e seu coração criaram, sinto como se Vittorio não precisasse me contar mais nada sobre si, pois tudo o que preciso saber está expresso nas obras — elas falam por ele.

Apesar das linhas imprecisas da aquarela, a pintura de um homem deitado, com a face encoberta pelas mãos, cercado de tons vermelhos, mostra-me o sofrimento de estar acamado por toda uma vida. Estar doente é uma luta individual, contínua, reclusa, é o grau mais alto de solidão.

Outro quadro apresenta uma grande quantidade de pessoas, representadas apenas como silhuetas em tons de azul, as quais seguem em uma mesma direção. A não ser por uma, pintada em amarelo, que vai na contramão. Entendo que ela representa Vittorio, um sobrevivente, um lutador pelo direito de viver, que, mesmo por uma via diferente, chegou até aqui.

Curiosos, meus olhos disparam em todas as direções, até que pousam em Vittorio, e eu sorrio, um sorriso aberto e demorado, mas que não é suficiente para externar minha felicidade por poder ver tudo isso antes dos demais convidados.

Minha paixão desde a infância é a música; no entanto, sempre ouvi que seria um erro deixar tudo de lado para segui-la. É por isso também que, vendo Vittorio, apesar de todos os prognósticos fatalistas, expor sua arte, viver dela, não só como meio de subsistência financeira, como algo que o mantém vivo para si e para o mundo, é uma alegria sem parâmetros.

Ele também sorri, e eu entendo que não precisa de palavras, somente de tintas. Tintas e alguém disposto a ouvir o que sua alma diz através das obras.

— Você gosta? — pergunta ele depois de um tempo.

Faço que sim com a cabeça. Vittorio coça o queixo com o dorso da mão, vagueando os olhos pelas obras; talvez ele não tenha ideia do que sua arte signifique para as outras pessoas.

— Obrigada por ter me convidado. Seu trabalho me diz tanto... — falo com sinceridade.

Seu olhar volta para mim, e ele franze a testa de leve, esperando-me concluir.

— Desde criança eu sonhava em cantar. As pessoas diziam que minha voz era boa, mas que isso não significava nada, que eu deveria trabalhar para ajudar meus pais em casa, e eu me perguntava: será mesmo que não posso fazer as duas coisas, será que uma impede a outra? Com o tempo, deixei meu sonho de lado. Porém, vendo seu trabalho, algo em mim se abriu; é como se você estivesse me dizendo que sim, que eu poderia ter feito as duas coisas. Não para ser uma artista famosa, mas porque, assim como sua alma fala através das tintas, a minha sempre falou através da música.

Vittorio não diz nada, apenas ouve. Noto por seu semblante que ele entende o que digo; se alguém lhe proibisse de pintar, sua alma pereceria, pelo simples fato de ser silenciada.

— Você pode cantar — diz, dando um passo mais para perto.

— É tarde. — Fito-o nos olhos. — Mas sinto uma grande alegria de ver que isso deu certo para você, de verdade.

— Não é tarde, nunca é. — Vittorio se aproxima um pouco mais e pousa as mãos em meus braços, uma de cada lado.

Sinto que ele diz isso com franqueza, por experiência própria e por acreditar em mim.

— O pessoal do coquetel já está pronto, a casa vai ser aberta em alguns... — Um homem se aproxima a passos rápidos e para de súbito a alguns metros de nós.

Ao ouvi-lo, Vittorio se aparta de mim. Eu também dou um passo atrás e olho para o homem, que ergue um dedo em minha direção.

— Você... — ele começa a dizer.

Vittorio caminha até ele, baixa seu dedo e segura seus ombros.

O homem, branco, de olhos castanhos, cabelos curtos e uma barba proeminente, é um pouco mais baixo do que Vittorio. Ele veste uma camisa de linho cru, dobrada até os cotovelos, e calça azul.

— Essa é Antonella, e isso é tudo o que você precisa saber — diz Vittorio, encarando o homem com uma expressão de censura. — Antonella — vira-se para mim —, este é Luigi, um antigo amigo. Foi ele que organizou a exposição. O Luigi é um entusiasta do meu trabalho, acho que é o meu maior fã. E sabe organizar essas coisas.

Luigi me observa como se houvesse acabado de descobrir algo.

Estico uma mão para cumprimentá-lo e sorrio. Ele se desvencilha de Vittorio e toma minha mão.

— Antonella... — sussurra. — Então, aquela pintura tem nome e rosto... — fala olhando para Vittorio, que morde um canto da boca e coloca as mãos nos bolsos.

— Pintura? — questiono.

— Nada, nada, não é algo que eu precise saber... — diz Luigi, encarando Vittorio e voltando a olhar para mim com um sorriso imenso nos lábios. — É um prazer conhecê-la, Antonella! — Ele solta minha mão.

— O prazer é meu, estou muito feliz por estar aqui, é tudo muito bonito — digo.

— Sim, o trabalho do Vittorio é lindo. — Luigi parece mesmo ser um entusiasta de Vittorio. — Você precisa conhecer o ateliê dele. Tem muitas peças tão bonitas quanto estas.

— Eu as vi, são lindas mesmo. A cada peça que conheço, fico mais fascinada. Acho que também virei fã.

— Ah, é? Já conhece o ateliê? — Luigi franze o cenho, surpreso, e olha de esguelha para Vittorio. — Bem, preciso resolver alguns detalhes com o Vittorio, se não for um problema para você ficar sozinha por alguns minutos...

— É claro que não! — Balanço as mãos e a cabeça. — Podem ir, vou dar uma olhada melhor nas obras. Não se preocupem comigo.

— Não vou demorar — diz Vittorio, e eu aceno para que vá.

O olhar curioso de Luigi passa de Vittorio para mim e, então, os dois desaparecem atrás da porta.

Sozinha, posso analisar tudo com mais cuidado. Inicio pelas esculturas dispostas lado a lado no centro do salão; elas são uma mistura de cores, formas e tamanhos. Cruzo as mãos às costas e imagino o que Vittorio quis expressar em cada uma, até que a última chama minha atenção de maneira especial, primeiro por seu tamanho, uns trinta centímetros, e depois porque não se encontra em cima de uma mesa ou um pedestal, mas no chão.

Agacho-me e inclino a cabeça para observá-la com cuidado. É a única peça não colorida; está em sua cor natural, é o metal nu e cru. Sua forma parece a junção de dois corpos humanos; a base mais larga dá a impressão de que estão sentados, e então a silhueta se afina até que duas cabeças se encontram frente a frente. O mais bonito é que o vão entre os dois corpos parece se transformar num coração. Apesar da placa de "Não toque", não controlo minha mão e a estico em direção à peça, deslizando os dedos para sentir sua textura, sentindo-me especialmente ligada a ela.

A escultura me faz lembrar da cena de agora há pouco, quando Vittorio inclinou a cabeça em minha direção. Por um momento, imagino-me no lugar da pequena escultura, imagino como teria sido se eu permitisse que seus lábios tocassem os meus. Fecho os olhos e sou assaltada por uma confusão de pensamentos que conflitam entre a dor que carrego no coração e a ideia ameaçadora de seguir minha vida adiante. Respiro fundo, ainda com minha mão na escultura, e sinto alguém envolvê-la com suavidade. Abro os olhos bem devagar e vejo Vittorio também agachado. Somente a peça de metal nos separa.

Ele não fala nada, nem eu. Não tiro a mão da peça, nem ele. Pelos minutos seguintes, olhamos um para o outro sem desfazer a aura que se forma. Ele pisca lenta, demoradamente, enquanto me olha, ou melhor, me contempla, com certa... tristeza. Não sei o que é, não consigo descrever, mas consigo sentir.

Desvio a visão para nossas mãos unidas sobre a peça; seus longos dedos cobrem os meus e é como se irradiassem sobre mim o que seus olhos tentam me dizer. Movo meus dedos sob os seus, apenas o suficiente para absorver melhor a sensação de sua mão sobre a minha, e mesmo não tendo ideia do motivo, sinto meus olhos começarem a embaçar com lágrimas angustiadas.

Tiro minha mão debaixo da dele e seguro-a por alguns instantes, sem entender a razão dessa angústia ter me invadido de repente. Vittorio não se move, continua agachado e em silêncio, com os olhos grudados em mim. E, tão silenciosa quanto ele, ergo-me do chão e saio sem olhar para trás.

13

Antonella

"Preciso falar com você, me avise quando tiver um tempo", envio por mensagem para Chiara. Coloco o celular com a tela virada para baixo na mesa e me aproximo de Enzo.

— O que a gente tem sobre as festas dos anos anteriores, Enzo? — Puxo minha cadeira para me sentar de frente para ele, que está com a cabeça apoiada numa mão, sobre a qual pendem os fios de seu cabelo.

— Tem uma pasta no servidor com tudo o que fizemos, as atrações, as fotos.

— Eu vi essa pasta. Li tudo o que está lá, mas não ficou claro para mim se vocês tinham um tema ou algo assim.

Enzo endireita o corpo e concentra a atenção em mim.

— O que quer dizer? — questiona.

— Me pareceu que as festas anteriores eram apenas encontros fora das reuniões, mas não nos aproximavam de verdade dos pacientes. Nosso objetivo é fazê-los encontrar um caminho, um rumo depois de tudo pelo que passaram, e acho que a festa anual pode expressar isso de maneira mais empática.

Enzo franze as sobrancelhas tentando acompanhar meu raciocínio, e eu puxo a cadeira para mais perto dele.

— Estava pensando em fazer algo diferente este ano, em proporcionar aos pacientes a chance de fazer o que mais amam e que não puderam por muito tempo. Por exemplo, o Guido ama esportes e, outro dia, estava radiante por ter vencido uma partida de futebol; podíamos juntar todos que gostam de esportes e organizar alguns jogos. A Nina ama costurar e voltou recentemente a trabalhar em casa; podemos fazer alguma coisa ligada a isso também. Assim, cada um vai ter a chance de mostrar aquilo que traz cor à sua vida. Esse poderia ser o tema.

Enzo sorri e faz que sim com a cabeça.

— Achei a ideia genial! De onde a tirou?

— De um lugar que visitei no fim de semana.

— No fim de semana? — Ele inclina a cabeça para um lado. Enzo, como todos, sabe que não saio aos fins de semana.

— Sim, no domingo fui a uma exposição de arte.

Ele me encara, surpreso, sem, no entanto, fazer nenhum questionamento.

— Fico feliz que tenha saído, Antonella! — diz, esticando uma mão para tocar a minha.

Sorrio e aceito o afago. Enzo tem uma história triste, e eu desejo que ele também encontre um escape para sua dor.

— Precisaríamos conversar com cada paciente para descobrir seus hobbies e organizar tudo, não sei se teremos tempo, a festa está bem perto — diz ele, apreensivo, batendo uma caneta sobre a mesa.

— Vou preparar outra ficha para passar nas reuniões. Também vou abrir a possibilidade de eles trabalharem na organização.

Enzo acena com a cabeça e bate uma palma.

— Perfeito! Também acho interessante fazer uma apresentação com o que você me disse para enviar à Chiara e às clínicas parceiras. Tenho certeza de que elas vão se interessar.

— Posso tomar a frente disso? — questiono, pois Enzo sempre fez tudo por aqui.

— Claro que sim! O Salute só ganhou desde que você começou a trabalhar aqui!

Sorrio e pisco para ele. Depois me levanto, arrasto minha cadeira de volta ao lugar, separo e imprimo os arquivos e orçamentos das festas anteriores e planejo o escopo da festa deste ano, elaborando um plano de ação e de execução das atividades.

Passo o dia debruçada sobre papéis ou no telefone com fornecedores, fazendo orçamentos. Boa parte das decisões está tomada, pois vou aproveitar as que foram feitas ano passado. O restante depende das clínicas parceiras e dos pacientes. Só vou poder prosseguir no plano depois que tiver em mãos as fichas respondidas; por isso, passo para o ponto seguinte, que é justamente elaborá-la. Ela contém uma única pergunta:

"O que traz cor à sua vida?"

Embora pareça simples, muitos passam a vida sem se questionar isso, sendo levados pela maré, sobrenadando à deriva, agarrando-se em nada, sem se dar conta de que na resposta a essa pergunta está o real sentido da vida. Observo a pergunta na tela do computador e me dou conta de que sou uma dessas inúmeras pessoas vivendo à deriva, e logo Vittorio e nosso encontro no domingo invadem meus pensamentos. Seu trabalho me abriu um mundo de possibilidades. Talvez não seja tarde demais para mim, talvez ele tenha razão, talvez eu possa trabalhar *e* cantar... talvez eu ainda possa trazer cor à minha vida.

Pego o celular e vejo que não há nenhuma notificação. Depois que saí da exposição, Vittorio não deu sinal de vida. Isso tem três dias. Deslizo o dedo pela tela e penso que ele não tem um motivo plausível para me ligar ou enviar mensagem; contudo, algo em mim deseja que o faça, deseja que ele me ligue mesmo sem motivo ou me envie uma mensagem simplesmente para dar bom dia ou perguntar como estou. Apoio os cotovelos sobre a mesa e esfrego a testa ao me tornar consciente desse desejo que se instaurou em mim.

Coloco o celular de volta na mesa e me concentro na tela do computador, lembrando que hoje à noite tem reunião e que Vittorio certamente virá. O tempo passa e sou absorvida pelos afazeres, pela correria do dia a dia em resolver a burocracia necessária para manter o atendimento às centenas de pessoas que passam todos os meses pelo centro.

— Quer falar? Tenho um intervalo de quarenta minutos. — Chiara aparece na sala da administração e se apoia em minha mesa.

Penso com cautela se quero mesmo levar adiante o assunto. No momento em que passei a mensagem, ele parecia muito pertinente, mas agora tenho minhas dúvidas.

Ela ergue as duas sobrancelhas à espera da minha resposta, e, por fim, concordo com um gesto de cabeça.

— Enzo, já volto! — falo, levantando-me e seguindo com Chiara até sua sala, no final do corredor.

— Estou exausta — diz ela, suspirando e se largando em sua cadeira.

— Minha ficha está no seu arquivo? — questiono, o que a faz se endireitar e franzir o cenho.

— Você está aqui como paciente? — pergunta, abismada.

— Estou — respondo, sentando-me na cadeira destinada aos pacientes em sessão.

Chiara me observa com os olhos semicerrados e uma mão no queixo, e então se levanta e caminha até o arquivo, no outro canto da sala, sentando-se em seu posto logo depois, com caneta e a minha ficha.

— Sobre o que quer falar? — pergunta, e eu respiro fundo, tentando organizar meu raciocínio.

Não sei como iniciar a conversa; meus pensamentos estão fragmentados, uma mistura de anseios do passado e do presente.

— No domingo, eu saí de casa... — começo, porque esse é o ponto que demarca meu entendimento.

— Continue.

— Fui convidada para uma exposição de artes. Eu me levantei, tomei banho, escolhi a minha melhor roupa, arrumei o cabelo, a maquiagem, peguei um táxi e fui.

Não preciso explicar muito mais a Chiara; ela sabe que eu não saía de casa havia tempos, que nada me animava a colocar os pés para fora.

— Como você se sentiu?

Olho para o alto e balanço a cabeça, tentando me lembrar do que senti.

— Não sei. — Dou de ombros.

— Foi difícil?

Baixo a cabeça e aperto meus dedos.

— Não. — E percebo que é mais difícil dizer a palavra "não" e aceitar que não foi difícil do que o próprio ato de sair.

— Você está culpada por não ter sido difícil?

— Um pouco.

— Antonella, eu sabia que esse dia chegaria sem que você se desse conta dele.

Chiara descruza as pernas, levanta-se, deixa minha ficha e a caneta na poltrona e se aproxima. Ela então toma minhas mãos e fala:

— Não sinta culpa por sair e viver sua vida. Você está aqui e está bem, é jovem e saudável, com toda uma vida pela frente.

— Mesmo assim... — Sinto o calor de suas mãos sobre as minhas.

— Não há *mesmo assim*. O que há é que, um dia, sem perceber, você sai de casa; um dia, você olha aquela foto e não chora mais; um dia, você ri até a barriga doer; por um dia, você esquece e vive com tranquilidade; um dia, a tristeza dá lugar à saudade.

Inspiro profunda, demoradamente, como se quisesse colher todo o ar da sala.

— Tem outra coisa... — Me sinto perversa só de pensar nas palavras que sairão da minha boca.

— Diga o que quiser, sem medo e sem culpa.

— Eu... eu... quase fui beijada no domingo — solto as palavras e mordo o canto da boca.

Ela não transparece, mas sei que está espantada; é minha psicóloga, sim, porém também minha amiga, e esse é o tipo de coisa que amigas dividem entre si. Chiara baixa o olhar por um instante para assimilar o que eu disse e então volta a me observar, falando em seguida:

— Não vou dizer que não estou curiosa para saber o que aconteceu, mas, como me procurou como paciente, direi algo que Freud citou em um escrito de 1915 e que ainda é atual e cabe para a conversa que estamos tendo.

Inclino a cabeça à frente, ansiosa para ouvir o que ela dirá, ansiosa para desfazer a confusão em minha mente, ansiosa para saber por que desejo que Vittorio continue comigo em minha busca, ansiosa para que ele me ligue, ansiosa para vê-lo, ansiosa para ouvir sua voz calma e melódica, ansiosa para entender o que está acontecendo comigo.

— Freud disse que o luto, por mais doloroso que seja, uma hora chega a um fim espontâneo. Então, quando o período do luto tiver terminado, nós conseguiremos reconstruir tudo o que a guerra destruiu, e talvez em terreno mais firme e de forma mais duradoura do que antes. — Chiara sorri, aperta minhas mãos e as solta, voltando à sua poltrona. — Isso quer dizer que está tudo bem, é natural, é aceitável, é humano.

— Eu não sei, não sei explicar... — Esfrego o rosto e suspiro.

— Não tente achar uma explicação para tudo, Antonella. Nem nós, especialistas, somos capazes de explicar tudo. Apenas imagine que a sua vida é como um rio que corre calmo, leve, com pequenas ondulações. Um belo dia, sem qualquer aviso, cai uma chuva torrencial, e esse rio, então pacato, surpreendido pelo grande volume de água, se desestabiliza, se mancha com o marrom da terra das encostas e das árvores arrastadas e, por um tempo, debate-se, luta para que sua água volte a ser cristalina. E está tudo bem. Em algum momento as águas se tranquilizam, a terra se assenta, as árvores se enraízam. E o rio volta a ser plácido depois de aprender a conviver com o que a vida determinou assentar nele.

Fecho os olhos para assimilar cada palavra de Chiara; mais do que isso, permito que as palavras me invadam e se alastrem dentro de mim, dominando as células de culpa que carrego por me dar conta de que o curso da água do meu rio quer se tranquilizar.

Vittorio

O céu acima de nós é uma vastidão chamejante de minúsculos pontos brancos que nos protegem da escuridão total. Existe uma infinidade de desenhos que podemos fazer se tentarmos estabelecer ligações entre eles. Além disso, também é permitido transferir para cada um desses pontos nossos desejos mais secretos, rogando para que todos se tornem reais. E é exatamente isso o que eu faço.

Deitados lado a lado, com as costas no cobertor alaranjado, ficamos os dois com olhos e dedos voltados para o céu, tentando formar desenhos que concebam a realidade de nossas mentes.

Ela solta uma risada alta e desinibida a cada vez que digo que encontrei uma nova imagem na imensidão das estrelas. Eu não fico atrás, e rio como nunca antes, rio livre, com o dedo apontado para o alto, buscando fazer com que ela acredite nas coisas que, de fato, vejo.

— Isso não é possível — ela diz, sorrindo, levantando um pouco o tronco e se apoiando nos cotovelos para enxergar meu rosto.

— É, sim — respondo, fascinado pelo som da sua voz e pelo brilho de seus olhos.

Estico uma mão e toco sua face, sentindo a suavidade de sua pele, deslizando meus dedos pelas maçãs até encontrar a carne macia de seus lábios.

Ela sorri e beija minha mão, voltando rapidamente a olhar para o céu.

— O que mais você vê? — pergunta, aninhando-se em meu ombro.

— Vejo uma mulher bem ali — digo, apontando para cima.

— Ela está sozinha? — questiona, apertando-se ainda mais contra mim.

— Sim.

— O que ela faz? — indaga, agora num tom mais curioso do que o de início.

— Ela brilha. Na realidade, tem um brilho tão forte que afasta a dor e o medo de qualquer um que se aproxime, fazendo com que todos caiam aos seus pés, completamente apaixonados.

Ela se mantém em silêncio por algum tempo, antes de dizer:

— Ela não precisa de todos, só precisa de um.

Então, levanta um pouco mais a cabeça para beijar meu rosto.

Abraço-a para trazê-la para mais perto de mim. Somos dois corpos indissolúveis, recebendo de coração aberto o vento gélido da noite e o fulgor das estrelas.

Não quero abrir os olhos, não agora. Levo minha mão até o ombro, imaginando a força de sua cabeça apoiada contra mim, e inspiro, como se pudesse sentir seu perfume, doce e frutado, ali no meu quarto.

Tento voltar para meu sonho, imaginando que ainda estou no meio do nada, admirando as estrelas deitado num cobertor velho, com Antonella ao meu lado, feliz e apaixonada... por mim. Tento prolongar ao máximo a sensação, mas aos poucos ela se dissipa, dando lugar à realidade de que não há ninguém além de mim no meu quarto.

Estou sozinho. Desde sempre, sozinho.

Acendo a luz do abajur e me sento na cama, encarando o quadro escorado na parede à minha frente. Fico ali, olhando para aquela pintura, sem me ater às horas, apenas admirando-a e imaginando a presença dela.

E da mesma maneira que eu observo, ela também o faz, encarando-me de volta, como no meu sonho, como se não houvesse outra pessoa com quem quisesse passar seus dias; como se estar comigo bastasse para sanar suas dores e fazê-la seguir pela vida, sempre com as mãos estendidas, chamando por mim.

Respiro fundo, emitindo um som que mistura um pouco de raiva e temor, e saio da cama, arremessando os lençóis para o lado. Verifico as horas e noto que o consultório do doutor Luca já deve estar aberto. Decido que não posso mais fugir. Por todos esses dias estou apenas adiando a confirmação do óbvio.

Visto a primeira roupa que vejo, uma camiseta clara e um par de jeans, e calço minhas botas de couro marrom, decidido a acabar com esse martírio de uma vez por todas.

— Ele não vem hoje, Vittorio — Giullia diz, sentada em sua mesa na sala de espera do consultório do doutor Luca.

— Ele está viajando? — pergunto, com as mãos enfiadas no bolso.

— Não, hoje ele tinha pacientes para atender no hospital. Vai passar o dia todo lá.

— Em qual hospital? — questiono, impaciente.

— No Sano — ela responde.

— Obrigado, Giullia.

Dou as costas e saio em busca do meu médico, decidido a não voltar para casa até encontrá-lo. No carro, o trânsito me deixa irritado pela primeira vez. Estou ansioso para chegar logo ao hospital.

Depois de quase uma hora, finalmente estaciono em frente ao lugar do qual tinha certeza que não sairia vivo. Antes de descer, observo o hospital pelo vidro do carro, numa tentativa de me preparar para a confirmação que preciso ouvir.

Na recepção, pergunto sobre o doutor Luca, mas não me passam nenhuma informação precisa. Então, saio pelos corredores questionando os profissionais uniformizados que encontro, até que uma enfermeira me diz que ele está na sala dos médicos, no quinto andar. Sei que não tenho autorização para trafegar naquele andar, mas ignoro as regras e opto pelas escadas para tentar evitar ser barrado. Quando abro a porta do andar, procuro por alguma placa que indique onde fica a sala dos médicos, mas o corredor a que chego é apenas mais do mesmo:

paredes lisas, num tom claro de verde, que para mim são sinônimo de mal-estar, e aquele odor característico que impregna meu nariz e revira meu estômago.

De repente, entre um passo e outro, sinto uma fisgada no peito e falta de ar. Apoio as costas na parede e aperto o local da minha cirurgia. É a primeira vez que sinto algo assim desde o transplante. Esfrego meu peito, respiro fundo algumas vezes e a dor, aos poucos, vai diminuindo. Volto a olhar sala por sala, até que vejo, no fim do corredor, a sinalização do lugar que procuro.

A porta está aberta e logo avisto doutor Luca, sentado num sofá no canto e rodeado de laudos e radiografias, conversando com outro médico. Ele ajeita os óculos no rosto e ergue um exame contra a luz, apontando alguma coisa para seu colega.

Um terceiro médico aparece e nota a minha presença:

— Você deseja alguma coisa? — pergunta, aproximando-se, e os outros se viram na minha direção.

— Vittorio? Aconteceu alguma coisa? — Doutor Luca solta o exame e vem até mim.

— Quem foi o meu doador? — pergunto, sem rodeios.

Ele ajeita os óculos mais uma vez e franze o cenho, depois olha para seus colegas e lhes pede licença, saindo comigo da sala.

— O que houve, Vittorio? Você está se sentindo mal? — ele insiste.

— Quem foi o meu doador? Qual o nome dele? — pergunto de novo, decidido a não ir embora dali sem aquela informação.

— Vittorio, o que está havendo?

Levo as mãos à cabeça e persisto.

— Preciso saber o nome do meu doador, não quero nenhum outro dado. O primeiro nome já me basta.

Ele percebe que estou falando sério e baixa a cabeça por um segundo, erguendo-a logo em seguida.

— Bem, vamos descer até meu consultório — fala e começa a andar, dirigindo-se aos elevadores.

No trajeto, tira o celular do bolso e faz uma ligação.

— Carla, por favor, imprima agora e deixe na minha mesa os documentos relacionados ao transplante de Vittorio Rossi.

Em silêncio durante todo o tempo, descemos pelo elevador e cruzamos os corredores do hospital. Tento acalmar meus passos para coordená-los com os dele, lentos e sem pressa. Depois do que me pareceu uma eternidade, finalmente chegamos à sala. A primeira coisa que faço é sondar a mesa e logo noto um envelope branco sobre ela.

Ele indica a cadeira para eu me sentar e se senta também, tomando o envelope para si.

— Vittorio, eu percebo que você está muito nervoso. Por que não me diz o que está acontecendo antes de qualquer coisa? — diz, num tom de voz muito controlado.

— Vai me dizer o nome? — inquiro.

— Só se você me disser a razão disso tudo.

Coço a barba sobre meu queixo e penso no que dizer.

— Só quero entender a razão dessa súbita necessidade de saber quem é o seu doador. Você nunca tocou nesse assunto e nunca demonstrou nenhum interesse. E então, de repente, aparece aqui, invadindo áreas restritas do hospital e exigindo saber o nome do seu doador.

Aperto os olhos, mexendo inquieto os pés sob a cadeira.

— Os sonhos, os sonhos que eu mencionei, o senhor se lembra?

— Sim, e eu indiquei que você fosse ao Salute — diz, cruzando as mãos sobre o envelope que, de novo, descansa sobre a mesa.

Solto uma risada curta, pensando no que essa simples indicação trouxe à minha vida.

— E eu fui. Aliás, ainda estou indo, duas vezes por semana.

— Ah, isso é ótimo — doutor Luca responde, suavizando seu semblante.

— E foi no Salute que encontrei a mulher dos meus sonhos.

— Vittorio, que maravilha! Fico muito feliz por você. — Ele começa a sorrir e eu estreito meus olhos, negando com a cabeça.

— Não, não! Eu não estou dizendo de uma maneira abstrata. Encontrei exatamente a mulher que aparecia nos meus sonhos, a mesma mulher com quem eu sonhava todos os dias. Ela trabalha no Salute. Eu achei que era apenas coincidência, não queria acreditar que estava ficando maluco, mas com o tempo e depois de conhecê-la melhor...

— Não entendi. — Doutor Luca franze a testa e eu tento explicar melhor aquela confusão.

— Mais ou menos dois meses depois da cirurgia, eu comecei a sonhar com a mesma mulher. No começo não dei bola, até que os sonhos foram ficando mais intensos e reais, tomando conta de todos os meus pensamentos. Foi nessa época que procurei o senhor, que me indicou o Salute, certo?

— Sim — ele assente, acompanhando a minha fala.

— Bem, eu segui sua orientação e, assim que cheguei ao Salute, a primeira pessoa que vi foi a mulher que aparecia nos meus sonhos, em carne e osso, bem ali na recepção. O nome dela é Antonella, e depois de conhecê-la melhor, descobri que tinha um namorado, chamado Enrico, que morreu no dia vinte de setembro do ano passado, num acidente de moto.

No mesmo instante, doutor Luca abre o envelope, retira os papéis e começa a lê-los. Depois, volta seus olhos para mim, entreabrindo os lábios e, por sua reação, não preciso que me diga nada, porque sei que estou certo.

— É ele, não é? Meu doador se chama Enrico, era um homem negro, de vinte e nove anos, que morreu num acidente de moto, não é isso?

Ele balança a cabeça, incrédulo.

— Como você...

— Eu sabia.

Apoio os cotovelos sobre a mesa e seguro minha cabeça.

— Vittorio, isso é absolutamente...

— O quê? Absolutamente insano? — pergunto, sentindo que estou a ponto de explodir.

Meu médico estica uma mão e a coloca sobre meu braço, suspirando em seguida.

— Tente ficar calmo.

— É o que estou fazendo, doutor. Desde o momento em que descobri quem foi meu doador, estou tentando manter a calma.

— Eu... — Ele não consegue encontrar as palavras.

— Maluco, não é? Eu sonhar incessantemente com uma mulher e depois descobrir que o namorado dela é o meu doador? — digo, sacudindo a cabeça.

Doutor Luca demora um tempo para assimilar o que digo e depois volta a falar:

— Na medicina nem tudo pode ser explicado pela lógica ou confirmado pela ciência. Mas, de todo modo, vou tentar te ajudar.

Grudo os meus olhos nele novamente.

— Existem inúmeros estudos sobre a memória celular. Alguns médicos dedicam-se há anos e anos a validar essa suposição, mas até agora é tudo muito controverso. Bem, indo direto ao ponto, a memória celular é uma hipótese de que memórias, hábitos, gostos e interesses podem ser memorizados por outras células além dos neurônios. Sendo assim, as células que compõem o coração também podem conter memórias e hábitos daquele indivíduo. Então, em um transplante, de alguma forma, os hábitos e memórias do doador são introduzidos no receptor. Ou seja, algumas memórias dele podem estar misturadas às suas.

Ergo uma mão para silenciá-lo e tentar assimilar aquelas palavras.

— O senhor está me dizendo que não sou eu quem sonha? Que tudo isso que se passa na minha cabeça são as memórias dele vagando pelo meu corpo?

— Basicamente isso.

— E Antonella?

— A namorada? É provável que ela fosse alguém muito importante para ele e por isso você acaba sonhando com ela.

Balanço a cabeça de forma contínua, como que negando tudo o que ouvi.

— Não, não é ele quem sonha, sou eu! — falo, apontando para mim mesmo. — Como alguém que está morto pode sonhar?

— Vittorio, por favor, acalme-se. Eu aconselho que você continue com a terapia em grupo. Com o tempo, esses sonhos vão diminuir. E eu gostaria também de conversar com sua psicóloga — ele diz, alcançando uma caneta no canto da mesa.

— Você realmente acha que não sou eu... — minha voz está quase sumindo — ... que não sou eu quem está apaixonado por ela? Está dizendo que é a memória dele e que isso não tem nada a ver comigo? Que o que estou sentindo não quer dizer nada? Que pela primeira vez eu sinto que estou verdadeiramente apaixonado por uma mulher, sem medo de me entregar a esse sentimento, porque agora tenho um coração forte e não vou morrer... — esfrego meu rosto antes de prosseguir nessa confusão que virou a minha cabeça — ... e não sou eu, são só as células dele vagando dentro de mim, é isso?

Doutor Luca fica em silêncio e me observa por algum tempo. Por fim, ele inspira, ajeita os óculos e cruza os braços sobre a mesa outra vez.

— Você realmente gosta dela? — pergunta num tom suave, e eu aceno concordando.

— E você está me falando que esse sentimento não vale de nada, porque não sou eu que estou sentindo. Porque não é o meu coração, é o dele — contesto, com uma vontade absurda de arrancar aquele órgão do meu peito.

— As coisas não são bem assim, Vittorio. Se você está apaixonado por ela, é muito provável que esse sentimento tenha se desenvolvido por conta dos sonhos. Só você pode responder se esse sentimento é vago como um sonho ou intenso como a vida real. Só você pode dizer a diferença, Vittorio.

Levanto-me da cadeira num impulso e, sem pedir permissão e antes que ele consiga me impedir, tiro o envelope debaixo de seus braços e saio apressado da sala. Ao entrar no meu carro, solto o envelope sobre o banco e bato contra o volante repetidas vezes, imaginando, de alguma forma, extravasar o aperto no meu peito e aliviar a loucura que estou vivendo.

O sentimento que corre em mim nesse instante é de destruição. É como se eu estivesse no meio de uma rodovia, depois de ser atingido por um caminhão e lançado a dezenas de metros, caído no chão com todos os meus ossos quebrados e sem conseguir me mexer ou falar. É assim que me sinto, à beira da morte outra vez.

Colocaram esse coração em mim para que eu pudesse viver. Então, como minhas memórias e sentimentos podem não ser mais meus? Como doutor Luca pode dizer que tudo o que estou sentindo não me pertence? Então, quem sou eu? No que eu me transformei?

Aperto minha cabeça o mais forte que consigo, numa tentativa de tirar dali de dentro toda essa loucura que gira como um ciclone e me deixa tonto, desnorteado. Fecho os olhos e apoio minha cabeça contra o volante. Os pensamentos não vão embora, eles continuam a girar, mas estou esgotado demais para tentar ordená-los, então deixo que se rebelem.

Meu telefone começa a tocar, abro os olhos e vejo que é o doutor Luca me ligando, ergo a cabeça e encaro a entrada do hospital, vejo-o saindo com o telefone na orelha e uma enfermeira ao seu lado, provavelmente à procura de mim. Estreito os olhos e ligo o carro, saindo desse lugar.

É quase noite e, depois de voltar para casa exausto e dormir por toda a tarde, levanto e faço uma refeição rápida, empurrando a comida goela abaixo. Sinto enjoo a cada garfada, mas sei que preciso me alimentar para só então poder tomar meus remédios.

Assim que acabo de comer, sinto um mal-estar maior do que antes, mas faço um grande esforço para me manter em pé e saio de casa em direção ao Salute.

De frente para os portões do casarão, inspiro o ar fresco da noite e entro. Arrasto meus pés pelo jardim, cumprimento com um aceno a simpática senhora na recepção e sigo para a sala onde as reuniões acontecem. Escolho uma cadeira qualquer e me sento, fechando os olhos em seguida. Nesse momento, percebo que meu corpo está funcionando no automático, porque não consigo focar em nada.

— Vittorio? — A voz de Antonella penetra em meus ouvidos e, em vez de abrir os olhos, eu os aperto mais forte. Ela me chama mais uma vez sem que eu responda e então ouço seus passos se afastarem. Só então abro os olhos, encarando suas costas.

Antonella, na maioria das vezes, escolhe a cadeira que está oposta àquela em que me sento. Ela me olha e me oferece um aceno breve, que não consigo retribuir. Minha respiração se intensifica na presença dela e simplesmente não consigo me mexer ou falar. Sou incapaz de dizer a ela tudo o que está acontecendo. A única coisa que consigo fazer é observá-la e refletir se tudo o que acontece dentro de mim, se toda essa agitação ao ouvir sua voz ou ao encarar seus olhos e, principalmente, se as batidas desordenadas do meu coração são minhas ou dele.

Balanço a cabeça para tentar me livrar desses pensamentos. Antonella não desvia seu olhar do meu e as pessoas começam a chegar na sala, conversando, sorrindo e ocupando seus lugares. Chiara chega por último e cumprimenta a todos, mesmo assim, mesmo com essa sala cheia e barulhenta, é como se houvesse um absoluto silêncio, como se só nós dois estivéssemos sentados neste círculo e tudo ao redor girasse em alta velocidade, sem foco, apenas nossos olhares presos um ao outro. E só quando sinto alguém tocar meu ombro que saio de todo aquele transe e vejo Chiara de pé à minha frente.

— Está tudo bem? — ela pergunta, e percebo que todas as pessoas da sala estão voltadas para mim.

Aceno com a cabeça, anuindo, e ela sorri, intercalando seu olhar entre Antonella e mim.

— Perguntei se você quer começar, Vittorio — ela diz, com um sorriso.

Recuso a sugestão, agitando minha cabeça outra vez, e então Chiara enruga a testa, soltando meu ombro em seguida. Ela por fim se afasta e começa a falar com todos. Eu tento me concentrar em suas palavras para evitar qualquer outra situação constrangedora como essa.

— Vamos fazer algo diferente hoje. Quero que vocês escrevam uma carta, que coloquem no papel tudo aquilo que estão sentindo. Ao final, vocês poderão me entregar essas cartas para que eu as guarde em suas fichas ou então vocês podem simplesmente levá-las com vocês. O importante é que coloquem no papel tudo aquilo que lhes incomoda, coloquem para fora toda a angústia que estão sentindo.

As pessoas se entreolham, com alguma estranheza, mas depois dão de ombros. Chiara vai até sua mesa, pega um calhamaço de papel e distribui uma folha para cada pessoa, inclusive para Antonella, e depois coloca um pote com dezenas de canetas e pranchetas numa cadeira no centro do círculo. Levanto-me, pego uma caneta e uma prancheta e volto a me sentar. Logo depois, ouço o som do deslizar das canetas sobre as folhas das pessoas ao meu lado, enquanto encaro minha folha em branco sem saber por onde começar. Ergo a cabeça e noto que o olhar de Chiara, que está sentada à sua mesa, com o queixo apoiado nas mãos, está fixado em mim.

Fecho os olhos e inspiro, conjecturando que escrever é como pintar, que posso dizer tudo para essa folha, sem me preocupar com nada e, então, finalmente começo a escrever.

Nunca pensei que ter um novo coração fosse me trazer tamanha confusão. Nunca pensei que chegaria ao ponto de não saber quem eu sou e o que eu sinto. Quando me disseram que eu teria uma boa vida como um transplantado, esqueceram de dizer que no meio do processo eu iria me apaixonar e, ao me descobrir apaixonado, ficaria completamente perdido – e não no bom sentido, perdido de amor. Comigo é no sentido literal, não sei para onde seguir nem o que pensar. No fim das contas, lido bem com a consciência de que o coração que carrego não é o meu, mas não saber se os sentimentos que nascem são mesmo meus ou do meu doador, isso é desesperador.

O que somos, o que sentimos, o que gostamos, essas são as características que nos validam como pessoas. São elas que nos diferem dos outros, mas eu já não sei se sou eu quem gosta de azul, verde ou vermelho, não sei se sou eu quem gosta de motos, carros ou barcos... e o mais torturante, não sei se sou eu quem a amo.

Eu me sinto como se estivesse caindo de um precipício, eu só caio e caio e caio, sem que o fim chegue, naquela constante sensação nauseante de frio na barriga.

É como se eu me olhasse no espelho, mas fosse incapaz de me reconhecer, como se eu não tivesse trocado apenas um coração ruim por um bom, mas sim todo o meu corpo. E de um dia para o outro, eu não soubesse mais se sou eu ou ele.

Você consegue dizer quem eu sou?

Consegue entender o que estou dizendo?

Consegue garantir que esse coração agora é realmente meu?

Consegue me falar se essa paixão que eu sinto é realmente minha?

Nesse minuto, tudo o que mais desejo é que alguém possa me responder uma dessas perguntas, que alguém me diga que sim, que todo sentimento que nasce dentro de mim é meu e sempre será, sem dúvidas, sem confusões, ambiguidades ou hipóteses científicas não comprovadas. Tudo o que eu quero é poder me deitar e dormir tranquilo, e me deixar continuar apaixonado por ela.

Eu quero poder ser apenas EU.

Pouso a caneta e leio o que escrevi repetidas vezes. Algumas pessoas se levantam e levam a folha até Chiara, outras dobram o papel e enfiam no bolso, mas eu continuo com a folha nas mãos.

Depois de alguns segundos, eu me levanto, decidido a ir embora dali, mesmo que todos continuem em seus lugares. Dobro a folha, coloco-a no bolso da minha calça e sigo para a porta. Quando giro a maçaneta, pronto para sair, paro e fecho os olhos.

Aperto a maçaneta com força e abro os olhos, mas algo me impulsiona a dar um passo para trás. Então, tiro a carta do bolso e a entrego para Chiara. Ela não diz nada e não abre a carta, mas a deixa de lado, separada das outras que recebeu. Por fim, ofereço-lhe um aceno e saio em silêncio da sala.

15

Antonella

Dizem que subir escada é muito melhor para a saúde do que usar elevadores. Mas eu digo que, na realidade, subir dez andares todos os dias está acabando com minhas pernas. Paro no quarto andar para tirar meus sapatos de salto, mas mesmo com minhas pernas queimando, não tenho coragem de entrar nos elevadores desse prédio. Bem, o que quase despencou comigo dentro ainda está em manutenção e o outro, o único que resta, agora é obrigado a dar conta de toda a demanda do prédio sozinho. Por isso, é preferível subir e descer esses degraus a me arriscar outra vez.

Quando finalmente vejo o número dez na porta de emergência, agradeço mentalmente e empurro, finalmente chegando ao hall do meu andar. Entro em casa, jogo meus sapatos num canto qualquer e tiro a roupa, indo direto para o banheiro. Estou extenuada e sei que só um longo banho quente poderá aliviar o meu cansaço. Depois de um bom tempo, desligo o chuveiro e visto um roupão.

O silêncio e a luz baixa da única luminária em minha sala me trazem uma sensação de aconchego. Sento-me no sofá e cruzo as pernas, fazendo um resumo mental do meu dia. Mesmo depois de considerar as mais variadas possibilidades, não consigo entender por que Vittorio estava estranho daquele jeito. Primeiro ele simplesmente me ignorou quando fui cumprimentá-lo e, depois, saiu da sala naquela agitação toda.

Será que foi porque eu saí sem me despedir da exposição? Ou será que aconteceu alguma coisa grave que o deixou daquela maneira?

Apanho meu telefone e deslizo o dedo entre os contatos até chegar ao nome dele. Encaro o aparelho, querendo apertar o botão de ligar, mas alguma coisa me impede. Olho para o celular por intermináveis minutos até que desisto e o lanço para o lado.

Vou até o aparelho de som e o ligo, deixando a voz rouca de James Arthur com "Impossible" dominar todo o apartamento, e meu corpo e mente. Então eu, que há tanto tempo escondo minha voz, resolvo acompanhá-lo com toda a minha força e, girando pela sala, entoo a canção:

Tell them all I know now
Shout it from the roof tops
Write it on the skyline
All we had is gone now
Tell them I was happy
And my heart is broken
All my scars are open
Tell them what I hoped would be impossible
Impossible
Impossible
Impossible...[2]

A música que por tantas vezes me fez chorar desta vez me traz coragem e vigor, faz com que eu me sinta pronta para encarar qualquer situa-

---

2. Versão traduzida do trecho da música "Impossible", James Arthur: Diga a eles tudo o que eu sei agora/ Grite isso de cima dos telhados/ Escreva isso na linha do horizonte/ Tudo o que nós tínhamos se foi agora/ Diga a eles que eu era feliz/ E meu coração está partido/ Todas as minhas cicatrizes estão abertas/ Diga a eles que o que eu esperava seria impossível/ Impossível/ Impossível/ Impossível.

ção que se coloque em meu destino. Deixando minha voz e coração livres, continuo a cantar.

De repente, um barulho na porta me assusta e eu fico em silêncio na hora. Corro para abaixar o volume do som e fico imóvel, com o dedo no botão, esperando para ter certeza se foi mesmo no meu apartamento que bateram. Só quando escuto a porta de emergência se fechando é que decido verificar se tem alguém no hall. Ao abrir minha porta, um quadro enorme cai para dentro da minha casa.

Levanto a tela, segurando-a com uma mão, enquanto a outra cobre minha boca, absolutamente estarrecida. Puxo a pintura para dentro e vejo que há mais uma caixa no chão. Recolho-a também, sem acreditar naquilo que vejo, e corro para meu quarto. Calço, desajeitada, um par de tênis e, à medida que desço o mais rápido possível a escada de emergência, vou ouvindo passos também apressados mais adiante.

— Espera! — grito, agora pulando os degraus de dois em dois.

Porém tudo o que faço é em vão. Quando a escadaria termina e chego ao hall de entrada do prédio, não encontro ninguém. Abro o portão principal, ofegante, e corro mais alguns metros pela rua olhando em todas as direções, mas ele não está em lugar nenhum.

Giro meu corpo, procurando por todas as direções e quase não ouço os carros buzinando para mim sem parar, repreendendo-me por estar no meio do caminho. No entanto, em vez de sair do meio da rua, apenas ergo um braço para proteger meus olhos das luzes dos faróis.

De repente, sinto alguém segurar minha mão e me arrastar de volta para a calçada.

— Menina, você quer se matar? — pergunta o senhor Oswald, porteiro do prédio.

Ele me encara de um jeito estranho, com os olhos arregalados, e me dou conta de que estou de roupão e tênis no meio da rua. Puxo a gola do roupão, com a intenção de cobrir mais o meu colo e, antes de entrar, dou mais uma olhada pela rua. Volto para casa subindo, de novo, degrau por degrau até o décimo andar.

Quando olho novamente para o quadro, levo de novo a mão à boca. Eu simplesmente não consigo acreditar no que vejo. Sou eu desenhada numa tela com mais de um metro e meio de altura; meus cabelos estão soltos e os cachos escuros esvoaçam, estou com a cabeça voltada para o alto, com o colo à mostra, e é como se eu estivesse dançando de frente para o mar, recebendo sua brisa salgada, livre e feliz.

Abaixo-me em frente a ela e toco em cada detalhe capturado com maestria por Vittorio. Meus dedos escorregam pela tela, pelos cabelos, pelos lábios e tenho a sensação de que estou tocando a mim mesma, como se não houvesse diferença entre a mulher real e a mulher na tela. Como se nós duas fôssemos apenas uma. É inacreditável como Vittorio conseguiu me traduzir tão bem usando tinta e água.

Não consigo ignorar o efeito que essa pintura tem em mim. Nunca pensei que um dia alguém me veria da forma como ele me desenhou, como se seus olhos vissem além do que mostro, como se me enxergassem por completo, todos os meus medos, todas as minhas alegrias, toda a minha alma.

Depois de alguns segundos paralisada, desvio meus olhos da tela e puxo a caixa para mais perto de mim. Com um sorriso de orelha a orelha, vejo que dentro dela há um sapato preto em verniz com o bico dourado e o beija-flor que ganhamos de Pietro.

Despenco no sofá e pego meu celular. Dessa vez não tenho medo de completar a ligação, mas, com o aparelho já na orelha, fico pensando no que exatamente devo falar. Não sei o que esses presentes significam, mas sei que preciso ouvir sua voz, preciso saber por que deixou essas coisas aqui.

Depois de inúmeras chamadas não atendidas, meu sorriso se desfaz e sinto a testa enrugada. Não entendo o motivo de ele não me atender. Talvez esteja dirigindo ou não tenha ouvido. Decido, então, enviar uma mensagem, mas fico estática, com o telefone nas mãos, sem que as palavras certas me venham. Por fim, decido apenas escrever: “por favor, me ligue assim que puder”.

Volto a ficar sentada no chão de frente para a tela de pintura onde estou estampada, passo horas e horas apreciando aquela obra com o telefone na mão, à espera de uma resposta de Vittorio.

Mas o dia amanhece e a resposta não vem. E quando o sol começa a entrar pela sala eu, vencida pelo sono e deitada no chão, passo a ter dúvidas se o que ele me trouxe é realmente um presente. Por que ele deixaria essas coisas aqui e não retornaria minhas ligações? O que está acontecendo?

Sem poder prolongar mais a minha espera, levanto-me para me aprontar para o trabalho. Mas a cada par de minutos encaro meu telefone, esperando que uma das notificações seja de Vittorio.

Enquanto vou caminhando pela rua, ainda olho em todas as direções, imaginando que ele talvez ainda esteja por aqui, mas a busca é em vão. Ajeito minha bolsa no ombro, sigo para a estação de metrô e, alguns minutos depois, estou subindo a rua onde fica o casarão do Salute. Cruzo os portões, sigo por entre os arbustos e estranhamente, continuo olhando para todos os lados, procurando por ele.

Balanço a cabeça, buscando tirar Vittorio dos meus pensamentos para me concentrar o suficiente no dia de trabalho que está começando. Na entrada, Dona Sofia está com seus óculos e o rosto quase colado contra a tela do computador.

— Bom dia — digo, abaixando-me para abraçá-la.

— Bom dia, meu bem! — ela responde, estalando um beijo em minha bochecha. — E como está sua lista? — pergunta, baixando o tom de sua voz.

— Tudo bem, indo tudo muito bem — respondo, sorrindo.

— Isso é ótimo, querida. — Ela sorri também, dando batidinhas nas minhas mãos.

Ao contrário do que eu imaginei, o dia vai passando rápido. Hoje o Salute está mais cheio do que o costume. O número de pessoas que passam por aqui em busca de assistência e direcionamento é cada vez maior. Neste mês, em especial, o movimento cresceu bastante, talvez porque o nome do centro está mais consolidado e cada vez mais médicos, hospitais e clínicas indicam nosso trabalho, o que é ótimo. Afinal de contas, quanto mais o nome do Salute se solidifica, mais pessoas podemos conscientizar para o transplante de órgãos e mais vidas podemos salvar.

No entanto, apesar do dia cheio, não parei de pensar em Vittorio nem por um minuto. E, imaginando que ele talvez não tivesse visto minhas ligações ou mensagem, resolvi ligar de novo e de novo, além de enviar mais duas mensagens. Nenhum retorno.

Ao final do dia, ofego com o telefone nas mãos, buscando entender o que está acontecendo.

— O que aconteceu, Antonella? Você não parou de suspirar e olhar para o telefone o dia inteiro — questiona Enzo, apoiando uma perna sobre a minha mesa.

— Eu também queria saber — murmuro, colocando o celular de volta na mesa.

Ele começa a falar sobre a festa e outras ideias que teve, além de tirar algumas dúvidas de como proceder em determinados assuntos burocráticos que não domina. Vou me envolvendo nas explicações para Enzo, mas meu pensamento continua longe, perdido em Vittorio.

Os dias passam sem que Vittorio dê nenhuma notícia. Depois do terceiro dia sem resposta, finalmente parei de enviar mensagens, porque já tinha ficado mais do que claro que ele não tinha nenhum interesse em falar comigo. Nesse meio tempo, pensei um milhão de vezes em devolver o quadro, mas toda vez que entro em casa e me deparo com a pintura, sei que não vou conseguir me desprender dela. Sento-me no chão e passo um bom tempo sorrindo e admirando aquela Antonella que parece tão mais bonita e feliz aos olhos dele.

Além disso, não consigo parar de pensar em como aquela pintura é diferente de todo o restante de suas obras, que sempre retratam algo mais frio e solitário. Mas o meu quadro não tem nada disso. Apesar de eu me sentir, por muitas vezes, tão ou mais solitária que ele, na pintura eu irradio felicidade, dançando no meio de todas aquelas cores, resplandecente como o sol, intensa como a lua e feliz como nunca fui. E toda vez que a vejo, sinto-me, de fato, mais feliz, só por saber que existe uma pessoa que me vê dessa forma.

É estranho como as coisas acontecem e como as pessoas entram de surpresa em nossas vidas. Depois desse silêncio todo, noto como sinto falta de falar com ele, de poder me abrir sobre meus dilemas, de poder contar com seu apoio na busca pelos receptores. Mas, além de tudo isso, o que mais me chateia é não saber o motivo pelo qual ele decidiu sumir.

De repente, o ônibus de viagem em que eu estou passa por um buraco, dando um solavanco que quase me derruba do banco. As pessoas começam a reclamar com o motorista, pedindo-lhe para ter mais cuidado, mas para mim acaba até sendo bom, porque o susto me traz de volta à realidade.

Abro minha bolsa e tiro dela a folha de papel que já está surrada das tantas vezes que a dobrei e desdobrei para reler os nomes listados ali. Esperava que Vittorio pudesse continuar comigo nessa busca, a companhia me enchia de coragem.

Às vezes, a coragem que temos basta para continuarmos adiante sozinhas, basta para explorarmos o inexplorado e para enfrentarmos uma situação imprevista. Entretanto, isso não significa que ter alguém ao nosso lado nesses momentos mais, digamos, incógnitos seja algo totalmente dispensável. É muito reconfortante sabermos que temos alguém para olhar nos nossos olhos e, mesmo em silêncio, dizer-nos para seguirmos em frente, persistirmos, nos amparando quando tudo desmorona. E essa força partilhada é algo muito valioso e tão raro quanto encontrar um tesouro perdido por centenas de anos no fundo do mar.

Dentre todas as pessoas que conheço, esse alento veio apenas de um desconhecido. Vittorio foi o tesouro perdido posto diante de mim que, mesmo em silêncio, com o azul profundo de seus olhos, disse-me para continuar, para seguir em frente fazendo aquilo em que eu acredito.

Então, ao mesmo tempo em que sinto sua ausência, tento encontrar dentro de mim a força necessária para prosseguir na busca pelo inexplorado e conhecer as pessoas dessa lista.

Hoje, sigo para conhecer a Paola De Angelis, receptora do fígado.

Finalmente, o ônibus estaciona na rodoviária, todos começam a pegar suas bolsas no bagageiro e uma fila se forma no corredor. Espero sentada até que quase todas as pessoas saiam, e assim que coloco meus pés para fora do ônibus, sou assolada pela brisa quente.

Fecho os olhos e respiro, sentindo a maresia no ar. Há tempos não vinha até o litoral e é bom sentir o ar limpo, para variar. Numa cidade grande como Vita, são poucos os lugares em que podemos respirar um ar mais puro. Ajeito minha bolsa e volto a andar. Pelo que pesquisei, a casa de Paola não é muito distante da rodoviária e já havia planejado fazer o trajeto a pé.

Compro uma garrafa de água numa lanchonete logo ao lado de onde estacionamos e começo a andar. Recorro ao mapa que salvei no celular e vou procurando pelos nomes das ruas. Mesmo me sentindo um pouco perdida ao andar pela cidade que não conheço, é prazeroso ver as pessoas livres, aproveitando o fim de semana de calor.

O sol está forte e depois de caminhar poucas quadras já me sinto cansada. Como não tenho pressa, paro para me refrescar e tomar um suco gelado. Sozinha nesse lugar simples e com atmosfera praiana, continuo a observar as pessoas, que caminham com roupas leves e sorrindo. Mesmo os que andam sozinhos parecem felizes. De certa forma, tenho a sensação de que o sol é o catalisador dessa alegria toda e, por um momento, sinto um pouco de inveja de todos eles, mas ela dura pouco, muito pouco, porque logo percebo que estou sorrindo tanto quanto eles. Olho para o alto e o céu, tomado pelo brilho do sol e sem nuvens, chega a me cegar por uns instantes. Nesse momento, entendo que talvez a magia do sol tenha recaído também sobre mim.

Sigo meu caminho e logo percebo que estou na rua de Paola. Agora, aquela sensação aflitiva que eu já conheço começa a tomar conta de mim. A ansiedade de encontrar um novo receptor se mistura ao medo de não saber como me expressar ou de não ser bem recebida.

E ainda que esteja sob o sol escaldante, suo frio. Aperto uma mão na outra e busco controlar os arrepios que transcorrem meu corpo a cada passo. Vou olhando os números das casas até que, no fim da rua, encontro a de Paola. A casa, pintada de branco com as janelas abertas em madeira de mogno envernizadas, tem várias cadeiras de praia na varanda e uma imensa árvore chapéu de sol, típica de cidades litorâneas, no jardim.

Fico parada em frente ao portão por vários minutos. Ninguém aparece e eu permaneço ali, fitando a típica casa praiana, esperando que alguém perceba a minha presença, me peça para entrar e me receba tão bem quanto Pietro.

O problema é que fico ali só esperando, sem conseguir tomar nenhuma atitude, sem procurar uma campainha, bater palma ou chamar seu nome. Fico inerte, sem fazer nada.

Então, aperto os olhos, tentando entender por que não consigo ir adiante, enquanto em contrassenso dou alguns passos para trás, agindo em desacordo com meu plano original. Abro os olhos ao tropeçar no passadiço e me sento no chão, respirando com dificuldade e me entregando à agitação que me tira o ar e oprime meu peito. Uma sensação ruim toma conta de mim e me desorienta, confundindo as minhas vontades.

Agora, sentada no chão, fico encarando a casa, ainda sem conseguir dar os poucos passos que me separam do último nome da minha lista. Quando eu conhecer Paola, o que farei? Quem será o próximo a buscar, uma vez que não tenho o nome do receptor do coração?

Sinto-me como se estivesse num labirinto, correndo sem rumo por seus corredores, buscando uma saída que não sei se existe. Então, o que era para ser o ponto final de uma etapa da minha vida, acaba por se tornar uma saga que me exaure por completo, porque não sei o que fazer para conseguir o último nome, não sei a quem recorrer para conseguir de fato dar por terminada a minha missão.

Levanto-me do chão e olho uma última vez para a casa de Paola, abandonando-a e tomando de volta o caminho que fiz até aqui. Nesse momento, ouço o barulho do mar. É como um chamado tranquilizante que me atrai como uma música melodiosa, uma voz rouca e ritmada, dizendo que devo chegar mais perto e me sentir acolhida.

Marcho apressada em direção a ele e, assim que piso na areia, tiro as sandálias e caminho para a água sem deixar que nada me desvie. No instante que o mar toca meus pés, toda a aflição que eu sinto é atenuada. Entregando-me ao balanço calmo da água, finalmente consigo recuperar a sensatez e parar de suar frio. Minha respiração e batimentos estão coordenados outra vez.

Vittorio volta à minha mente e sinto a falta dele com ainda mais força. Mesmo sabendo que sou capaz de fazer qualquer coisa sozinha, qualquer coisa que queira, ainda assim gostaria que ele estivesse aqui, que estivesse ao meu lado como quando visitamos Pietro, que me desse aquele último olhar, dizendo que posso ir em frente, porque tudo vai ficar bem, aquele olhar que eu nunca tinha visto antes, tão sereno e azul quanto esse mar que molha meus pés.

16

Antonella

De algumas semanas para cá tenho me sentido cansada e sem disposição. Desde que fraquejei em frente à casa de Paola, tenho a forte sensação de que falhei comigo mesma. Contudo, mesmo que eu saiba que devo seguir adiante e esquecer de uma vez por todas essa lista, uma vozinha fica sussurrando em meu ouvido dizendo que nada ficará bem se eu não cumprir a missão que determinei a mim mesma. As coisas não vão voltar ao normal se eu não conhecer todos eles.

De repente, o ramal sobre a mesa começa a tocar, despertando-me dos meus pensamentos.

— Alô — atendo.

— Antonella, pode vir aqui um pouquinho, por favor? Preciso falar com você — diz Chiara, do outro lado da linha.

— Ok, já estou indo! — respondo, desligando e me dirigindo para a sala dela.

Ao entrar, encontro-a sentada atrás de sua mesa, concentrada em uma folha de papel que está à sua frente e com o queixo apoiado em uma das mãos.

— Pois não... — falo, sentando-me de frente para ela.

Ela solta a folha e a guarda numa pasta.

— Temos três pacientes que estão ausentes há algum tempo... — diz, iniciando a conversa.

— Sim. Mauro, Luma e Vittorio — respondo, de pronto. É uma das minhas atribuições controlar a frequência nas reuniões e já faz mais de três semanas que Vittorio não aparece no Salute. A cada reunião espero que ele entre pela porta e ocupe seu lugar no círculo, mas isso nunca acontece.

De acordo com nossos procedimentos, toda vez que um paciente abandona o grupo, Chiara liga para eles ou os visita, um tempo depois, para ouvir a razão pela qual não desejam mais prosseguir com a terapia, e em muitos dos casos ela consegue convencê-los a voltar ou ainda indicar outro tratamento mais adequado.

— Eu já falei com o Mauro e a Luma, mas quero que seja você a pessoa a conversar com Vittorio — ela diz, segurando uma caneta entre as mãos unidas.

— Eu? Mas por quê? — questiono, sem saber muito bem o que dizer.

— Porque ele parece ter uma conexão maior com você. Em todo o tempo em que ele esteve aqui não consegui ultrapassar nenhuma de suas barreiras. A única vez que consegui extrair qualquer coisa dele foi no dia que sugeri que todos escrevessem uma carta, mas depois disso ele não voltou mais.

— Eu não sou psicóloga, o que adianta eu falar com um paciente? — contraponho, assustada.

— Eu sei disso. Não estou pedindo que você faça uma sessão com ele, só quero que o visite como uma amiga — ela diz, com a voz suave.

— Chiara... — Eu deslizo uma mão por meu rosto, pensando em como dizer a ela que não posso ir, porque ele não quer me ver.

— Antonella, eu preciso que você traga o Vittorio até aqui. Eu preciso falar com ele, e sei que se eu tentar não vai funcionar.

— E por que acha que comigo vai ser diferente? — questiono, com a voz saindo mais aguda do que o normal.

— Porque ele conhece você. — Ela não desvia seus olhos dos meus e eu engulo em seco. Ela parece saber mais do que diz.

— Eu...

Chiara ergue uma mão para eu me silenciar.

— Eu não posso entrar em detalhes, Antonella, mas o médico cirurgião do Vittorio me ligou, foi ele quem o indicou para o Salute e...

— O Vittorio está bem, aconteceu alguma coisa? — pergunto, entrando em desespero.

— Sim, ele está bem. Ao menos o corpo dele está — ela responde, recostando-se em sua cadeira.

— Então o que está acontecendo? — interrogo.

Chiara nota a minha agitação e, com olhos estreitos, volta a falar:

— Preciso que você o traga aqui, Antonella. E não sei se ele aceitará esse pedido de alguém que não seja você. Por favor, diga a ele que tenho as respostas para a carta dele — ela fala cada palavra com tanta firmeza que, dessa vez, sou eu quem estreito meus olhos, tentando decifrar o que tudo aquilo significa.

— O que o médico dele disse? — insisto.

— O suficiente para eu me preocupar.

Deixei a sala de Chiara, peguei a minha bolsa e vim direto para a casa de Vittorio. Sinto meu coração explodindo dentro do meu peito, batendo mais rápido a cada passo. Não disse a Chiara a quantidade de vezes em que pensei em vir até aqui, mesmo sabendo que ia contra as regras do centro. Agora eu sei que algo realmente importante está acontecendo – o cirurgião de Vittorio não ligaria para Chiara se tudo estivesse em ordem.

Empurro o portão semiaberto e piso sobre as pedrinhas que se espalham por toda a frente do galpão que abriga sua casa, fazendo-as estalar sob meus pés e, de alguma forma, anunciar minha chegada.

Caminho sem pressa, pensando no momento em que poderei ouvir outra vez sua voz branda, afável, e ver aqueles olhos grandes e claros que se assemelham a um convite para um mergulho no mar, o mesmo mar onde semanas atrás eu me acalmava e pensava na falta que ele me faz.

Encaixo minha mão no puxador, abrindo as portas do seu esconderijo e invadindo seu refúgio. Olho para os lados e não o vejo em nenhum lugar. Sigo me embrenhando entre suas telas e esculturas, desviando-me das latas e mais latas de tinta, telas em branco e pincéis de todos os tamanhos, até que o vejo, do outro lado do galpão, sentado no chão, de costas para mim, com a cabeça baixa abrigada entre as mãos.

Paro de andar e fico apenas o observando. Daqui ele parece uma pessoa esquecida no meio do nada, um náufrago perdido numa ilha desconhecida, um ermitão isolado de todos numa caverna, segregado nos confins mais remotos de si.

Respiro fundo e volto a andar, tomando cuidando para não fazer barulho, e só quando estou próxima dele é que chamo suavemente seu nome. Sei que ele me ouve, porque ergue a cabeça, mas ainda assim não se vira. Então, chamo outra vez, com a voz ainda mais suave, e só então ele vira a cabeça, encontrando-me de pé no meio do seu ateliê.

Ergo uma mão para cumprimentá-lo, mas ele continua na mesma posição, com a cabeça virada para trás, sem dizer nada. Seu olhar é intenso e confuso, a ponto de eu pensar que ele deva achar que sou uma alucinação. Ele se levanta, bem devagar, e se aproxima, estendendo uma mão para tocar de leve meu rosto.

— Você... — diz, escorregando seus dedos pela minha face, desde minha bochecha, passando por meus lábios e contornando a mandíbula.

— Desculpe por invadir sua casa — falo.

Vittorio se afasta ao ouvir minha voz, tropeçando para trás e ficando ofegante no mesmo instante.

— Você... — tento escolher as palavras certas, mas elas não vêm à minha mente. Não sei se agradeço pelo quadro que fez de mim, se falo que Chiara precisa vê-lo ou se conto da falta que ele me fez por todo esse tempo.

Ele se afasta mais, apoiando uma mão sobre um dos inúmeros cavaletes de pintura que tem espalhados pelo ateliê, com os olhos semicerrados e a respiração ruidosa.

— Por que você não quer falar comigo? — questiono, ignorando todas as questões anteriores e sentindo o amargor presente em minha voz.

Vittorio entreabre os lábios, balança e baixa sua cabeça, sussurrando:

— Eu sempre quero falar com você.

Sua reação e resposta me deixam ainda mais confusa.

— Então por que você não atende minhas ligações? Por que sumiu do Salute? O que foi que eu te fiz? — indago, levando uma mão no peito.

— Nada, você não fez nada... — Vittorio responde, encarando meu rosto, mas com o olhar ainda distante, envolto por suas telas.

— Eu não entendo, Vittorio. Tentei falar com você por dias.

Ele se abaixa, pega um retalho de tecido no chão e começa a limpar as mãos. Sem me encarar e sem me responder, continua a esfregar os dedos naquele pedaço de pano, de forma contínua e agitada, mas em silêncio.

Eu me sinto uma completa idiota por estar aqui, uma daquelas pessoas que não sabem a hora certa de se afastar.

— Desculpe por ter vindo até aqui — falo, dando-lhe as costas e andando em direção à saída.

— Espera — ele diz, vindo até mim e segurando meu pulso, fazendo com que eu me vire para trás. — Não é você...

— Não diga essa frase — eu o interrompo. — Esse clichê de *não é você, sou eu* é ridículo — contradigo, tirando sua mão do meu braço.

Vittorio passa uma das mãos pelo cabelo, que consigo perceber estar maior desde a última vez que o vi. Examino seu corpo e noto que as camisetas justas que sempre usa estão mais largas, e a barba está bem mais densa e malcuidada. Nesse momento, a voz de Chiara volta à minha mente: "o médico cirurgião de Vittorio me ligou".

— Você está doente? — pergunto, buscando alguma resposta que faça sentido.

Ele inspira, fecha os olhos e balança a cabeça, assentindo.

— O que você tem? É o seu coração? — averíguo, preocupada.

— Mais ou menos... — responde, a voz quase sumindo.

O silêncio se instala entre nós. Ele não prossegue e eu não consigo dizer mais nada. A vontade de ir embora, tão grande segundos atrás, desaparece, e a ideia de deixá-lo para trás me corrói por inteiro.

— Eu posso ajudar? — indago, baixando o tom da minha voz.

Ele me olha e estica um canto da boca, num lampejo do que poderia ser um sorriso.

— Desculpe por sumir desse jeito, sem avisar. Mas eu precisava de um tempo para entender o que está acontecendo comigo.

— E você entendeu? — pergunto, dando um passo para mais perto dele.

— Não.

— Mas por que se afastou de mim? O que eu fiz para você? — volto a questionar, porque ainda não consigo entender nada do que está acontecendo.

— Nada, você não fez nada — ele insiste, com firmeza.

Vittorio encurta ainda mais a distância que nos separa e segura meu rosto entre suas mãos, obrigando-me a erguer a cabeça para que nossos olhos se encontrem.

— Por que você pintou aquele quadro?

Ele fecha os olhos, expira e solta meu rosto.

— Você tem muitas perguntas e eu não sei como responder, Antonella. Eu pensei que não nos veríamos de novo e por isso quis dá-lo a você. Queria que tivesse algo para se lembrar de mim.

— Mas eu lembro, lembro todos os dias. Eu queria agradecer, queria conversar. Senti sua falta, você se tornou um grande amigo.

Ele solta uma risada curta, irônica.

— Eu não pintei aquele quadro para uma amiga, Antonella, pintei para uma mulher. Uma mulher que, por mais que eu tente, não sai da minha cabeça. Por mais que eu me esforce, ela volta e volta e volta, sussurrando em meus ouvidos, invadindo meus sonhos, fazendo aparições o tempo inteiro nos meus pensamentos. Uma presença constante que me enlouquece a maior parte do dia, mas... a cada maldito minuto eu desejo vê-la, desejo ouvir sua voz, desejo andar por aí com ela de mãos dadas, desejo-a como *minha* mulher.

Entreabro os lábios, perplexa com sua fala, tentando assimilar essa enxurrada de informações. Abaixo a cabeça, pensando no que dizer, mas não consigo encontrar as palavras.

Vittorio balança a cabeça e passa as mãos pela barba incessantemente. Ele espera que eu diga alguma coisa, que eu demonstre que compreendi o que ele acaba de dizer.

— Eu...

— Desculpa, eu não deveria ter soltado isso em cima de você assim — diz, afastando-se mais uma vez.

— Eu... — tento encontrar uma maneira de dizer que talvez o mesmo aconteça comigo. Mas é difícil demais para mim admitir isso em voz alta, aceitar que estou abrindo espaço para outra pessoa entrar em meu coração. Mesmo sabendo que tenho o direito de seguir minha vida, é duro demais admitir isso.

Vittorio expulsa o ar de seus pulmões mais uma vez e apoia as mãos na cintura.

— O que você veio fazer aqui? — pergunta, desistindo de ter alguma resposta à declaração que acaba de fazer.

— Você não foi mais às reuniões e nós queríamos saber o motivo... — respondo, sentindo o clima tenso.

— Queríamos? — questiona, erguendo uma das sobrancelhas.

— Chiara e eu fazemos o controle dos participantes...

Ele sacode a cabeça e franze os lábios, insatisfeito.

— Foi por isso que veio?

Vittorio não esconde o incômodo com o que acaba de ouvir. Mas o que ele esperava? Como eu poderia ter vindo antes, se foi ele quem se afastou?

— Todas as minhas ligações foram rejeitadas, todas as minhas mensagens foram ignoradas — rebato, deixando claro que foi ele quem escolheu me ignorar por semanas.

Percebendo a minha angústia, seu semblante se transforma por completo, adotando um aspecto mais afetuoso. Ele esconde o rosto entre as mãos, parecendo perdido, desnorteado. Todas as vezes em que estivemos juntos, Vittorio sempre foi calmo, sereno. Mas agora ele está diferente, é como se lutasse contra algo que o aflige, que o desespera, que lhe tira a sanidade.

— Me diz o que está havendo? Posso tentar te ajudar — insisto.

Ele me observa, e posso notar que agora está com os mesmos olhos pacíficos de antes, os que sempre admirei.

— As reuniões não funcionam para mim, Antonella. Agradeço muito que tenha vindo até aqui para saber como estou. Não se preocupe, não está acontecendo nada. E me desculpe por deixá-la preocupada e não responder suas ligações ou mensagens.

Ele fala como se estivesse lendo uma resposta pronta, decorada, e algo me diz para não acreditar em nenhuma de suas palavras. Vittorio vira as costas e começa a caminhar para o fundo do ateliê, deixando-me para trás.

— Chiara disse que tem as respostas para sua carta.

Ele para de andar no mesmo instante e, o mais devagar possível, gira o pescoço e me olha por cima do ombro.

— Você leu a carta? — indaga.

Apressada, balanço a cabeça, sinalizando que não.

— O que ela disse? — inquire, sem mexer um músculo.

— Que ela tem as repostas. O que isso significa? Por favor, me diz o que está acontecendo...

Dou alguns passos em sua direção.

— Diga que irei até ela — fala, e volta a andar ateliê adentro, deixando-me plantada ali no meio de suas telas.

17

Vittorio

Sentado sobre a pedra, aprecio o pôr do sol. A grande bola de fogo começa a se esconder no horizonte, colorindo o céu com pinceladas alaranjadas. Aos poucos, o belo e vívido azul se transforma num azul frio e escurecido, que dá boas-vindas à sua companheira noturna, que logo tomará seu lugar de direito.

Observo a transição do dia para noite, pensando como o sol e a lua dividem o mesmo céu em harmonia, como convivem cada qual ocupando seu espaço, sem que interfiram no caminho um do outro.

Baixo meu olhar e imagino se na vida também é possível encontrar um convívio tão harmônico quanto esse, se é possível duas pessoas dividirem o mesmo amor, o mesmo corpo, a mesma alma, o mesmo coração...

Percebo que alguém se senta ao meu lado e isso me faz romper minhas tristes divagações. Abro os olhos e encaro o homem ao meu lado. Do mesmo modo, ele observa o horizonte, em silêncio, apreciando o presente diário que a natureza nos oferece.

Eu o estudo, esperando que diga alguma coisa. Ele vira o rosto em minha direção e transfere a intensidade de seu olhar, que antes era destinado ao sol, para mim. E assim nós ficamos, com os rostos voltados um para o outro, por horas a fio.

Somos como o dia e a noite, enfrentando-nos nessa luta silenciosa, lutando para dividir um mesmo céu.

O meu despertador toca e eu acordo. Alcanço o celular para fazer parar aquele barulho e, sem pensar no sonho que acabo de ter, saio da cama, partindo para o chuveiro e, depois, para a cozinha, a fim de comer qualquer coisa antes de tomar meus remédios.

Assim que termino o café da manhã, dedico algum tempo para responder aos e-mails de vários clientes, com pedidos de compras e pagamentos. Depois disso, preparo uma lista dos materiais que preciso comprar. Mesmo fazendo todo o possível para manter a atenção somente no trabalho, Antonella não para de surgir em meus pensamentos.

Já faz alguns dias que ela esteve aqui, e quando a vi de pé no meio do ateliê, por alguns segundos tive certeza de que havia enlouquecido de vez. Dada a quantidade de vezes que a imaginei na minha frente, para mim estava claro que aquele era mais um de meus devaneios. Ao menos, até sua voz chegar aos meus ouvidos e seu perfume às minhas narinas.

Quando decidi que o melhor a fazer era me afastar por completo dela, não imaginei que seria tão difícil. Eu realmente achei que ao ficar longe e fingir que ela nunca existiu em minha vida — pelo menos, não além dos meus sonhos — conseguiria lidar melhor com minhas incertezas. Mas meu plano não poderia ser mais ineficaz, uma absoluta perda de tempo e energia, porque a cada dia em que meu telefone tocava e seu nome aparecia ou a cada nova mensagem que eu recebia, eu me achava um completo estúpido. A vontade de vê-la, em vez de diminuir, como eu esperava, apenas aumentou. Aumentou, aliás, como nunca imaginei que fosse possível, ao ponto de me faltar o ar, o apetite, a razão e toda a minha lucidez.

Quando Antonella disse que Chiara tem as respostas para minha carta, no mesmo instante comecei a achar que ela vai dizer que sim, que sou eu mesmo quem estou apaixonado pela mulher de sorriso largo, de voz potente, a mulher que sempre transpõe a própria dor para ajudar os outros, a mulher que consegue me ouvir e me enxergar confessado nas telas que pinto.

Dentro de mim, imploro para que Chiara diga que esse sentimento é meu e que ele é maior do que todas as células estranhas que vagam dentro de mim.

Espero pelo fim da tarde e, ao ver o relógio bater cinco horas, deixo o ateliê e sigo para o Salute. Estou pronto para ouvir o que Chiara tem a dizer, ainda que esteja decidido a não revelar toda minha história, tampouco o fato de que é o coração de Enrico que bate em meu peito.

Quando chego ao velho casarão, digo à senhora da recepção que estou ali para falar com Chiara. Ela franze o cenho, como que surpresa por eu estar ali, mas concorda com meu pedido e segue para anunciar minha chegada. Ela volta alguns minutos depois, dizendo para que eu siga até a última sala do corredor.

Marcho apressado, com os olhos focados na última porta. Quando estou a centímetros de distância, inspiro fundo e me preparo para ouvir o que ela tem a dizer.

Bato à porta e ouço sua voz dizendo-me para entrar.

— Vittorio, fico muito feliz que tenha atendido ao meu pedido. Como você está? — Ela se levanta e caminha até mim, exibindo um largo sorriso e estendendo uma mão para me cumprimentar.

— Estou bem — respondo, cumprimentando-a e retribuindo seu sorriso.

— Sente-se aqui, por favor. — Ela aponta para uma poltrona no canto da sala, no que parece ser um daqueles ambientes típicos de consultórios de psicanálise: duas poltronas macias em tecido aveludado, um tapete no chão, uma mesinha de centro com violetas, uma estante de livros ao fundo e, para completar, um abajur de luz baixa, amarela, que traz tranquilidade e calor à atmosfera da sala.

Sento-me no lugar indicado e ela mantém o sorriso no rosto, olhando-me com atenção e parecendo esperar que eu fale alguma coisa primeiro. Eu, no entanto, permaneço em silêncio. Não vim até aqui para falar, mas para ouvir as respostas que Chiara diz ter.

— As respostas... — digo, esfregando uma mão na outra.

— Antes de falarmos sobre isso, gostaria que me contasse mais sobre o conteúdo da sua carta, a razão pela qual sente que seus sentimentos e emoções não pertencem a você.

Chiara cruza as mãos sobre as pernas e inclina de leve a cabeça, como se estivesse preparada para ouvir uma longa história. Eu coço minha barba, pensando no que dizer, pensando em como explicar uma história tão complexa, deixando de fora vários fatores decisivos.

— Eu... — Expiro o ar ruidoso e então desembucho. — Bom, esse coração no meu peito, não sei até que ponto ele me transformou.

— E por que você acha que esse órgão tem a capacidade de mudar a sua essência, de mudar quem você é? — ela pergunta, atenta.

Mudo de posição na poltrona estofada, sentindo minha respiração ficar ainda mais cansada e meu corpo começar a doer.

— Porque ele me faz ter sonhos estranhos, sonhos com pessoas que eu não conhecia, mas que são reais.

— Você pode me contar um pouco mais sobre os seus sonhos? — Chiara puxa uma caderneta e uma caneta que estavam apoiadas na mesinha ao lado de sua poltrona, de prontidão para anotar o que vou falar a partir de agora, o que acaba me gerando um grande incômodo.

— Não quero fazer uma sessão de análise. Tudo o que eu quero é saber as respostas que você diz ter. — Tento parecer firme, mas minha voz está fraca.

Ela me observa com cuidado e depois abaixa a cabeça, olhando para a caderneta que tem nas mãos. Por fim, ela a devolve, ainda fechada, para a mesinha, e inclina-se um pouco para a frente, apoiando os cotovelos nas pernas para ficar mais próxima de mim e adotando uma postura mais informal.

— Tudo bem. Não faremos uma sessão. Vamos apenas conversar para eu saber se entendi bem a carta e se formulei as respostas certas para você.

Ficamos nos encarando por um tempo. Ela esperando por uma resposta minha e eu avaliando se Chiara está sendo honesta ao dizer que tem as respostas. Como eu não tenho opções melhores no momento, resolvo dar a ela o que quer.

— Já tem um tempo que uma mulher visita os meus sonhos praticamente todos os dias. Quando ela aparecia, meus sonhos pareciam ser estranhamente reais, mas ainda assim, não passavam disso, de sonhos. Eu não via nitidamente seu rosto, mas a conhecia, eu achava que era uma invenção da minha mente. Mas então, um belo dia deparei com ela na minha frente, quando estava acordado. Ela era real e estava logo ali, falando comigo e sorrindo para mim. No início achei que poderia ser apenas coincidência e não dei muita importância, apesar de achar bem esquisito. No entanto, não sei bem como, nós fomos ficando cada vez mais próximos. Saíamos aos fins de semana, conhecemos um a casa do outro, e a vontade de estar com ela, de ouvir sua voz, ver seu sorriso, foi aumentando a ponto de eu querer tocá-la, beijá-la...

Abaixo a cabeça e encaro minhas mãos, apertando um dedo no outro, antes de voltar a falar:

— Eu nunca criei vínculo com ninguém além da minha família e poucos amigos, sabia que meu coração era fraco e sabia que a cada baixa, ele se tornava mais inútil. Apesar disso, quando a conheci, pensei: *Por que não tentar? Eu tenho um coração forte agora.* Foi então que descobri que o coração que eu tenho no meu peito agora é do seu antigo namorado.

Ergo a cabeça para encarar Chiara, mas ela se mantém imóvel, sem esboçar qualquer reação. Então, eu continuo:

— Meu médico diz que é possível que as células do coração dele tenham trazido um tipo de memória que se mesclou em mim. E se isso for realmente verdade, então... — hesito em completar a frase, mas respiro e tomo coragem — ... então não sou eu quem está apaixonado por ela e tudo o que eu sinto é só a memória de outro homem invadindo minha mente, meus sonhos, meus desejos, meus sentimentos e meu coração, que pelo jeito também não é meu, continua sendo dele.

Depois de colocar tudo isso para fora, volto a encarar Chiara. Não tenho mais nada a dizer. Agora, é ela quem tem de me apresentar as respostas que prometeu.

Chiara respira fundo e desvia o olhar por alguns segundos, observando sua mesa no outro lado da sala. Ela parece estar assimilando e analisando o que acabo de contar, e me deixa ainda mais ansioso. Por fim, ela volta os olhos na minha direção e começa a falar:

— Vittorio, não posso seguir em frente nas respostas sem deixar tudo claro com você. O seu médico me ligou, preocupado, e me disse o que estava acontecendo. Agora estou juntando o que ele me disse ao que você acaba de me contar.

Ouço-a, em silêncio, surpreso por doutor Luca ter dito tudo a ela. Ele poderia fazer isso? Um médico pode passar informações de seu paciente assim, sem autorização?

— Quais são as respostas? — inquiro, sem querer esperar mais.

— Sei que o coração em seu peito é do falecido namorado da Antonella e acredito que a mulher pela qual você diz estar apaixonado seja ela. Estou certa?

Aceno com a cabeça, concordando.

— Essa é uma história surpreendente e difícil de explicar. Entendo o motivo de tanta confusão na sua cabeça — ela diz, com o semblante complacente.

— E, então? — apresso-a.

— Seus sentimentos são seus, Vittorio, de mais ninguém — Chiara diz, com firmeza.

— E os sonhos? Não foi ele quem plantou isso em mim? — questiono, inclinando o corpo para a frente e sentando-me na ponta da poltrona, chegando mais perto dela.

— Há coisas que acontecem, mas que são impossíveis de explicar. A comunidade científica ainda não chegou a uma conclusão decisiva sobre a memória celular, mas isso não significa que ela não exista. Eu não duvido da autenticidade do que você me contou, e acho que você não se importa se acreditam ou não no que diz. Você precisa saber se é ele ou você, não é?

— Sim — falo, já quase sem forças para continuar aqui.

— Digo com todas as letras que quem sente tudo isso é você, Vittorio. Os sonhos podem ter começado por alguma memória de Enrico, mas é você quem está no controle, é você quem sente, foi você quem se apaixonou por Antonella. Mesmo que os sonhos continuem e você se sinta influenciado ou negligenciado por eles, ainda assim, é você quem está no controle de seu corpo. O transplante não o transformou em um desconhecido. E, com o tempo, você vai encontrar uma maneira de coexistir em harmonia com seu novo coração. Além disso, Antonella é uma mulher adorável, é difícil não se apaixonar por ela, independente do coração que você carrega em seu peito.

Chiara termina de falar com um sorriso no rosto e sinto como se um peso imenso tivesse sido tirado das minhas costas.

— Ela... — Esfrego minha barba, antes de continuar, porque as palavras saem com um gosto ruim da minha boca. — Você acha que Antonella ainda o ama? — pergunto, por fim.

— Ela vai amá-lo para sempre. É muito difícil perder alguém com quem nos importamos. Mas isso não significa que seu coração não se abrirá para uma nova pessoa. — Chiara cruza as pernas e se recosta na poltrona, parecendo disposta a responder todas as minhas perguntas.

— E como você acha que ela vai reagir — aponto para meu peito — quando souber que tenho o coração dele? — indago, ansioso.

— Não sei dizer, Vittorio. Até um tempo atrás, Antonella tinha a ideia fixa de encontrar todos os receptores dos órgãos de Enrico, o que era muito desaconselhável, porque imagino que ela acabaria por criar um falso vínculo com essas pessoas somente para sentir que está mais perto dele.

Abaixo a cabeça e fico em silêncio, porque ela não sabe que Antonella já encontrou alguns deles e muito menos que eu a ajudei nessa busca.

— Se ela souber que o coração dele agora é meu... — fecho os olhos, segurando as palavras que ardem na minha língua —, acha que ela pode querer ficar comigo só porque tenho um pedaço dele?

Ela suspira, acena assentindo e continua.

— É difícil saber como ela vai reagir ao descobrir que o coração de Enrico está no seu peito. No entanto, é bom lembrar que você tem a opção de não dizer nada a ela. Você pode deixar essa informação adormecer e continuar sua vida a partir de agora.

Depois de alguns minutos de silêncio, ambos sabemos que não há mais nada a dizer. Ela não me apressa, permite que eu continue ali sentado, assimilando tudo o que me disse. Depois de tentar em vão organizar todos os meus pensamentos, percebo que vou precisar de muito mais do que alguns minutos, então levanto-me para ir embora.

— Muito obrigado, Chiara — falo, seguindo para a porta.

— Vittorio? — ela me chama, fazendo-me virar. — Venha quantas vezes precisar.

— Obrigado — sussurro, abrindo a porta e saio de sua sala.

Do lado de fora, posso sentir o ar mais fresco no corredor. Enfio as mãos nos bolsos e começo a andar em direção à saída. Enquanto atravesso o longo corredor, passo por uma sala que tem a porta aberta e a vejo. Antonella está sentada ao lado de um homem com traços fortes e cabelos na altura dos ombros. Os dois conversam e apontam para a tela de um computador. Ele sorri e a toca, ela corresponde ao seu sorriso e aceita a mão dele em seu ombro.

No mesmo instante, a minha respiração se torna mais carregada. Eu fico ali estático, observando-a, sem conseguir dar mais nem um passo. A visão dela me entorpece de tal maneira que é como se eu estivesse com os pés concretados nesse chão. O homem desvia seu olhar para o corredor e ao me notar ergue as sobrancelhas, surpreso, chamando a atenção de Antonella, que tem a mesma reação ao me ver.

Seu semblante muda de imediato e seu sorriso, que até um segundo atrás estava radiante, desaparece. Ela se afasta do homem, devagar, e se levanta, caminhando em minha direção. Meus olhos acompanham cada um de seus passos, como se eu estivesse dentro de um filme e ela marchasse em câmera lenta até mim. Ela está usando um vestido azul um pouco acima dos joelhos, e meus olhos deslizam desde sua cabeça até os pés, e, ao prestar atenção neles, sinto vontade de sorrir ao notar que ela usa os sapatos que lhe dei de presente.

— Vittorio?

Ouço meu nome e me dou conta de que ela está a poucos passos de distância.

— Oi — respondo.

— Você veio — sussurra, expondo um sorriso tímido.

Balanço a cabeça, aquiescendo, e nos entreolhamos em silêncio por alguns segundos. Ela mexe uma das mãos, desassossegada, dando ares de querer falar alguma coisa, enquanto eu continuo inerte, sem conseguir me mexer, esperando que ela diga algo mais.

— Eu... vou voltar para o trabalho — diz afinal, apontando para a sala atrás de si. Concordo com a cabeça, mesmo que meu cérebro esteja gritando para que *não*.

E, por fim, eu desisto.

Não há mais nada o que fazer, só quero que ela me enxergue e aceite o que sinto. Se para isso eu tiver que esconder por toda a vida que o coração de Enrico está no meu peito, eu sem dúvidas o farei.

— Espera — digo, finalmente conseguindo sair do lugar. Antonella gira o corpo no mesmo momento e se aproxima outra vez. — Você continuou? — pergunto, curioso para saber se ela deu seguimento à missão de conhecer todas as pessoas da lista. Ela estreita os olhos, confusa, mas logo entende o que a pergunta significa e balança a cabeça com insegurança.

— Eu tentei — sussurra, olhando para a própria mão —, mas não funcionou muito bem — revela, um tanto constrangida.

Sinto-me como um ladrão, furtando algo de extremo valor, como se o coração em meu peito não tivesse sido colocado ali de maneira legítima, como se eu o tivesse roubado dela, roubado da sua lista, onde um dos nomes estará sempre em branco.

Num impulso, digo a única coisa que me resta.

— Então, vamos juntos.

Antonella

Não encontrei o espaço ideal em casa para pendurar o quadro que Vittorio fez de mim. Nenhuma parede parecia ser apropriada o bastante para recebê-lo. Por fim, acabei por deixá-lo ao lado da minha cama, para que eu possa admirá-lo todas as noites antes de dormir.

Não faço isso como uma atitude narcisista. É só porque as cores na tela, a junção de todas elas, a maneira conscienciosa como ele dispõe tom sobre tom e, a partir disso, cria uma pessoa num pedaço de tecido, tudo isso é fascinante. Tão fascinante ao ponto de eu não conseguir encontrar um lugar melhor para este quadro que não seja ao meu lado. Assim, quando fecho os olhos, o efeito sombrio da solidão que me cerca todas as noites é ofuscado pelo brilhantismo de sua arte.

E hoje, mais do que nunca, busco manter a costumeira melancolia notívaga longe de mim, com meu celular no travesseiro ao lado, esperando por uma mensagem de Vittorio.

A primeira que ele me enviou depois de semanas de ausência foi no mesmo dia em que conversou com Chiara. Eu já estava na cama, na mesma posição em que estou agora, olhando para o meu quadro, esperando o sono chegar. Ela dizia: “Desculpe por todo esse tempo sem dar notícias. Se ainda me aceitar, quero ir com você”.

Ainda hoje não consigo explicar o que senti naquele momento, porque depois de tudo o que ele me disse no ateliê, depois de eu ficar calada ao ouvi-lo confessar que pintou esse quadro para a mulher em quem ele não conseguia parar de pensar, achei que Vittorio não quereria mais nada comigo, nem mesmo ser meu amigo.

Sento-me na cama e encaro a pintura, rememorando cada palavra dita por ele: "Eu não pintei aquele quadro para uma amiga, Antonella, pintei para uma mulher. Uma mulher que, por mais que eu tente, não sai da minha cabeça. Por mais que eu me esforce, ela volta e volta e volta, sussurrando em meus ouvidos, invadindo meus sonhos, fazendo aparições o tempo inteiro nos meus pensamentos. Uma presença constante que me enlouquece a maior parte do dia, mas... a cada maldito minuto eu desejo vê-la, desejo ouvir sua voz, desejo andar por aí com ela de mãos dadas, desejo-a como *minha* mulher".

Aperto meus olhos e imagino nós dois andando de mãos dadas pela rua. Imagino-me sentada em seu ateliê enquanto ele me usa como musa para seus quadros. Imagino-me cantando enquanto ele me ouve com um sorriso no rosto... E, nesse momento, percebo que algo em mim está mudando. Desde a morte de Enrico, todas essas situações eram impossíveis de serem imaginadas, impossíveis de acontecer. Agora, aparentemente, não mais.

Ouço uma notificação no meu celular e abro os olhos. Ao ver que é uma mensagem de Vittorio, abro um sorriso. Ele diz que passará aqui em casa amanhã pela manhã, por volta das dez, e eu respondo no mesmo minuto, concordando.

Deito novamente a cabeça no travesseiro, desejando que tudo dê certo, que amanhã eu consiga encontrar Paola sem me preocupar com o depois, sem sofrer por minha lista ter chegado ao fim, e entregando ao destino o encontro do último receptor. Se for para eu encontrar o coração de Enrico, em algum momento isso irá acontecer.

Com o sol brilhando lá fora, escolho um vestido leve, de estampa floral. A forma como prendo meus cabelos faz com que meus cachos fiquem volumosos no alto da cabeça. Passo um batom rosado nos lábios e coloco uma sandália com salto anabela em corda. Olho-me no espelho e sorrio, pronta para me encontrar com Vittorio.

Resolvo descer e tomar café da manhã na padaria da esquina e sigo com o celular o tempo todo nas mãos para não perder a mensagem ou ligação dele dizendo que chegou. O sábado está delicioso e o ar parece estar leve. Ou talvez eu é que esteja leve, planando pela rua, sentindo meu coração tão sereno quanto possível.

Pouco tempo depois de terminar meu café, espero lendo uma revista que já estava sobre a mesa em que me acomodei, até que ouço meu celular apitar. Largo-a e imediatamente desbloqueio a tela para constatar que Vittorio já está em frente ao meu prédio.

Levanto-me e saio apressada pela rua. Avisto-o encostado no capô do seu carro com a cabeça baixa, os braços cruzados, chutando pedrinhas no chão. Fico alguns segundos imóvel, observando-o à distância, enquanto meu sorriso vai se alargando pelo rosto.

Ele usa um jeans rasgado, tênis e uma camiseta azul do mesmo tom de seus olhos. Os cabelos balançam com o vento, bagunçados, mas ele não se importa, continua concentrado nas pedrinhas no chão. Daqui posso ver que ele aparou a barba e ela voltou a ser aquela que aparenta estar a dois ou três dias por fazer. Respiro fundo e caminho, indo em sua direção.

— Oi! — digo.

Ele ouve minha voz e ergue a cabeça, distraindo-se das pedras e focando seu olhar em mim. O sol bate em seu rosto e faz seus olhos brilharem ainda mais, o azul de sua íris reluzindo em todas as direções.

— Oi — ele sussurra, abrindo um sorriso tão largo quanto o meu.

Em seguida, ele olha para trás e estreita os olhos, confuso com a direção de onde eu vim.

— Estava tomando café na padaria ali na esquina — esclareço, apontando para trás.

Ele acena, em concordância, e dá a volta no carro, abrindo a porta. Aceito a gentileza e, segurando as pontas do vestido, sento-me no banco do passageiro. Ele contorna o carro e, ao se sentar na direção, volta a me encarar, mas estranhamente desvia os olhos logo em seguida. Geralmente, quando me olha, ele o faz por um longo tempo, perdendo-se em pensamentos e levando-me junto em um transe difícil de ser rompido.

— Você me disse que tentou e não tinha dado certo. O que aconteceu? — pergunta, olhando para a frente.

— Eu fui até lá, cheguei até a porta da casa, mas não consegui chamar ninguém — digo, num tom baixo.

— Por que não? — insiste.

— Eu não sei... — Foco em minha mão. — Na hora senti medo. Medo por ser o último nome da lista, medo do que vem depois, medo de não saber o que fazer depois de conhecer essa mulher — falo, deixando de fora que a ausência dele contribuiu para minha hesitação e falta de coragem.

— Medo? — questiona, direcionando sua face a mim.

— Sim, é o último nome da lista. O que vou fazer depois? — completo.

Vittorio entreabre os lábios e em seguida os umedece, desviando o olhar mais uma vez.

— Você tem certeza de que quer ir hoje? — indaga, sem me olhar.

— Sim — respondo, com firmeza.

— Mesmo sabendo que não haverá depois? — diz, num tom incerto.

— Haverá um depois — afirmo.

Ele vira seu rosto com rapidez, encarando-me, e eu prossigo.

— Estou feliz por ter encontrado essas pessoas. Fazer isso me trouxe um alívio profundo. Mas, ainda assim, não vou desistir de encontrar o coração dele, mesmo que isso demore anos — asseguro.

— Por quê? Por que essa insistência, Antonella? Você disse que já se sente aliviada chegando até aqui. Por que não para? Encontre a pessoa de hoje e encerre essa busca — ele fala ofegante, com as mãos firmes no volante.

Franzo o cenho e recuo alguns centímetros, estranhando o tom que ele adota. Foi ele mesmo quem disse que eu não deveria desistir, que deveria seguir. Por que agora me diz para parar?

— Por que você está falando assim? — murmuro, hesitante.

Ele retira uma das mãos do volante e passa pela barba, com uma força que parece exagerada. Seu incômodo é visível e eu não consigo entender o motivo. Depois de alguns segundos, ele balança a cabeça e fecha os olhos.

— Qual é o endereço? — questiona, ignorando minha pergunta anterior.

Permaneço imóvel por mais um instante, buscando compreender essa mudança de comportamento. Por fim, abdico de confrontá-lo e retiro a lista dobrada de minha bolsa, entregando-a em suas mãos.

— É na praia — diz, voltando ao seu tom usual, calmo e brando.

— Sim.

Vittorio liga o carro e começa a dirigir sem dizer mais nada. Poucos minutos depois ele liga o rádio, e "Coisa de Casa", do OutroEu, começa a tocar. Sinto vontade de cantá-la, de soltar minha voz. É engraçado como sempre tenho vontade de cantar quando estou perto dele.

Ele dirige com tranquilidade, e eu acompanho a paisagem pela janela, perdida em meus pensamentos, usando as músicas de sua *playlist* como a tábua de salvação que me mantém livre de todas as dores que já senti. Vittorio, agora com sua personalidade amainada recobrada, transmite uma calmaria diferente da que estou acostumada, o que torna ainda mais estranha sua atitude de alguns minutos atrás.

Depois de quase duas horas na estrada, chegamos até a cidade de Paola. Abro as janelas e a brisa do mar me invade. O sol que em Vita já ardia de tão quente aqui abrasa.

Vittorio dirige mais alguns quilômetros e, finalmente, chegamos à rua de Paola. Ele estaciona o carro em frente à casa e se mantém alguns minutos mais em silêncio.

— Vamos? — ele diz, por fim.

Balanço a cabeça em concordância e saio do carro em direção à porta. Vittorio também sai e para ao meu lado, ambos de pé no passadiço olhando para a mesma direção, a casa da última pessoa da minha lista.

Voltamos os olhos um para o outro simultaneamente. Eu não preciso dizer nada, ele sabe o que sinto. Ele não precisa dizer nada, seu olhar é suficiente para me encorajar.

Assinto com um movimento breve e sutil e aperto a campainha que ouvimos ressoar casa adentro. Fecho os olhos e respiro profundamente, sentindo o ar envolver meus pulmões e acalmar meu coração.

Até que um movimento me deixa mais nervosa do que se ainda tivesse de enfrentar mais mil nomes na minha lista. Com a mão pendurada ao lado do corpo, de repente, sinto os dedos de Vittorio alcançarem os meus, ele os toca suavemente e eu abro os olhos, fitando-o. Vitorio não se afasta. Pelo contrário, ele intensifica seu toque e segura firme minha mão.

Sinto minha respiração acentuar e o peito inflar. O toque de sua mão na minha faz com que uma corrente elétrica percorra todo meu corpo, alcançando cada célula viva em mim. Continuamos imóveis, unidos pelo toque de nossas mãos. Então, sob o sol escaldante dessa cidade praiana, percebo minha respiração falhar, não sou capaz de identificar se é pelo calor que sufoca ou se é pela proximidade de Vittorio.

E a tensão que nos abraça só é atenuada quando ouço a voz de uma mulher se aproximar do portão.

— É entrega? — ela pergunta.

Solto-me de Vittorio e foco na mulher que deve ter por volta de uns trinta e cinco anos. Ela usa um short jeans curto e um top, os cabelos estão esvoaçados, como se tivesse acabado de acordar, a pele é dourada e queimada pelo sol constante. Aproximo-me um pouco mais, pensando no que dizer. Mais uma vez as palavras giram em meu cérebro, mas não deslizam para fora da minha boca.

— Olá, nós somos de Vita e estamos à procura de Paola — Vittorio diz, antes de mim.

— Ah, desculpe. Pensei que era da loja de móveis, estou esperando uma entrega — ela diz, franzindo os lábios, como que decepcionada.

— Ela está? — pergunto, segurando as barras do portão.

— Desculpe, mas quem são vocês? — a mulher questiona, apoiando uma mão na cintura.

— Somos de Vita... — digo.

— Está bem, mas o que querem com ela? — insiste, ríspida.

Olho para Vittorio em busca de ajuda, e ele se aproxima de mim.

— Ela fez um transplante em Vita — ele afirma.

— Vocês são do hospital? — ela pergunta, estreitando os olhos.

Vittorio me olha e mexe de leve os ombros, indicando que talvez seja o melhor jeito de começar essa conversa.

— Sim — respondo, voltando a olhar para a mulher.

Ela inspira, profundo e demorado, observando-nos com olhos estreitos e cenho franzido, e logo depois nos dá as costas, voltando para dentro da casa.

— Acho que ela foi chamar a Paola — falo baixo, apenas para que Vittorio me ouça.

Esperamos por vários minutos, a ponto de acharmos que ninguém mais apareceria. Por fim, ela volta carregando um pedaço de papel, que nos entrega pelo vão do portão.

— Ela está nesse endereço, vão até lá que conseguirão encontrá-la.

Sua voz é áspera, mas eu ignoro esse detalhe. Pego o papel na mão e vejo que nele de fato há um nome de rua e um número.

— Ela está ocupada? Podemos esperar aqui — digo, tentando diminuir a austeridade.

— Não, ela com certeza não está ocupada — diz, e nos dá as costas outra vez.

Vittorio abaixa a cabeça e volta para o carro. Ele abre a porta e com um pé para dentro do carro, acena com a cabeça indicando para que eu entre também. Sigo a orientação dele e retomo meu lugar no banco do passageiro com o pedaço de papel na mão. Ele liga o carro e coloca o endereço no seu GPS, que nos indica as ruas que devemos virar, e logo estamos embrenhados pelo centro da cidade.

Depois de alguns minutos, Vittorio para o carro em frente a um grande muro, velho e cinza, de pintura descascada. Acompanho a direção de seus olhos e, quando percebo que estamos em frente a um cemitério, fecho os meus e enterro o rosto entre as mãos.

— Antonella? — Vittorio me chama, e eu apenas balanço a cabeça.

— Não sei o que dizer — ele continua.

Eu também não sei, penso sem dizer a ele. Não tenho ideia do que pensar. De repente, sinto-me esgotada, estafada de uma maneira que nunca estive. Sinto como se tivesse me chocado contra esse muro de concreto a cento e vinte quilômetros por hora e não tivesse sobrado mais nada, mais nada o que procurar, nada o que buscar.

E, de maneira irrefletida, desabo a chorar. Meus olhos externam toda a exaustão do meu corpo. Penso em como algumas horas atrás eu estava feliz, leve e distraída das minhas dores, e agora estou aqui, sentindo como se, novamente, tivesse perdido alguém tão próximo.

Sinto a mão de Vittorio pesar sobre meu ombro e aceito a calentura de seu ato. Entretanto, ela não é capaz de absorver toda a geada que acaba de me envolver.

— Vamos embora. Vamos voltar e falar com ela — ele diz, ligando o carro.

— Por que ela não disse a verdade? Por que fez isso conosco? — indago, com a voz vacilante pelo choro, à medida que encaro o muro cinza do cemitério da cidade.

Vittorio dirige e, aos poucos, eu controlo meu choro, secando os olhos e limpando meu rosto.

— Está mais calma? — ele pergunta.

— Sim — respondo no automático, sem nem saber mais o que sentir.

Pouco tempo depois, estamos de volta à casa e, dessa vez, não espero por Vittorio. Desço às pressas do carro e toco a campainha por um longo tempo, até que a ouço gritar de dentro da casa.

— Se quebrar, vai pagar — ela grita, batendo os pés ao sair pela porta.

— Por que você fez isso? — questiono, agarrada ao portão, com meu rosto colado nas grades.

— Vocês não são do hospital? Pois aquele é o lugar para onde vocês mandaram minha mãe, procurem por ela lá — ela diz, raivosa.

— Ela recebeu um transplante de fígado do meu falecido namorado, ele foi o doador. É por isso que estou aqui, queria conhecê-la, é só isso... — falo, usando um tom tão austero quanto o dela.

Vittorio percebe como estou descontrolada e segura meu braço, tentando me afastar do portão.

— Foi exatamente aí que a desgraça da minha mãe começou, quando colocaram aquele maldito fígado estragado nela. Se tivessem deixado minha mãe como estava, talvez ela ainda estivesse viva. Ela teve rejeição e cadê outro fígado novo? Não tinham mais nenhum, tiraram o dela, colocaram um muito pior e, depois, não acharam mais nenhum.

Ela não tem noção nenhuma do que fala, como se órgãos para transplante dessem em árvores. Vittorio continua a me segurar e eu o afasto, voltando a responder:

— Como pode dizer algo assim? Você tem ideia da quantidade de pessoas que estão numa fila de transplante, você faz alguma ideia, hein? A probabilidade é baixa, mas a rejeição ao órgão pode acontecer com qualquer um.

Vittorio agora segura os meus dois braços e começa a me puxar para longe do portão.

— O que eu acho mesmo é que o fígado que colocaram nela já era estragado, todo podre, destruído. Seu namorado devia ser bêbado, cachaceiro — ela apregoa, gritando aos quatro ventos quando já estou prestes a entrar no carro.

E ao ouvir ela dizer que o fígado de Enrico estava podre e que ele era um cachaceiro, solto-me de Vittorio e volto a me agarrar no portão.

— Eu espero que você não precise passar por um transplante nunca, está ouvindo? NUNCA. Enrico morreu e salvou muitas vidas. Não pense que o fígado colocado na sua mãe surgiu num passe de mágica, ele teve que MORRER para que ela pudesse ter uma chance de VIVER — eu cuspo as palavras, sentindo o choro apertar minha garganta.

Ela não diz mais nada, só me encara com a mesma voracidade de antes, acompanhando com os olhos enquanto Vittorio voltar a me segurar, levando-me até o carro.

Não me permito chorar. A raiva que sinto agora é tão grande que se sobrepõe ao choro. Contudo, sinto um nó na garganta, um aperto no peito, uma vontade de gritar e xingar tudo e todos. Bato a mão sobre minha coxa com tanta força que mesmo em minha pele escura é possível ver o vergão que meus dedos deixam.

— Você ouviu isso? — pergunto a Vittorio, sentindo o sangue ferver dentro de mim.

— Não dê ouvidos, Antonella. Ela não tinha ideia do que estava falando.

— Isso não justifica. Como ela pôde dizer tanta asneira? — digo, furiosa.

Vittorio ouve-me rezingar calado, até que encosta o carro numa rua qualquer e, com um braço apoiado sobre o volante, profere com a voz mais suave que um dia pude ouvir.

— Antonella, ela também está sofrendo... imagine, ela perdeu a mãe. E é provável que ainda nem tenha entendido o motivo. Ela só nos mandou ao cemitério porque pensou que éramos do hospital. E a coisa só piorou ao descobrir que o fígado rejeitado tinha vindo de você, é natural que ela tenha reagido assim tão mal. Veja você, que mesmo fazendo parte de um centro de apoio que lida com isso todos os dias, não soube como se controlar diante dela.

Aperto os olhos à medida que ouço cada palavra dita por ele e entendo que tem razão. Naquele momento eu estava muito mais preocupada com a minha dor do que com a dela. Aliás, cada uma de nós estava mais preocupada com o que tínhamos perdido e não com o que tínhamos compartilhado. E mesmo tendo ciência de que eu tenho o preparo para lidar com essas situações, tudo não passa de teoria quando se trata da própria dor.

É fácil dizer como os outros devem ser, se sentir ou agir, é fácil e indolor. O discurso pula de nossas bocas com imensa facilidade. Mas difícil mesmo é se colocar no lugar, é sentir as dores e ouvir o choro do outro.

A minha dor e a da filha de Paola são parecidas ao ponto de nos tornarmos duas mulheres disputando o primeiro lugar pelo sofrimento mais dolorido, sendo que a dor é igual para as duas.

Respiro fundo e passo as mãos pelo rosto, envergonhada por ter perdido o controle daquela maneira.

— Você está bem? — Vittorio pergunta.

— Acha melhor eu voltar e me desculpar? — questiono, olhando em seu rosto.

— Eu não sei — ele fala, suavizando seu semblante. — Talvez seja melhor deixá-la em paz.

— Se Chiara me visse agora — suspiro, baixando a cabeça —, eu estaria em sérios problemas. Acho que no fim das contas ela tinha razão, eu não deveria ter iniciado essa busca — falo, recostando a cabeça no banco.

— De nada adiantaria dizer para você não fazer... — Vittorio sussurra, chamando minha atenção.

— Por que diz isso, Vittorio?

Ele aperta os lábios e me encara em silêncio.

— Por quê? — repito.

— Era um processo pelo qual você tinha de passar, só isso — justifica.

Vittorio fica estranho novamente. Ele não se parece com o Vittorio de antes, algo está acontecendo e acho que sou a única que não faz ideia do quê. Gostaria muito de saber o que ele conversou com Chiara e descobrir que carta é essa para a qual só ela tinha as respostas. No entanto, não é como se eu pudesse perguntar a ela e tenho a impressão de que Vittorio não me diria nem uma linha do que escreveu.

Mudo a direção do meu olhar, encarando o horizonte. Daqui não é possível discernir onde o mar termina e o céu começa, uma visão encantadora que me distrai e atrai. As ondas me chamam e segredam que posso escolher ir embora e dar por encerrado esse dia ou posso estendê-lo e dividir mais horas ao lado de Vittorio.

— Vamos até a praia? — pergunto, no que poderia ser uma afirmação.

— A praia? — indaga, desconfiado.

— Sim, não quero ir embora agora.

19

Antonella

Meus pés afundam sobre a areia, deixando pegadas que serão em breve apagadas pelo vento ou pela maré. O cheiro do mar, o vento no meu rosto, os minúsculos e incontáveis grãos de areia sob os meus pés criam em mim uma conexão de percepções que me faz correr em direção ao mar para sentir o poder revigorante da água. É assim desde que eu era menina, o mar sempre teve um efeito calmante em mim. De alguma forma, ele me transporta para outro mundo, um mundo azul que se perde além do horizonte. Sorrio. Assim que a água toca meus pés, ela lava minhas mágoas, minha dor, aquele peso que ora vai, ora volta para cima das minhas costas.

Giro meu corpo para procurar Vittorio e o vejo caminhando em minha direção. Seus passos são lentos e o sol irradia ao redor dele, fazendo-o brilhar, o azul de sua camiseta, o azul de seus olhos, o azul do mar, o azul do céu, todos ele ligados numa infinidade de tonalidades que me acalmam.

E nesse instante, tomada por essa energia que me tranquiliza, percebo que o azul passou a ser minha cor favorita.

— Você vai entrar na água? — Vittorio pergunta, quando está a apenas alguns passos de distância.

— Seus olhos estão ainda mais azuis hoje — falo, encarando sua face.

Ele estica os cantos dos lábios, num sorriso acanhado.

— É a claridade — responde, olhando para o alto e depois para mim.

— São lindos — sussurro, sem conseguir me desviar. Eles são como duas joias presas a seu rosto, duas turmalinas azuis das mais raras e valiosas no mundo.

A água corre sob meus pés, puxando-me em direção ao mar, e sinto o desejo quase incontrolável de segurar em uma de suas mãos e puxá-lo comigo para dentro dessa vastidão azulada e, assim, poder me sentir inundada de todas as maneiras do mais denso e profundo azul.

— Você vai? — Ofereço-lhe uma pergunta como resposta.

— Entrar na água? — questiona, sem tirar seus olhos de mim.

Aceno acordando e ele inclina a cabeça para um lado ao mesmo tempo que franze o cenho, surpreso pelo meu pedido. Vittorio esfrega a mão no queixo, sobre sua barba, e olha para trás e para as pessoas a nosso redor, voltando em seguida a me observar.

— Estamos de roupa — ele diz.

— Sim. Mas acho que seria mais estranho se entrássemos nus — respondo, sorrindo.

— Não foi o que eu quis dizer... — Ele sorri e tenta se explicar, à medida que eu ando para fora da água, regressando para a areia fofa e quente.

Olho para trás e vejo que Vittorio ainda está parado no mesmo lugar. Ele coça a testa e depois bagunça os cabelos, talvez arrependido por não ter aceitado meu pedido.

— Vamos? — Aumento o tom da minha voz para que ele me ouça e então Vittorio corre para o meu lado.

— Você já quer ir embora? — ele pergunta.

— Você quer? — devolvo.

— Não — Vittorio fala, colocando-se à minha frente —, eu não quero.

A minha vontade de ir embora era pouca, e depois de ouvi-lo falar com tamanha veemência, ela desaparece por completo.

— O sol está quente demais, vamos procurar uma sombra — sugiro.

Começamos a caminhar pela orla e há vários quiosques que podem nos abrigar do sol. Escolhemos um que tem uma sombra agradável das árvores ao redor. Eu me sento num banco de madeira, que na verdade é um tronco de árvore envernizado, enquanto Vittorio vai ao balcão comprar água de coco para nós.

O ar daqui é revigorante, eu deveria vir a praia com mais frequência, com *muito* mais frequência. Eu sempre deixo as coisas de que gosto para depois e, depois da morte de Enrico, a vontade de fazer qualquer coisa para me divertir havia desaparecido por completo. Estar aqui faz com que eu me lembre de como isso é bom, de como esse sol cintilando sobre a minha cabeça me faz pensar que a vida ainda tem seu brilho.

Vittorio se senta ao meu lado e me entrega um coco gelado, sugo o líquido refrescante e é como se eu estivesse bebendo o néctar dos deuses.

— Hum, está muito bom.

Vittorio sorri e bebe o seu. Ele tem o olhar distante e focado no mar. Nesse momento, penso que não há nada sobre mim que ele não saiba, porém existe ainda muita coisa sobre ele que eu não tenho a menor ideia, e, por mais tempo que fiquemos juntos, ele continua a não dizer nada.

Não tenho dúvidas de que alguma coisa está acontecendo com ele, mas não sei quão grave é. Por que todo aquele mistério em torno da conversa que teve com Chiara? Além disso, no dia em que fui ao ateliê, ele me disse que estava doente, mas nunca mais falou sobre o assunto.

Tento me controlar e não perguntar nada, esperando que ele me diga algo, mas percebo que isso não vai acontecer. Ele nunca fala nada de si, então, decido arriscar.

— Chiara lhe deu as respostas que queria? — disparo, arrependendo-me no mesmo segundo em que a frase escapa por meus lábios.

Vittorio tira o canudo da boca, mas não muda a direção de seu olhar, que continua focado no mar.

— Sim — responde apenas.

— Quando eu estive no ateliê, você disse que estava doente.

— Ah, não é nada — ele diz, dessa vez olhando-me nos olhos.

Desde muito cedo aprendi que quando alguém diz "não é nada" significa "tem algo errado, mas não quero te dizer" e é nessas horas que se torna mais difícil conseguir uma resposta.

— Eu coloquei o quadro que você pintou ao lado da minha cama, durmo todos os dias olhando para aquela Antonella.

Vittorio abaixa a guarda, seus ombros relaxam e um sorriso envolve seu rosto.

— Ao lado de sua cama? — questiona.

Penso se devo ser honesta ou se fantasio alguma história, mas logo me dou conta de que se o que busco é que Vittorio se abra comigo, então devo fazer o mesmo com ele.

— Porque gosto de pegar no sono olhando para ela, para aquela Antonella que dança no meio de todas aquelas cores. Ela parece tão mais feliz aos seus olhos. Pensei em devolver o quadro por muitas vezes quando você sumiu, mas não consegui, eu já estava viciada nele, viciada na sua maneira de enxergar o mundo e reproduzi-lo através das tintas. Entretanto, por mais que eu veja a sua alma nas tintas, sei que ainda tem algo que você esconde de mim.

Ele abaixa a cabeça e suspira, antes de se virar outra vez para mim.

— Não escondo nada, Antonella. Por que insiste?

— Porque eu conheço Chiara, ela não me mandaria até você se algo grave não estivesse acontecendo. O que você tem? Eu posso te ajudar — suplico, colocando uma mão no peito.

Ele aperta de leve os olhos, como se estivesse experimentando um dilema em me contar ou não o que esconde, até que seu telefone começa a tocar.

— Alô — ele diz, ao colocar o aparelho na orelha.

Alguns segundos de silêncio, até que Vittorio volta a falar:

— Não estou no ateliê. Luigi, acho melhor marcarmos para o meio da semana.

Ele fala ao telefone, porém seus olhos não se separam dos meus.

— Luigi, eu realmente não quero pegar trabalho aos fins de semana.

Posso notar sua respiração se acentuar e seu peito estufar.

— Porque tenho outros compromissos.

Vittorio perscruta toda a minha face e eu faço o mesmo com ele.

— Só vamos manter esse combinado, ok? Luigi, eu vou pessoalmente até eles no meio da semana. Agora estou na praia... não, não vou dizer o que estou fazendo.

Ele encerra a ligação e coloca o telefone de volta no bolso, sem que nossos olhares se separem. Eu poderia desistir e deixar para lá, mas Vittorio é muito importante nessa minha nova vida e, se algo está acontecendo com ele, eu quero ajudar.

— E então? — volto a dizer.

— Antonella, eu não estou doente. Não do jeito que você imagina.

Endireito-me, esperando que ele diga mais alguma coisa, mas ele permanece em silêncio.

— Então está doente de que jeito? — indago.

Vittorio balança a cabeça, pensando no que dizer.

— De todas as pessoas no mundo que poderiam me fazer essa pergunta, você é para quem é mais difícil explicar.

— Por quê?

Não sei como me sentir diante de sua colocação. O que isso significa? Que é mais fácil falar com qualquer outra pessoa além de mim? Vittorio cerra os lábios e se mantém em silêncio.

— Olha, eu entendo que talvez eu não seja muito boa para conversar, você pôde perceber que não me saí muito bem com a filha da Paola, mas eu me preocupo com você e só queria entender o que está acontecendo. Eu abri a minha vida inteira para você, mas de sua parte são sempre rodeios e nada de concreto.

— Você se preocupa comigo? — indaga, aproximando mais seu corpo do meu.

— Sim, é claro que sim, você se tornou... — Interrompo minhas palavras, porque eu quase solto que ele se tornou um amigo, mas não é isso o que sinto. Ele não é mais só um amigo, é muito mais do que isso, embora eu não saiba muito bem como explicar. Então percebo que estou cobrando honestidade de Vittorio sendo que nem eu mesma estou sendo honesta com meus sentimentos.

— Eu me tornei? — ele pergunta, com os lábios entreabertos, ávido por minha resposta.

— Vamos ficar até o sol se pôr — falo, mudando completamente a direção da conversa.

Ele suspira e se afasta, frustrado, olhando na direção oposta a mim. Sinto vontade de bater com minha cabeça contra essa madeira. Por que eu sou incapaz de dizer o que estou sentindo?

Por que é tão complicado aceitar tudo isso e dizer para ele com todas as letras?

Ficamos os dois calados e, conforme o tempo passa, o silêncio compartilhado vai se tornando mais confortável, até o ponto em que estamos os dois totalmente seduzidos pela cena do sol desaparecendo no horizonte. A grande estrela vai descendo, lenta e radiante até se misturar por completo à água do mar.

Então, quando o espetáculo da natureza acaba, mesmo sabendo que aquela é nossa deixa para irmos embora, continuamos ambos calados, ouvindo somente o canto das águas, com medo de interromper essa prazerosa melodia e voltar às nossas distintas vidas.

— Você quer ir embora? — Vittorio pergunta algum tempo depois, quando não há mais como fingir que podemos ficar para sempre sentados aqui.

Reflito sobre o que responder, mas decido dizer o que meu coração está gritando nesse momento.

— Não, eu não quero ir — digo, com convicção.

Vittorio tenta conter um sorriso involuntário mordendo um canto de seus lábios e depois escorrega uma das mãos pela barba, acenando com a cabeça.

— Eu... eu também não quero ir.

— Então... vamos ficar — sussurro, encarando seu rosto.

Ficamos nos encarando por algum tempo, até que ele diz:

— Mas eu preciso comer e tomar meus remédios.

Levanto-me num impulso quando ele menciona os medicamentos.

— Seus remédios estão no carro? — investigo, preocupada.

— Sim, eu estou sempre com eles — diz, levantando-se também.

Andamos lado a lado até o carro, a mão dele resvala algumas vezes na minha e sua voz ressoa em meus pensamentos: "Desejo andar por aí com ela de mãos dadas, desejo-a como *minha* mulher".

Assim que chegamos ao carro, ele pega uma bolsa com todos os seus medicamentos e separa um comprimido de cada, colocando-os numa caixinha menor e guardando-a no bolso de suas calças.

— Eu conheço um lugar bem legal por aqui. Não é longe, mas podemos ir de carro se preferir — diz.

— Vamos caminhando — decido.

E assim nós fazemos. Caminhamos com o barulho do mar nos acompanhando e, em poucos minutos, estamos em frente a um restaurante com uma fachada toda em madeira. Os troncos aparentes e as folhas de palmeira enfeitam o lugar, além dos inúmeros varais com luzinhas piscantes penduradas. No centro do restaurante há um palco com uns quarenta centímetros de altura, e um homem está tocando violão e cantando, embalando o jantar. Nas paredes, quadros com motivos marítimos ajudam a compor o ambiente praiano.

— É lindo aqui! — falo, encantada com o lugar.

Vittorio sorri e segura uma de minhas mãos, levando-me para dentro do restaurante. Somos atendidos e encaminhados para a melhor mesa possível, porque daqui temos visão privilegiada do palco e de todo o restaurante, além de também termos privacidade.

— Este lugar é lindo, Vittorio — digo, entusiasmada.

— Alguns anos atrás estive aqui com Luigi. Pensei que poderia ter fechado, mas está ainda mais bonito.

Um garçom aparece e nos entrega os cardápios. As opções parecem tão boas que tenho vontade de pedir de tudo. Depois de alguns segundos de indecisão, opto por abadejo grelhado acompanhado de risoto de siri e Vittorio pede uma moqueca de banana da terra com camarão. O garçom anota e depois pergunta:

— Vinho branco para acompanhar?

— Não! — respondo por nós dois. — Bom, você não pode beber nada alcoólico por causa dos remédios, você sabe disso, não é? — pergunto a Vittorio, com medo de que ele queira misturar as duas coisas.

Ele sorri com meu tom encabulado e se volta para o garçom.

— Para mim, um suco de abacaxi com hortelã.

— O mesmo para mim — interrompo, erguendo um dedo.

A comida chega pouco tempo depois e o sabor é incrível. Garfada após garfada, tenho a sensação de que o gosto só melhora, tanto que acabo por comer depressa demais, terminando antes de Vittorio, que degusta sua refeição com calma.

Assim que ele finaliza o prato, tira os comprimidos do bolso e, um a um, toma os remédios que o mantêm vivo e saudável. Ele está concentrado em sua rotina diária e não nota que eu o observo com olhos indiscretos.

E se Vittorio não tivesse conseguido um coração? É possível que, a esta altura, ele não estivesse mais vivo.

— Vendo você tomar seus remédios, fico feliz por alguém ter salvado sua vida, por seu coração ter chegado a tempo.

Ao ouvir o que digo, Vittorio arregala os olhos, tosse e cospe um pouco de suco sobre a mesa. Ele leva uma mão ao rosto e, atordoado, começa a secar o queixo com o guardanapo de tecido, enquanto me encara aturdido.

— O que foi? — pergunto.

— Nada, não foi nada — ele diz, pegando mais um guardanapo para, agora, secar sua camiseta e a mesa. — Eu vou até o banheiro — diz, levantando-se.

Abaixo a cabeça, tentando entender o que eu disse de errado. Não encontro uma justificativa para ele ter se alterado dessa maneira. Passam-se em torno de vinte minutos e nada de Vittorio voltar. Ao notar que vários outros homens entram e saem sem que ele apareça, começo a me preocupar, mas no exato momento em que me levanto para pedir a um garçom ir até lá e ver o que está acontecendo, vejo Vittorio andando em minha direção.

— Você está bem? Estava preocupada — falo, segurando em um de seus braços.

— Estou bem, eu... eu... só fiquei um pouco zonzo, mas já passou — revela.

— Tem certeza? É melhor a gente ir embora — afirmo.

— Não! — ele se apressa em dizer. — Não há necessidade, vamos nos sentar e esquecer isso, tudo bem? — Vittorio segura minha mão em seu braço e espera por minha aceitação.

— Tudo bem — respondo, sentando-me outra vez, ainda preocupada.

Ele pede mais um suco para cada um de nós e nos concentramos no músico no centro do restaurante. Sua voz é suave e afinada, e seu timbre combina perfeitamente com as músicas que canta. Sem perceber, acompanho cada uma delas num sussurro que ninguém consegue ouvir. Desvio o olhar para Vittorio e o vejo sorrindo, atento aos movimentos dos meus lábios.

O músico canta mais algumas canções e então diz que fará uma pausa, informando que o microfone está aberto para quem quiser subir e cantar. Algo cochicha em meus ouvidos dizendo-me para subir ao palco, mas é claro que afasto a voz sorrateira para longe e ignoro o microfone silencioso.

Viro-me para a frente, enquanto Vittorio ainda se concentra em mim com um olhar ladino.

— O que foi? — pergunto.

Ele faz um movimento com a cabeça indicando o palco e, quando entendo o que ele está sugerindo, ergo minhas mãos às pressas, agitando-as em frente ao rosto.

— Não, não, de jeito nenhum.

— Por que não? Ele disse que o microfone está lá para quem quiser. — Vittorio apoia os dois braços na mesa com um sorriso malandro nos lábios.

— Ele disse por dizer, Vittorio. Olha só, ninguém se levantou — digo, olhando à nossa volta.

— Tem certeza? — Ele desvia o olhar para trás de mim e eu me viro para acompanhá-lo. Então, noto um homem marchando em direção ao palco, pegando o microfone e batendo com dois dedos sobre ele para se certificar de que está ligado. Depois disso, pigarreia algumas vezes e diz:

— Eu não sou cantor, então me desculpem se desafinar. Mas eu quero muito fazer uma homenagem para minha esposa. Estamos comemorando cinco anos de casados e essa é a nossa música.

Inclino minha cabeça procurando pela esposa até que encontro uma mulher sozinha em uma mesa, olhando para o palco, com as mãos cobrindo a boca e o olhar estupefato pela atitude do marido. Sorrio vendo a felicidade da mulher. Ela agora seca os olhos, emocionada antes mesmo do marido começar a cantar. Alguns segundos depois, a voz dele começa a soar pelo restaurante. Ele tinha razão ao pedir desculpas antecipadas pela falta de afinação, mas ninguém se importa, todos acompanham com as cabeças ou batendo os pés no chão a homenagem que ele faz à mulher, que a essa altura não sabe se chora ou sorri.

Ele segue cantando e apontando para ela. Leva a mão ao peito e solta sua voz, mostrando a verdadeira função da música, que tem o poder de emocionar, unir e embalar os apaixonados, além de dizer tudo aquilo que não conseguimos dizer com as nossas próprias palavras.

Então, ao ver aquele homem radiante, cantando para sua esposa, percebo que a música tem o mesmo poder das tintas de Vittorio — transmitir tudo aquilo que não conseguimos dizer — e que eu posso fazer o mesmo; usar a música para expor o que sinto.

Assim que a música acaba e o restaurante explode numa salva de palmas e assovios, eu me levanto, assustando Vittorio, que franze o cenho, sem acreditar no que está vendo.

Não digo nada, apenas sorrio e caminho corajosa até o pequeno palco. Assim que estou com o microfone na mão, corro meus olhos por todas as pessoas do salão, que esperam por uma apresentação semelhante a anterior, esperam que eu dedique uma música para alguém, mas não consigo dizer que vou cantar para Vittorio. Desvio meu olhar para ele e o vejo de pé, um tanto afastado de nossa mesa, observando-me com expectativa.

Fecho meus olhos e respiro fundo. Meu sonho sempre foi cantar. Eu sei que sou capaz, sei do poder da minha voz, entretanto estou tremendo feito vara verde. Abro os olhos novamente e Vittorio é a primeira pessoa que vejo. Seu sorriso ocupa toda a sua face, radiante como o sol que brilhou sobre nós algumas horas atrás, majestoso como o azul profundo do mar. Um sorriso encorajador que abrange também seus olhos, que chamejam como uma safira. Num sorriso que me diz "vá em frente".

Vittorio é diferente de todas as pessoas que um dia cruzaram minha vida e estar ao seu lado é como ter um passe livre para viver todos os meus sonhos mais secretos.

E aceitando seu olhar alentador, aperto outra vez os meus, tímida, porém destemida, e começo a entoar as primeiras frases de "At Last", da Etta James.

At last my love has come along
My lonely days are over and life is like a song, oh yeah

Abro novamente os olhos e agora noto todas as pessoas imóveis. Algumas estão com seus garfos parados no ar, enquanto minha voz se espalha por todos os cantos do restaurante.

Volto a olhar para Vittorio e ele não está diferente, tem o mesmo semblante das outras pessoas, e espero que essa fisionomia perplexa signifique que estão gostando. Aos poucos, vou me entregando à música por completo e me esqueço de todos. Vittorio é a única pessoa que enxergo neste salão.

Recito cada frase, desejando que ele entenda que esta é a maneira que encontrei para dizer o que estou sentindo.

Direciono cada palavra a ele e, aos poucos, percebo o sorriso em seu rosto começar a se desfazer. Os lábios agora estão apenas entreabertos e uma mão se apoia em uma cadeira qualquer. Ele continua a me observar sem piscar e quanto mais eu canto mais sua testa se franze, num sinal claro de confusão.

Será que ele não entende que meu céu está azul outra vez e que ele é a razão disso tudo? Que seu sorriso é como um encanto lançado diretamente em meu coração.

A thrill I've never known, oh yeah

You smiled, you smiled oh and then the spell was cast

And here we are in Heaven

For you are mine at last...[3]

A música acaba e fico parada com o microfone nas mãos. Não sei se desço do palco e vou até ele, não sei se ele entendeu o real sentido de eu ter tomado coragem para cantar essa música.

Enquanto minha cabeça está a mil, sem saber como agir, as pessoas começam a gritar, bater palmas e assoviar cada vez mais alto. Então, de modo totalmente inesperado, elas se levantam e gritam: "Mais um, mais um, mais um". Eu não me movo e continuo com os olhos colados em Vittorio, que não mexe um músculo sequer. Ficamos assim por um tempo, ignorando o entorno e nos encarando como se estivéssemos dentro de uma bolha só nossa e de mais ninguém.

— Você é ótima! Por favor, cante mais algumas comigo. — O cantor volta ao seu posto e toca meu braço, liberando-me do transe em que estava. Ele coloca o violão no colo e abdica do microfone.

Giro meu corpo, procurando por Vittorio e noto que ele voltou para nosso lugar e está sentado com os cotovelos apoiados sobre a mesa e as mãos em frente à boca.

— Mais um! Mais um! — as pessoas continuam a gritar.

— Eu não sei o que cantar — digo ao músico, entregando-lhe o microfone.

— Você só pode estar brincando? Cante "Atirei o pau no gato" e todos vão amar! Sua voz é incrível — diz, sorrindo e me devolvendo o microfone.

Isso deve ser um sonho.

---

3. Versão traduzida do trecho da música "At Last", Etta James: Até que enfim meu amor chegou/ Meus dias solitários acabaram/ E a vida é como uma canção/ Oh, sim [...]/ Um prazer que eu nunca havia conhecido/ Oh, sim/ Você sorriu, você sorriu/ E assim o encanto foi lançado/ E aqui estamos no paraíso/ Por você ser meu finalmente...

Estou certa de que logo vou acordar sozinha em meu quarto, no meio de um dia cinza e chuvoso, tendo que seguir para o meu trabalho na corretora, triste e sem perspectivas, porque o que estou sentindo agora não pode ser real. Estou imersa em alegria, é como se os meus sonhos de infância estivessem todos se realizando no mesmo momento.

De repente, o músico começa a tocar o violão puxando uma música que, além de ser um hino, combina muito com minha voz. As pessoas começam a bater palma assim que identificam que estamos prestes a cantar "I Say a Little Prayer", que ficou consagrada na voz de Aretha Franklin. Então, perdida neste palco, não consigo pensar em mais nada e me entrego. Assim que ele dá o sinal eu canto, começando um pouco acanhada, mas, com a animação de todos, vou me soltando, e quando chega o refrão, solto minha voz por completo, atingindo todas as notas musicais que por toda minha vida sufoquei.

Forever, and ever, you'll stay in my heart
And I will love you
Forever, and ever, we never will part
Oh, how I love you
Together, forever, that's how it must be
To live without you
Would only mean heartbreak for me...[4]

Sinto meu peito se abrir e minha voz sair, a voz que está silenciada desde a adolescência, desde que o sonho de cantar foi tirado de mim. Agora, com a mente livre e o coração escancarado, deixo tudo fluir no ritmo da música que canto.

---

4. Versão traduzida do trecho da música "I Say a Little Prayer", interpretada por Aretha Franklin: Sempre e sempre, você ficará no meu coração/ E eu te amarei/ Para sempre e sempre, nós nunca nos separaremos/ Oh, como eu te amo/ Juntos, pra sempre, é como tem que ser/ Viver sem você/ Só partiria meu coração...

Ao finalizar a última estrofe, as pessoas gritam ainda mais alto e algumas se levantam e andam até a frente do palco, formando uma pequena plateia. Com o microfone nas mãos, eu sorrio. Balançando levemente meu corpo, acompanhando a cadência da música, olho para o músico ao meu lado, que também sorri e acena com a cabeça, indicando para eu continuar.

Música após música, a plateia à minha frente aumenta, e agora até os garçons pararam com suas bandejas nas mãos para me ouvir cantar. A porta do restaurante está cheia de gente, com olhares curiosos. Depois de cantar umas sete ou oito músicas na sequência, entrego o microfone de volta para o músico.

As pessoas que me assistem reclamam com um sonoro e compassado “Ahhh!”. Falam todos ao mesmo tempo, cada um sugerindo uma nova canção. Mas já chega, já fui muito mais longe do que podia imaginar. Então, antes de sair do palco, eu agradeço ao músico pela oportunidade única que me deu.

— Muito obrigada, eu não tenho como agradecer o que fez por mim hoje — digo, segurando suas mãos.

Depois, viro-me para as pessoas, que quase não me deixam sair daqui, e as agradeço também. Por fim, consigo caminhar entre elas e, então, avisto Vittorio, que bate palmas animadas com um largo sorriso no rosto.

Sento-me e escondo meu rosto em minhas mãos, sem acreditar que acabei de cantar várias músicas em público.

— Foi espetacular. Sério, você foi muito bem — ele diz.

— Estou morrendo de vergonha! — respondo, ainda com meu rosto oculto.

— Deixe disso, Antonella. Você nasceu para cantar — Vittorio completa, tocando minhas mãos de modo gentil e tirando-as do meu rosto.

— Obrigada! Meu coração está batendo tão rápido que acho que ele vai sair pela minha boca e quicar até a praia — falo, sorrindo e batendo os pés no chão, sob a mesa, explodindo de tanta alegria.

— Isso é bom! Essa sensação é ótima.

Ele me olha, com os dentes brancos e alinhados em um sorriso encantador. Nesse momento, a primeira música que cantei volta por completo à minha mente. Será que ele entendeu? Ou será que a canção ficou perdida no meio de todas as outras?

O que eu faço se ele não entendeu?

— Vamos embora? — sugere ele de repente, olhando para o relógio. — Está um pouco tarde, vamos chegar de madrugada em Vita.

Continuo sem nenhuma vontade de ir embora, sem nenhuma vontade de deixar essa noite mágica.

Antonella

Ao deixarmos o restaurante, várias pessoas me parabenizam pelo pequeno show que dei minutos antes. Elas parecem sinceras e eu não consigo esconder a minha alegria. O dono do restaurante corre até mim e me entrega seu cartão, dizendo que a hora em que eu quiser voltar para cantar, as portas do lugar estarão abertas para mim.

Tudo parece surreal, algo que nunca imaginei acontecer.

Quando já estamos na rua, viro-me para Vittorio, apertando meus lábios e contendo o sorriso fixo em meu rosto, ainda sem acreditar.

— Está feliz? — ele pergunta ao meu lado.

— Sim! — respondo agitada e quase que desnecessariamente, porque o sorriso constante em meu rosto já é a resposta. — Obrigada por hoje! — digo a ele com sinceridade.

— Não há o que me agradecer, você deve apenas se orgulhar. Foi muito bom, de verdade. Não esconda sua voz, nunca mais.

Nossos passos até o carro são lentos e morosos. Sabemos que devemos voltar para Vita, mas estamos adiando ao máximo esse momento. Não tenho coragem de dizer a ele que por mim ficaria aqui pelo resto da minha vida, vivendo nessa cidade. Porque foi aqui que consegui me esquecer de tudo, que consegui enxergar uma nova perspectiva, uma nova Antonella.

Olho para o céu limpo e estrelado e penso que se tivesse uma máquina do tempo eu a usaria hoje para estender esta noite para sempre, para que ela se repetisse por todas as outras, num ciclo infinito em que minha felicidade se tornasse uma realidade constante.

Com minha lista tendo chegado ao fim, mesmo com um órgão faltando, e com tudo o que vivi hoje, sinto-me completa pela primeira vez em muito tempo. Sinto que nada mais depende de mim, que meu destino está nas mãos do tempo, e que minha felicidade e o recomeço estão bem próximos.

Chegamos ao carro e, em silêncio, ocupamos nossos assentos. Vittorio respira fundo e morde o lábio inferior, como se quisesse dizer mais alguma coisa. Meus olhos não desgrudam dele e eu fico em expectativa, desejando que ele diga algo, que pergunte sobre a música, sobre mim, sobre o que nos tornamos um para o outro.

Mas ele não diz nada. Apenas vira a chave, ligando o carro e estourando sem piedade a bolha encantada que nos envolveu durante todo este dia. O carro, entretanto, não responde aos comandos dele. Ele tenta engatar uma marcha e um granido estridente ecoa.

— O que houve? — pergunto, assustada com o barulho.

— Não sei — ele responde, confuso.

Ele tenta engatar a marcha outra vez, mas não consegue, fazendo o barulho aumentar.

Descemos os dois do carro e Vittorio ergue o capô tentando encontrar o problema, tal como eu, ele não entende nada de automóveis, e depois de muito observar e franzir o cenho, finalmente diz:

— Não tenho ideia do que pode ser isso.

— E agora? — questiono, olhando para os lados, à procura de alguém que possa nos ajudar.

— Vocês precisam de ajuda? — Um homem para ao lado de Vittorio, usando bermuda, chinelo e uma camiseta jogada nos ombros e começa a olhar para o motor.

— Acho que é alguma coisa com o câmbio... — Vittorio responde.

Juntos, os dois começam uma verdadeira maratona em busca do problema, que de nada adianta. Depois de um tempo, o homem nos fala:

— Meu amigo, infelizmente esse carro não vai andar. Nessa mesma rua, um pouco mais adiante, tem um ótimo mecânico, o senhor Agostinho. Mas ele só abrirá pela manhã, vão ter que esperar até lá.

Agradecemos ao homem, que segue seu caminho. Vittorio e eu nos entreolhamos. Eu penso que mesmo sendo um transtorno o carro ter quebrado, talvez a magia desta noite esteja a meu favor e queira que eu continue dentro desta bolha encantada.

— O que vamos fazer? — ele pergunta.

— Procuramos um lugar para dormir ou nos sentamos na areia e esperamos o dia amanhecer? — pergunto, sorrindo.

Ele umedece os lábios e acena com a cabeça.

— As duas opções parecem ótimas. Acho que a gente deveria achar um lugar para dormir e depois voltamos para nos sentar na areia.

Andamos novamente para a avenida da praia e notamos que há uma quantidade imensa de hotéis e pequenas pousadas à beira-mar.

— Que tal esse? — digo, apontando para a pousada de fachada brilhante com o nome de Joia Azul, que de imediato me faz lembrar da imensidão de azul em que mergulhei hoje mais cedo.

Vittorio concorda e entramos. Já na recepção noto que o lugar faz jus ao nome, porque absolutamente toda a decoração é azul, criando uma combinação atraente de tons que só me faz amar ainda mais essa cor.

— Um quarto duplo? — pergunta o atendente.

— Dois individuais — Vittorio se apressa em dizer.

O atendente faz nossas fichas e nos entrega duas chaves, informando que nossos quartos ficam no andar superior e que o acesso é pela escada no fim do corredor.

— Vamos entrar? — pergunto a ele, que acena negando.

— Você tinha sugerido que nos sentássemos na areia, não tinha? Vamos até lá e depois voltamos.

Poucos minutos depois, estamos outra vez de frente para o mar, sentados na areia, sentindo a brisa que vem do oceano e ouvindo o barulho calmo das ondas.

— Há muito tempo eu não me sinto tão bem — falo, caindo de costas na areia, observando as estrelas no céu tão limpo.

Vittorio se mantém abraçado a seus joelhos, com o olhar perdido em direção ao mar.

— Eu nunca me senti assim, então não tenho parâmetros para avaliar — murmura.

— Não precisa de parâmetros. É fácil saber quando algo nos faz bem, quando vivemos uma situação que faz nosso corpo vibrar. É aquela euforia que toma conta de tudo, que circula frenética como uma corrente elétrica dos pés à cabeça.

— É assim que você está se sentindo? — pergunta ele, soltando os joelhos e se virando para mim.

— Sim. E eu não sinto isso há muito tempo.

— Quanto tempo?

— Não sei dizer, mas muito — falo, voltando a me sentar, com as pernas cruzadas, sem me importar com a areia que gruda na minha pele.

Vittorio ergue a cabeça e olha para o céu.

— Quando seu namorado era vivo, vocês alguma vez já ficaram olhando para o céu, deitados sobre um cobertor, tentando adivinhar os desenhos que as estrelas formavam?

Encaro seu rosto, espantada pela pergunta. Por que ele quer saber esse tipo de coisa?

— Por quê? — pesquiso.

Ele abaixa a cabeça e começa a desenhar círculos na areia, sem confirmar seu interesse na minha vida com Enrico. Mesmo assim, resolvo responder à sua pergunta.

— Não, nunca. Talvez fosse algo que deveríamos ter feito, mas nós dois trabalhávamos demais e nosso tempo livre era muito curto. Íamos sempre para a casa um do outro, e aos fins de semana saíamos com nossos amigos ou fazíamos programas mais urbanos. Nós nunca nos sentamos para olhar o céu.

— Então esse sonho não é dele, é meu — sussurra, ainda com a cabeça baixa.

— O quê? — indago, aproximando-me mais dele. — O que isso quer dizer?

— Nada. Não quer dizer nada! — ele desconversa, batendo uma mão na outra para limpar a areia presa nos seus dedos.

— Vittorio, o que você escreveu naquela carta? Que tipo de resposta Chiara tinha para você? Desculpa voltar nesse assunto, mas eu quero te ajudar. Você sabe tudo sobre mim, mas não sei quase nada sobre você.

Vittorio suspira e fecha os olhos.

— Você sabe mais que a maioria, Antonella.

— Eu sei que você está enfrentando algum problema e que de certa maneira isso está relacionado à carta que escreveu — digo, colocando a mão em seu braço.

— Não está, acredite em mim. Você pode me perguntar sobre qualquer coisa, menos sobre essa carta e sobre minha conversa com Chiara — fala, deitando-se no chão e cruzando os braços sob a cabeça.

Não consigo, não consigo encontrar um jeito de fazê-lo falar comigo. Por mais que eu esteja preocupada, sinto que devo deixar esse assunto de lado, e coloco na cabeça que não deve ser nada grave. Só de olhar para Vittorio é fácil ver que está saudável, e o que quer que tenha sido, não deve estar relacionado ao seu coração. Ao menos é nisso que quero e vou acreditar.

Continuo sentada de frente para o mar, mas giro um pouco o corpo para poder enxergar seu rosto. Observo-o por alguns minutos em silêncio, e de repente, munida de uma súbita coragem, resolvo falar sobre a música que cantei.

— A primeira música que eu cantei... — Coço a testa, procurando as palavras certas para continuar.

Com a mudança de assunto, ele se vira de frente para mim e nossos rostos agora ficam separados por apenas alguns centímetros.

— Quero dizer que escolhi aquela música... — Busco coragem para continuar.

— O que tem a música? — ele repete, com os olhos estreitos, ansiando pelo que vou dizer.

— Eu cantei para você — consigo dizer, por fim.

Examino sua face, procurando indícios de que tenha me entendido, enquanto ele pisca os olhos com tranquilidade e seus lábios se distendem num sorriso lento.

Vittorio ergue uma de suas mãos e, com o dedo indicador, começa a contornar meus lábios, como se desenhasse sobre eles, como se seu dedo fosse um pincel e meu rosto, sua tela em branco. Seus olhos encaram os meus e eles são opostos perfeitos, o dele é como o céu azul e claro e o meu, como o céu escuro e noturno. Somos dia e noite, sol e lua.

Seus dedos continuam a deslizar suaves pelo meu rosto e fazem meu corpo explodir como se um milhão de fogos de artifícios estivesse preso em meu peito. A sensação corre desgovernada e me mantém à espera do que mais ele fará.

Ele escorrega a mão para detrás do meu pescoço e, sem desviar nossos olhares, vejo seu rosto se aproximar cada vez mais. Agora não tem mais volta e eu já nem tento mais controlar o estouro que acontece dentro de mim.

Então eu o sinto. Sinto seus lábios se encostarem nos meus.

Continuo com os olhos abertos, contudo, aos poucos, atendo às ordens do meu coração e começo a fechá-los lentamente. Vittorio tem uma mão em cada lado da minha cabeça, enquanto eu seguro seus braços firmes e me entrego por completo a esse beijo.

Aos poucos, nossas línguas se descobrem e começam a dançar de maneira sinuosa, explorando cada parte de nossas bocas. Num anseio mútuo, elas se cobiçam desesperadas uma pela outra. À medida que nosso beijo se torna mais profundo, nossas mãos refletem o desejo iminente que surge entre nós. As dele descem e agarram minha cintura, puxando-me para mais perto de si, e as minhas laçam seu pescoço, impedindo que nossos lábios se separem. A cada minuto que passa nos aproximamos ainda mais, numa ambição impulsiva.

Sua boca é como uma abundante fonte de vida e, a julgar pela forma como ele me segura, a minha não é diferente.

A bolha continua ativa, envolvendo-nos e liberando sua magia, livrando minha alma de toda a dor passada e liberando minha mente de qualquer culpa, dor ou medo. E com o barulho das ondas como melodia de fundo, a luz da lua nos iluminando e a brisa do mar soprando seu encanto sobre nós, abro um novo capítulo no livro da minha vida, um capítulo chamado "Vittorio".

Só quando não temos mais ar e precisamos respirar é que Vittorio separa, sem pressa, seus lábios dos meus, mantendo nossas testas coladas, enquanto ambos puxamos uma grande quantidade de ar e abastecemos nossos pulmões.

— Antonella... — ele sussurra, ofegante.

Não há nada que eu possa dizer. Por isso, mantenho-me em silêncio, ainda buscando por ar, com os olhos fechados.

Eu só espero que ele esteja sentindo o mesmo que eu, a mesma explosão inexplicável, o mesmo bombardeio de sensações, o mesmo frenesi que corre desenfreado por todo meu corpo.

Quando nossas respirações se normalizam, ele afasta sua cabeça para me olhar, sua mão agora desliza pela pele do meu rosto. Ele traceja cada canto dele, desde minhas sobrancelhas, olhos, nariz, lábios, maçãs e maxilar.

— O que você está fazendo? — sussurro, por entre seus dedos.

— Guardando você na minha mente, memorizando cada milímetro seu. Porque quando você não estiver comigo, eu preciso ser capaz de me lembrar de cada segundo, preciso conseguir desenhá-lo para poder te admirar por todos os meus dias.

Sorrio ao ouvir essas palavras, com meu coração deflagrando em exultação.

— Eu achei que você não tinha entendido que a música era para você... — murmuro.

Ele continua com a mão no meu rosto.

— Enquanto eu ouvia você cantar, pensava na possibilidade remota de aquilo ser para mim. Mas parecia ser algo tão longínquo, tão impossível, que no mesmo instante preferi afastar a ideia para não me frustrar ainda mais.

— Frustrar? — questiono, segurando sua mão contra minha face.

— Eu não costumo falar muito, prefiro pintar o que eu sinto, mas mesmo assim eu usei todas as letras para dizer a você o que estava sentindo e a razão de eu ter pintado aquele quadro — ele diz, afastando a mão do meu rosto.

— Foi difícil entender o que estava acontecendo comigo. Foi difícil aceitar que outra pessoa estava morando aqui. — Levo uma mão ao peito, indicando o lugar do meu coração.

— E agora, você entendeu? — ele pergunta, com a testa enrugada pela dúvida.

— Sim.

— E a sua busca? E Enrico? — Vittorio insiste.

— Minha lista acabou e não tenho ideia de onde o coração dele está — falo, apertando um braço no outro e sentindo a brisa esfriar minha pele.

Vittorio desvia o olhar e esfrega o rosto com uma mão.

— Então acabou? — averígua, ainda com os olhos afastados dos meus.

Eu não sei como responder, não sei dizer se acabou ou se vou buscar outros meios para encontrar o coração de Enrico. Sinto um desejo profundo em conhecer a pessoa que carrega a última parte dele, e só então poder dar essa busca por encerrada. Contudo, também tenho certeza de que Vittorio agora faz parte da minha vida, meu novo começo, meu novo capítulo.

— Não sei. Mas isso é um problema? — questiono, segurando seu queixo e trazendo seu rosto de frente para o meu. Ele respira fundo e, mesmo com sua face quase colada à minha, mantém o olhar baixo.

— Talvez — murmura.

— Você foi o único que acreditou em mim desde o início, que não desmereceu minha busca e me deu forças para continuar, para seguir em frente...

— Mas eu não quero dividir você com ele — Vittorio interrompe, combativo.

Sua fala me surpreende. O tom manso e calmo desaparece, dando espaço para uma hostilidade atípica.

— Como assim?

Ele se mantém em silêncio, uma quietude que incomoda e o afasta para quilômetros de distância, ainda que esteja à minha frente.

— Vittorio...

— O vento está frio, vamos entrar — diz, colocando-se de pé e oferecendo uma mão para que eu faça o mesmo.

21

Vittorio

Ando pela estrada deserta. Não há carros, não há casas, não há ninguém, apenas uma estrada que se perde no horizonte, com o chão batido de terra, cercada por árvores, altas e de copa densa, que quase se abraçam no topo, criando um arco que sombreia a estrada.

Continuo seguindo, confuso, pelo caminho desconhecido. Ando sem rumo, olhando ao redor e, vez ou outra, tropeçando nos galhos caídos pelo chão.

O que é isso? Por que estou aqui?

Contrapondo-se ao silêncio dominante e assustador, as folhas das árvores farfalham com o vento, e esse é o único som que se pode ouvir por aqui. Tudo o que me resta é caminhar. Com os pés descalços, cansados e com bolhas, prossigo passo a passo, em busca de alguma coisa que não sei o que é.

E depois de horas de caminhada, quando meu corpo já está exaurido e com sede, meus passos fraquejam e eu caio ajoelhado no chão, sem fôlego, sem força, sem nada que me encoraje a levantar.

— Tem certeza que não quer dividi-la? Você mal dá conta de si mesmo, como pode pensar em tomar o meu lugar? Meu coração é forte, e mesmo tendo-o em seu peito, você continua um fraco.

Ouço sua voz e sinto o sopro de sua respiração no lado esquerdo do meu rosto. Abro os olhos para encará-lo e o vejo abaixado, com as mãos apoiadas nos joelhos, sorrindo para mim.

— Acha mesmo que isso é uma competição? Olhe para você, Vittorio.

Ver o sorriso debochado em seus lábios é o suficiente para me fazer levantar e, mesmo exausto e com dificuldade, coloco-me de pé.

— Uau! Estou surpreso. — Ele bate palmas. — Mas isso não é o suficiente, sabe por quê? Porque te falta coragem, coragem para ficar com ela. Coragem para dizer a verdade e aceitar que Antonella, no fim das contas, só vai te amar porque sou eu quem está aí dentro. Não se iluda, não pense que ela gosta de verdade de você, ela só está agradecida por você acompanhá-la na busca e levá-la para ver exposições, cantar, olhar o mar... Não tem nada além de gratidão.

Minha respiração se torna mais densa a cada frase enunciada por ele, o sangue em minhas veias corre abundante e agressivo, aumentando a adrenalina a um nível em que a exaustão e a sede desaparecem, dando lugar a uma fúria que nunca senti antes. Não suporto seu tom de escárnio. Então, num milésimo de segundo, meu punho está acertando seu queixo, o golpe impulsionado por toda a minha ira.

Ele não tem tempo de dizer mais nada, apenas cai para trás com uma mão no queixo. Senta-se, rindo, e passa a língua pelos dentes para verificar se estão todos no lugar antes de rugir e se levantar.

Preparo-me para uma batalha, uma luta sem precedentes e sem hora para acabar, porque sei que podemos ficar os dois nesse embate pelo resto da minha vida.

Acordo num sobressalto, levando uma mão ao rosto.

— Merda! — resmungo ao me acalmar e constatar que só fazia quarenta minutos que estava na cama e, ainda assim, pude sonhar com ele.

Esfrego o rosto e saio em direção ao banheiro, afrontando a mim mesmo no espelho.

— Você é um idiota, Vittorio. Você é muito idiota. É você quem está vivo. É você quem ela vê. Foi para você que Antonella cantou. Foi com você que ela se sentou na areia. Foi você quem ela beijou. Nada disso aconteceu com ele, aconteceu com você.

Abro o chuveiro e sinto a água escorrer pela cabeça e pelas costas, toco no corte vertical no meu tórax, aquele que me trouxe de volta à vida, que me trouxe Antonella e que me trouxe ao maior dilema da minha existência.

Ao sair, caminho pelo quarto pequeno e exageradamente azul. Esse hotel realmente tem uma combinação esquisita de tons azuis, mas Antonella escolheu o lugar com tanto entusiasmo que não pude recusar. Sento-me numa poltrona no canto do quarto e observo pela janela que dá de frente para o oceano, o lugar em que há pouco tempo estava sentado com Antonella, o lugar onde ela aceitou meu beijo.

É como se seus lábios ainda estivessem selados aos meus e toda a sua doçura circulasse como mel por meu corpo. E mesmo que eu tenha a consciência de que estou completamente apaixonado por ela e que ela também tem sentimentos por mim, não sei se isso será suficiente.

Como posso passar a vida inteira imerso numa mentira? Como ignorar e seguir adiante escondendo que aquilo que Antonella mais procura está trancado dentro do meu peito?

Nunca achei que seria egoísta a esse ponto, mas eu não quero dividi-la, não quero que ela me olhe diferente ao saber que carrego o coração de Enrico. Não quero que ela me ame mais por isso. Quero que ela ame apenas a mim, na medida que mereço.

Eu preciso tomar uma decisão. Preciso escolher um caminho e decidir se devo contar a verdade a ela e quando fazê-lo, ou se vou esconder isso para sempre. Agora mais do que nunca. Depois do beijo, da música dedicada a mim, desse dia mágico que vivemos juntos, eu preciso decidir.

No meio dessa divagação, penso em como fui um idiota depois do nosso beijo. Estava claro que ela não queria entrar para dormir. Mesmo assim eu me despedi e entrei no meu quarto sem olhar para trás.

Um completo idiota!

Pego meu celular e penso em passar uma mensagem e perguntar se está dormindo, depois penso em ligar. Mas se ela estiver dormindo pode acordar assustada, achando que algo aconteceu comigo.

Merda!

Saio da poltrona, visto minha roupa e decido ir até seu quarto. Se houver algum barulho é porque está acordada e, então, posso enviar-lhe uma mensagem. Se estiver tudo em silêncio, volto para minha cama e a deixo descansar sem importunação.

Inspiro o ar profundo, abro a porta e, com um susto, encontro Antonella com uma mão para o alto, pronta para bater na minha porta. Ela também se assusta e dá um salto para trás, escorando-se na parede oposta do corredor.

— Que susto! — ela diz, recuperando-se e sorrindo. — Eu... eu queria saber... saber se estava bem... — fala, mexendo as mãos, inquieta. — Você vai sair? — pergunta.

— Sim — respondo, como um idiota, arrependendo-me no mesmo segundo por não ter dito que estava indo até ela.

— Ah! — fala, cruzando os braços atrás do corpo. — Bom, vou voltar para meu quarto, já vi que está bem — finaliza, com um sorriso apático no rosto, voltando a caminhar em direção à sua porta.

Assisto a seus passos lentos em direção à porta no começo do corredor. Nossos quartos estão separados por mais umas quatro suítes, e começo a me desesperar vendo-a escapar por entre meus dedos feito a areia sobre a qual nos beijávamos. Quando sua mão toca a maçaneta, girando-a, e Antonella começa a sumir para dentro de seu quarto, corro como um louco até ela e encaixo minha mão no vão da porta que está a poucos centímetros de ser fechada.

— Espera! — falo.

Antonella abre a porta e a vejo com os lábios entreabertos e os olhos arregalados, surpresa pelo que fiz.

— O que aconteceu? — pergunta, confusa.

O que aconteceu? Aconteceu que eu posso decidir o que fazer a semana que vem ou daqui um mês ou quem sabe daqui a um ano. Posso ser egoísta só mais um pouquinho? Posso fingir que somos apenas um homem e uma mulher, sem nada nem ninguém entre nós? Porque a única coisa que quero e preciso é ela.

Apenas ela.

— Posso entrar? — pergunto.

Percebo seu peito subir e descer e sua respiração se intensificar. Ela entende minha pergunta e aperta os lábios, pensando no que dizer. Por fim, não diz nada, apenas balança a cabeça, assentindo.

— Posso dormir aqui com você? — completo, deixando minhas intenções mais claras.

Antonella perscruta cada canto do meu rosto, descendo seu olhar para meu pescoço, tórax e braços. Seu olhar é intenso, é quente como lava escorrendo de um vulcão e me faz arder como o sol. Então, ela movimenta a cabeça para cima e baixo, suavemente, consentindo que eu entre em seu quarto, que eu entre em sua vida.

Descalço, começo a andar devagar para dentro do quarto e fecho a porta atrás de mim. A única luz do lugar é a do pequeno abajur ao lado da cama, numa suíte também azulada, que seria uma cópia fiel da minha caso o meu quarto também estivesse carregado pelo perfume dela. Aquele aroma floral, delicado e sedutor, que me faz andar em sua direção como um ímã. Eu preciso sentir de perto o bálsamo que perfuma sua pele. Sem separarmos nossos olhos, como se estivessem magnetizados, ela umedece os lábios e espera pela minha chegada.

O quarto parece estar em chamas, mas, na verdade, sou eu quem estou queimando, sentindo o calor abrasar cada centímetro da minha pele, ansioso para tocá-la. Ao dar um novo passo, tiro a camiseta e jogo a peça no chão, sem me preocupar com o lugar em que ela cai.

Antonella entreabre os lábios novamente, fechando-os em seguida.

— Se quiser que eu saia, diz agora — informo, faltando três passos para chegar até ela.

— Não quero que você vá a lugar nenhum — ela diz, num sussurro.

— Quando eu tocar em você, não vou conseguir parar — falo, faltando dois passos.

— Não quero que pare — responde.

— Depois de hoje, não serei capaz de me separar de você — insisto, faltando um passo.

— Não quero que se separe — diz, quando estou de frente para ela.

Ela usa um vestido curto, de alças, e os cabelos de cachos negros e volumosos estão presos, oferecendo-me acesso livre a seu pescoço. Meus olhos escorregam por sua pele brilhante, quente e de aroma floral, entorpecendo-me ao ponto de eu não conseguir mais conter minhas mãos. Seguro uma das alças de seu vestido, deslizando-a por seu ombro.

Antonella acompanha cada movimento com olhos curiosos e flamejantes, encorajando-me a continuar sem me preocupar com nada além de nós dois nesse quarto, por toda a noite.

Ela olha para a alça que acabei de tirar e leva sua mão até a outra, tirando-a por contra própria, fazendo com que o vestido escorregue como seda por seu corpo de curvas labirínticas, deixando-me em desespero para me perder em cada uma elas.

Minha respiração se torna ruidosa ao ver seu corpo seminu. O ar entra e não se prende em meus pulmões, e parece que, a qualquer minuto, vou sucumbir à visão dessa mulher à minha frente. Minha vontade é pegá-la e colocá-la na cama agora mesmo, arrancando todo o tecido que ainda resta entre nós. Estou desesperado para amar cada canto de seu corpo. Porém, eu sei que esse momento é único, ele não vai voltar, só existe uma primeira vez para nós e, sabendo disso, quero aproveitar e prolongar essa visão pelo maior tempo possível.

Começo deslizando minhas mãos por seu colo, escorregando por seu abdômen, cintura, quadril, coxas e pernas. Sinto como se minhas mãos não estivessem tocando pele humana, mas o tecido mais caro do mundo, tamanha a maciez de sua pele.

Ela se mantém de pé, com a respiração entrecortada conforme sente meus dedos passearem por seu corpo.

— Vittorio... — Antonella diz meu nome, como numa prece. Eu a tomo em meus braços, levando-a até a cama em passos coordenados e pausados, contemplando a mulher que tenho no colo.

Ao deitá-la de costas no colchão, comigo cobrindo seu corpo, podemos ficar com nossos rostos colados um no outro. E ao vê-la umedecer seus lábios, desejosos e ansiosos, esqueço que queria admirá-la um pouco mais e colido com os meus nos dela, ouvindo o mundo explodir ao meu redor.

Antonella está tão ou mais sedenta do que eu. Ela segura meu pescoço e me puxa para si, como se eu tivesse alguma intenção de fugir de seus braços e beijos. Estamos os dois ofegantes e sinto meu corpo derreter para fundir-se ao dela. É como se eu nunca houvesse beijado mulher alguma até hoje, é como se esse fosse o primeiro e melhor beijo de todos. Os lábios carnudos de Antonella são um deleite e estimulam todo tipo de pensamento, fazendo com que eu comece a fantasiar todo o resto dessa noite, com sua boca em todos os lugares do meu corpo. Ao deixar minha mente ir tão longe, meu corpo treme arrebatado por ela, completamente alucinado por mais.

Separo nossas bocas e sorrio ao notar que ela está sem fôlego, puxando ar para seus pulmões. Ela sorri também, sem ar, com os seios subindo e descendo ainda dentro do sutiã branco em forma de taça que estou prestes a tirar.

Desço meus lábios até seu ombro e começo a beijá-lo, sem pressa, recuperando meu ar e acalmando meu corpo, que estava a ponto de sucumbir antes da hora. Então, com os dentes, seguro a alça branca de seu sutiã e começo a arrastá-la para baixo. Ela ergue o corpo em minha direção, suspirando e facilitando a descida do tecido. Repito o gesto no outro ombro e deixo as duas alças penduradas em seus braços. Olhando em seus olhos, levo minhas mãos até as taças que protegem seus seios e as escorrego para seu abdômen, revelando-os a mim.

Antonella leva as duas mãos para trás das costas e solta o fecho, jogando em seguida o tecido rendado para fora da cama. Nesse instante, eu paraliso, em transe, e foco meu olhar em seu corpo. Passo o próximo minuto inteiro apenas olhando para ela, toda ela, para a mulher esparramada nessa cama, a mulher com a pele feita do mais nobre ébano, de aroma floral e magníficas curvas. A mulher mais linda que já vi.

— O que foi? — ela pergunta diante do meu transe, levando os braços até os seios para escondê-los.

— Sabe aquele ditado "muita areia para o meu caminhão"? Então, acho que se aplica aqui — brinco, fazendo-a revelar-se outra vez.

Antonella fica de joelhos na cama e escorrega o indicador pela longa cicatriz em meu tórax.

— É, eu acho a mesma coisa. — Ela continua a deslizar os dedos pelo meu abdômen.

— Antonella? — falo, observando suas mãos.

— Sim — murmura, com uma voz sedutora.

— Eu estou apaixonado por você. Estou *muito* apaixonado por você, quando disse que depois de hoje não seria capaz de me separar... eu não estava brincando. Não sei como fazer para viver sem você.

Seus dedos ficam imóveis e ela ergue a cabeça para olhar meus olhos. Estamos ambos ajoelhados sobre a cama, com nossos corpos nus da cintura para cima. E eu não me importo se ela ainda não sente o mesmo que eu. Mesmo assim, precisava dizer, precisava colocar meus sentimentos para fora.

— Eu...

E antes que ela fale qualquer coisa que doa demais ouvir, colo minha boca à dela, silenciando-a e trazendo-a de volta para esta noite única, a melhor da minha vida.

Passo meu braço por sua cintura, enlaçando-a e a trazendo para perto de mim. Sinto seus seios roçarem em meu peito nu e meu coração começa a bater desgovernado.

Tenho a sensação de que minha cicatriz vai se arrebentar a qualquer instante, entrego-me a esse momento sem saber se esse coração bate dessa forma pela maneira com que *eu* me sinto ao tocá-la ou se é *ele* ao reconhecer a proximidade de Antonella. De qualquer forma, deixo que bata como quiser, porque foi para mim que ela disse "sim".

Cada centímetro de sua pele merece ser reverenciado. Aproximo-me aos poucos, sem tirar meus olhos de seu corpo, e começo percorrendo as mãos por suas pernas, subindo devagar, fazendo-a arrepiar em expectativa do que está prestes a acontecer.

A cada arquejo emanado por Antonella, a cada vez que ela joga sua cabeça para trás com os olhos apertados e os lábios entreabertos, eu fico mais perto de sucumbir.

Finalmente, nossos corpos se unem em harmonia. Somos uma sequência de cenas onde braços, pernas, bocas, línguas, mãos e todo o resto se entrelaçam e se misturam, fundindo-nos em apenas um.

Se estivéssemos cobertos de tinta, não seria possível nos discernir, pois seríamos apenas *um* em meio às cores que nos ligam.

Durante toda a vida eu não esperei encontrar o amor. Agora que ele está aqui, enredado a mim, eu não posso abandoná-lo.

22

Antonella

A luz do sol bate contra meu rosto, obrigando-me a apertar os olhos. A claridade é tão forte e incomum que fico confusa, perguntando-me se esqueci a cortina do meu quarto aberta. Mas quando viro o rosto para o outro lado, para então conseguir abrir os olhos, finalmente percebo onde e com quem estou.

Ouço sua respiração e sorrio ao me deparar com Vittorio num sono profundo ao meu lado. Seu rosto traz tranquilidade. É a mesma serenidade que transmite acordado, só que em escala maior. Ao olhá-lo, a vontade que tenho é de cantar. Não qualquer música, mas uma canção branda, melódica, daquelas que nos fazem fechar os olhos e sentir cada palavra, cada nota.

Somos tão diferentes e, ao mesmo tempo, tão parecidos. Sinto-me conectada a Vittorio de uma maneira intensa e distinta de tudo o que já vivi. Eu amei Enrico. Ou melhor, eu sempre amarei Enrico, ele nunca vai deixar de viver em meu coração.

Entretanto, Vittorio apareceu e mexeu tudo aqui dentro. Com ele sinto uma sintonia especial. Com ele, eu me sinto única.

Ele ainda dorme, um sono pesado que não é abalado nem quando eu me levanto da cama. Enrolo-me num dos lençóis caídos no chão e sigo para o banheiro. Olho-me no espelho e pouco a pouco meu sorriso começa a aumentar.

Depois que Enrico morreu, eu não pensei que conseguiria dormir com outro homem. Só de pensar nessa possibilidade eu sentia repulsa, não era aceitável para mim que me deitasse numa cama com alguém que não fosse Enrico. Então, imagine a minha surpresa de não só ter conseguido, como ter gostado e me sentido viva de novo. Vittorio disse estar *muito* apaixonado e eu não disse nada. Entretanto, a cada dia que passo com ele, tenho a sensação de que também estou ficando *muito* apaixonada.

Ligo o chuveiro e me enfio debaixo dele enquanto minha cabeça rodopia com mil perguntas. O que somos agora? Namorados. Trata-se de um relacionamento sério ou foi apenas uma noite casual? Ele disse que não vai conseguir se separar mais de mim, então, isso só pode significar namoro.

Mas não é bem assim que funciona. As pessoas não começam a namorar de um dia para o outro. Mesmo me sentindo totalmente à vontade com ele, estou morrendo de vergonha de encará-lo. O que vamos conversar a partir de agora?

Fecho os olhos e deixo a água entrar em meus cabelos até que fiquem encharcados e a pressão relaxe meus pensamentos. De repente, sinto uma mão tocar minha cintura.

— Ahhh! — grito, assustada.

Abro os olhos e Vittorio está de pé à minha frente, completamente acordado em todos os sentidos. Ele sorri, mostrando seus dentes alinhados e os olhos grandes e azuis. No mesmo instante, esqueço todas minhas dúvidas.

— Você não estava na cama... — ele diz, enlaçando minha cintura com mais determinação.

— O sol me acordou — respondo, sentindo minha respiração alterar.

— Queria ter acordado antes de você — diz, encostando seus lábios nos meus. Sinto minhas pernas ficarem bambas.

— Hummm! — murmuro entre seus lábios, que não esperam para afundar nos meus.

Meu corpo responde a Vittorio com rapidez e uma facilidade que me espanta, porque em poucos segundos eu esqueço que estava tomando banho e divagando sobre o que somos e estou rendida a ele.

— O problema do carro não é grave, vai ficar pronto em no máximo uma hora. Podemos esperar aqui até que esteja consertado — Vittorio diz, sentando-se à mesa.

— Você precisa comer mais — falo, ao vê-lo apenas com um copo de suco de laranja nas mãos.

— Estou um pouco enjoado — diz, olhando ao redor, percebendo o quão cheio está o salão de refeições da pousada.

Enjoado? Por que ele estaria enjoado? Será que se esforçou muito? Será que essa foi a primeira vez dele depois da cirurgia? Será que isso é perigoso?

— Por que você está enjoado? — questiono, focando meu olhar nas torradas no meu prato.

Pelo canto dos olhos vejo que ele tira do bolso a mesma caixinha de ontem e começa a colocar comprimido por comprimido na língua e depois engoli-los com grandes goles de suco.

— Eu não sei o motivo, mas acontece às vezes. Logo passa, um desses comprimidos serve exatamente para isso. E eu prometo comer melhor no almoço — avisa.

Eu aceno com a cabeça, voltando minha atenção para meu café da manhã. Essa é uma sensação muito estranha. Estávamos numa sintonia perfeita instantes atrás e agora estou morrendo de vergonha de encará-lo, como se eu tivesse feito algo de errado, mesmo sabendo que isso não é verdade.

Vittorio percebe que eu olho para todos os lados menos para ele e diz:

— Está tudo bem?

— Aham! — digo, balançando a cabeça.

Ele não parece convencido e suspira, estreitando levemente os olhos.

— Você... — Vittorio umedece os lábios e ergue o olhar, pensando no que dizer — você se arrependeu? — finaliza, num tom baixo.

Paro de mastigar e engulo em seco as torradas que tinha na boca.

— É claro que não! — apresso-me em dizer.

— Estou um pouco confuso agora, Antonella. Você mal falou comigo desde que saímos do quarto, e o pouco que falou foi olhando para o seu prato — diz, passando uma das mãos pelo cabelo.

Droga! Nem eu sei o porquê de estar me sentindo envergonhada. Eu estava completamente à vontade antes.

— É que... fazia tanto tempo que... — agito as mãos — desde Enrico... eu não ficava com alguém... e, bom, nós...

Ele me ouve com atenção e seu sorriso começa a se alargar no rosto conforme tento me explicar.

— Enfim... estou com algumas dúvidas sobre o que nós somos um do outro agora? — Noto que ele se diverte com meu embaraço.

— Não sei se precisamos de um nome, Antonella. Mas se você insiste, acho que "namorados" seria o mais apropriado, não? — profere, colocando as mãos sobre a mesa.

Então é isso, estou namorando outra vez. De repente, sou tomada por uma onda de tristeza. Sinto uma angústia e uma sensação de que tudo pode dar errado de novo. Foi tão difícil perder Enrico, tudo tão repentino e traumático. E agora, Vittorio está sentado à minha frente com esses grandes olhos brilhantes dizendo que somos namorados. Sinto temor de que a minha história se repita, que eu volte a entregar meu coração por completo e ele seja dilacerado sem dó, sem piedade, exatamente como aconteceu antes.

Busco a todo custo afastar esse pensamento sombrio e focar no momento que estou vivendo agora, nesse novo capítulo da minha vida. Afinal de contas, dizem que um raio não cai duas vezes no mesmo lugar. E é nisso em que devo acreditar.

Um raio não cai duas vezes no mesmo lugar.

— Namorados — sussurro.

— Nós vamos embora assim que o carro estiver pronto ou você prefere passar o dia por aqui? — ele pergunta, ainda com um sorriso aberto, à procura da minha mão que também repousa sobre a mesa. Observo nossas mãos juntas e repito internamente para mim mesma que nada de ruim vai acontecer, que não preciso sentir medo de entregar meu coração por completo novamente.

— Acho melhor a gente ir embora, quero descansar um pouco.

Ele acena, concordando, mas seu sorriso diminui.

— Podemos ficar na minha casa — falo, desejando que ele diga que sim.

— Seria ótimo passar o dia na sua casa — responde, voltando a sorrir.

Vittorio está diferente hoje, parece até que trocamos de papel. Ontem era eu quem estava radiante e feliz, emanando alegria, e ele apreensivo e preocupado. Hoje, ele é quem parece incapaz de controlar o sorriso no rosto. Apesar das angústias que me acometem, lá no fundo eu me sinto bem com isso. Sinto-me feliz por saber que provavelmente ele está feliz assim por minha causa.

Vendo-o agora, acredito que realmente não há nada de errado. Bem, na verdade, depois da noite que tivemos, eu posso assegurar que não há nada de errado com ele. Acho que não preciso me preocupar com seu mistério com Chiara e talvez a tal carta não queira dizer nada de mais.

A hora passa bem rápido e logo estamos no mecânico para buscar o carro. Vittorio testa o motor e o câmbio antes de seguirmos viagem e tudo parece estar funcionando perfeitamente. Então começamos nossa viagem de volta à Vita.

— Podemos voltar aqui outra vez? — indago, vendo a paisagem praiana ficar para trás.

— Claro que sim. Quantas vezes você quiser — ele responde, tocando minha perna.

Acabo por cochilar a maior parte da viagem. Não havia me dado conta de como estou cansada. Só quando estamos chegando em Vita é que desperto.

— Você capotou — ele diz, sorrindo.

— Desculpe. Foi uma viagem de volta bem chata comigo babando no seu carro, não? — falo, limpando o canto da minha boca.

— Não, nada nunca é chato com você.

Escondo meu sorriso. Faz tanto tempo que não sinto essa euforia diante de um elogio vindo de um homem que tenho medo de parecer derretida demais perto dele.

Poucos minutos depois, ele estaciona em frente ao meu prédio e descemos do carro. Uma vez no hall de entrada, ele segue em direção aos elevadores, mas eu seguro seu braço, trazendo-o para as escadas.

— Não arrumaram ainda? — ele pergunta.

— Está interditado. Precisam trocar por um novo e dizem que vão precisar de um rateio para isso. E, além disso, eu não confio no que sobrou. Prefiro subir as escadas — informo, já no sexto degrau.

— São dez andares — Vittorio afirma, e eu começo a sorrir.

— Eu sei, já estou acostumada com esses dez andares. Eu encaro como um exercício diário, além de ser ótimo para enrijecer minhas pernas — minto. A maioria das vezes subo reclamando.

Olho para trás e pisco para Vittorio, que sorri com o canto da boca. Chegamos no meu andar e, ao abrir a porta do meu apartamento, lembro-me da última vez em que ele esteve aqui e saiu sem dar nenhuma explicação, depois de ver a foto em que estou com Enrico.

— Vou pedir almoço para a gente. O que você quer comer? — pergunto, ficando atenta para saber um pouco mais de suas comidas favoritas.

— O que você pedir está ótimo para mim — diz, de pé no meio da sala. Vejo-o observar o móvel com as fitas cassete que coleciono e que, por acaso, é o lugar exato onde ele encontrou a foto na última vez.

— Você não comeu nada no café da manhã, então acho melhor a gente pedir uma comida mais substanciosa — falo, procurando pelo telefone do meu restaurante preferido no centro da cidade.

— Não se preocupe, estou bem — diz, aproximando-se mais do móvel.

Vou até a cozinha e começo a revirar uma das gavetas em busca do cardápio do restaurante. Quando o encontro, volto para a sala para perguntar que prato Vittorio prefere. Porém, apanho-o remexendo minhas fitas cassete, uma a uma.

Franzo o cenho, curiosa e confusa, até que me recordo de suas palavras na praia — "não quero dividir você com ele" — e tudo fica mais do que evidente. Vittorio está com ciúme de Enrico. Será que naquela época ele já gostava de mim? Bom, não tem outra explicação para ele ter saído daqui daquele jeito na noite em que quase morri no elevador e hoje estar rodeando o mesmo lugar.

Será que ele está procurando a foto? Por quê? Eu tirei o retrato dali há alguns dias e guardei-o junto a todos os outros numa caixa dentro do meu armário, além do anel de noivado que nunca cheguei a receber.

— Não está aí — falo, e ele se vira para trás num sobressalto.

— O quê? — diz, afastando-se das fitas.

— A foto que você está procurando, ela não está aí — confirmo, encostando no batente da porta da cozinha.

— Não estava procurando nada — fala, meneando a cabeça.

— Bom, caso estivesse, já adianto que ela não está aí.

Volto para a cozinha e ligo para o restaurante, pedindo um prato qualquer do menu para duas pessoas. Ao desligar o telefone, vejo que Vittorio está com o corpo apoiado na pia e a cabeça baixa.

— Por que acha que eu estava procurando pela foto? — pergunta, sem erguer a cabeça.

— A última vez em que esteve aqui você foi embora totalmente desconcertado depois de vê-la. Hoje, ao entrarmos, a primeira coisa que fez foi olhar para o lugar onde ela ficava. E na praia você disse não querer me dividir com Enrico. Então, eu entendi tudo.

Ele ergue a cabeça e se aproxima de mim com os olhos arregalados.

— Entendeu?

— Sim, eu entendi.

Vittorio engole em seco e morde um canto da boca, depois passa uma mão pelo rosto, esfregando o queixo, apreensivo.

— Antonella, eu... — ele diz e começa a balançar a cabeça, nervoso.

— Está tudo bem, eu entendo que você possa sentir ciúme dele...

— Ciúme? — ele repete e suspira, sorrindo em seguida.

Sua reação me confunde ainda mais do que o possível ciúme que sente de Enrico.

— Não é isso? — pergunto, com a testa enrugada.

— Sim! — ele concorda. — Sim, é claro.

Ele gira o corpo, ficando de costas, e leva uma mão ao rosto. Nesse instante, eu começo a me sentir uma estúpida por ter achado que ele estava enciumado.

— Você disse que não queria me dividir com ele, por isso achei que estava com ciúme — digo, usando um tom contrariado.

Ele volta o corpo novamente para mim, fecha os olhos por um segundo e caminha até ficar à minha frente, segurando meu rosto entre suas mãos e, então, começa a falar:

— E é verdade.

— Mas Enrico não está mais aqui — falo, segurando suas mãos no meu rosto.

Vittorio arqueja, aperta os olhos e joga a cabeça para o alto.

— Você tem razão, ele não está. Sou eu quem estou.

Ele fala como se estivesse recitando um mantra para si mesmo. Como se falasse algo que não pudesse esquecer. Começo a achar que o fato de entrar na minha casa não faz nada bem para ele, embora não entenda o motivo disso.

Vittorio se afasta, voltando para a sala, e eu o sigo, sentando-me no sofá. Se ele está mesmo com ciúme de Enrico ou se acha que essa casa ainda tem muito do meu antigo namorado, eu preciso deixar claro para Vittorio que tenho um objetivo, objetivo esse que ele mesmo está me ajudando a concretizar e que não precisa se sentir ameaçado por isso.

— Vittorio, ontem à noite, depois que nos beijamos na praia, pensei numa coisa. Eu preciso encontrar o coração de Enrico. Eu quero conhecer a pessoa que carrega a última parte dele. Sinto que só depois que eu encontrar essa pessoa vou conseguir seguir em frente sem olhar para trás. E então nós dois vamos poder começar do zero.

Vittorio se senta ao meu lado com os cotovelos apoiados nos joelhos, respira e olha para baixo, como se eu tivesse acabado de dizer para ele ir embora e não voltar nunca mais, como se o meu desejo fosse a nossa ruína.

— Que diferença faz para você encontrar o coração dele? — pergunta, sem me olhar.

— O coração é a parte mais importante de uma pessoa, quando nos sentimos animados ou tristes, ou quando nos apaixonamos, sentimos aqui — aponto para meu peito —, é aqui que todos os sentimentos nascem e vivem. Quero conhecer a pessoa que carrega o coração de Enrico, saber como ela se sente, como vive agora, saber seus sentimentos...

Vittorio aperta a testa sem dizer uma palavra, mas sua expressão se assemelha à de alguém no meio de uma sessão de tortura.

— E quando encontrar essa pessoa, Antonella, como será? Você vai amá-la por carregar o coração de Enrico? É isso o que procura, a pessoa que carrega os sentimentos de Enrico no peito?

Vittorio fala de maneira rude, levantando-se do sofá.

— Não foi o que eu disse. — Levanto-me também e ele se afasta.

— Foi isso o que você disse. Você quer saber se essa pessoa carrega os mesmos sentimentos de Enrico. — Vittorio parece cada vez mais descontrolado. — Pois eu te garanto que não, ela não carrega os sentimentos dele. Ela carrega os próprios sentimentos. O coração de Enrico pode ter salvado a vida dela, e tenho certeza de que a pessoa é muito grata por isso, mas acaba aí, acaba aí. Todos os sentimentos que vêm depois são genuínos do receptor, não têm mais nada do doador.

Vittorio rodeia pela sala, negando com a cabeça.

— Vittorio, o que está havendo? Por que está falando desse jeito?

— Eu não vou aguentar, Antonella. Eu não vou aguentar — diz, ao se aproximar novamente, com os olhos caídos e os lábios franzidos.

— Você está me assustando — falo, afastando-me dele.

Nesse instante, eu não sei quem ele é. Não é o Vittorio a quem estou acostumada, não é o homem que escolhi para passar a noite, que escolhi para compartilhar todas as minhas dúvidas. Eu não sei quem é esse homem no meio da sala.

— O que você não vai aguentar, Vittorio?

— Preciso ter certeza de que é de mim que você gosta — diz, aceitando o espaço que coloco entre nós.

— Você disse que não estava com ciúme.

— Ah, Deus! Como eu queria que fosse ciúme, seria tão mais fácil — fala, apoiando uma mão na cintura.

— Então, o que é? — inquiro, enervada.

— Preciso ter certeza do que sente por mim antes.

Seus olhos estão fixos nos meus, ele está desesperado por uma resposta, como se dependesse dessa confirmação para continuar existindo.

— Eu gosto de você, gosto muito e isso já tem um tempo, eu até cantei para você ontem. Mas...

— Mas? — Ele inclina a cabeça, ansioso.

— Estamos juntos de verdade há um dia, Vittorio.

Ele fecha os olhos e escorrega os braços, largando-os ao lado do corpo.

— Para mim, estamos juntos desde a primeira vez que te vi. Por que você não consegue dizer que sente o mesmo que eu?

— Você está sendo injusto. — Viro-me de costas, encarando as vidraças da sala e ouço sua respiração por mais algum tempo até que escuto a porta sendo aberta e depois fechada.

Quando tenho certeza de que ele não está mais aqui, desabo no chão, em prantos. Eu nem sei ao certo pelo que estou chorando, só sinto que estou sozinha. Sinto que a única pessoa que me estendeu uma mão agora recuou mais uma vez, sem nem me dizer o motivo de estar fazendo isso.

Minha vida era uma tela pintada com apenas uma cor, o preto que simbolizava minha profunda tristeza, a cor que me laçava num aperto que tornava difícil até respirar. Entretanto, suas cores foram realçando minha vida com pinceladas largas, trazendo aos poucos as tonalidades que me faltavam. Mas agora, sem fazer a menor ideia do que está acontecendo, sinto que essas cores escorrem pela tela, pingando no chão e escurecendo minha vida por completo novamente.

23

Antonella

— Estes dias vão ser uma loucura com os preparativos da festa do fim de semana — diz Enzo, largando-se em uma cadeira em frente à minha mesa.

— Vão mesmo. Estou com uma pilha de coisas para fazer e ainda preciso confirmar quais pacientes realmente vão fazer parte dos projetos de inclusão. Por enquanto, temos Nina, Dante, Guido e mais alguns que passam em sessões privadas com Chiara — falo, passando as mãos pelo rosto.

Assim que termino de falar, Dona Sofia enfia a cabeça pela porta da sala e nos avisa:

— O pessoal da decoração já está aí e quer alguém para acompanhar a montagem no jardim.

Enzo se aflige e fecha os olhos.

— Deixa que eu vou — informo.

As festas anteriores sempre aconteciam nos fundos do casarão, que também tem um ótimo espaço, mas neste ano eu os convenci de que poderíamos utilizar o jardim. Afinal de contas, esta casa é conhecida pelos jardins de arbustos de podas ornamentais e pela infinidade de rosas que o cerca. Além disso, temos uma linda fonte e espaço suficiente para todos se reunirem e partilharem um ótimo dia embalados por esse cenário.

A previsão do tempo diz que será um fim de semana de tempo aberto e ensolarado, então não vamos precisar nos preocupar com coberturas. Todos poderão circular ao ar livre e aproveitar o que cada paciente vai fazer. Quando eles preencheram a ficha com a pergunta "O que traz cor à sua vida?", percebi que essas pessoas têm sonhos muito próximos da realidade. Muitos deles amam apenas fazer aquilo que a doença os impede, como jogar bola, nadar, cozinhar, costurar... Então, essa festa acabou por se tornar uma forma de expressão que contagia a todos.

Enquanto acompanho a movimentação no jardim e a equipe de montagem circula de um lado para o outro, carregando todas as peças para montar o pequeno palco e as barracas, pego meu celular e o encaro, inquieta.

Já é quarta-feira e eu espero há três dias por uma mensagem de Vittorio. O silêncio dele começa a me deixar muito irritada. Não é possível que ele vá sumir como da outra vez. Ao mesmo tempo que me sinto aborrecida, entretanto, também morro de preocupação. Não é normal que ele fique assim tão alterado ao falarmos de Enrico. Logo ele, a pessoa que se ofereceu para me acompanhar na busca pelos receptores. Dessa vez eu vou descobrir o que está havendo. De um jeito ou de outro, eu vou descobrir a verdade.

— Moça, onde a gente pendura as luzes? — um dos rapazes pergunta, distraindo-me da tela do celular.

— De um canto ao outro, cruzando-as no centro — digo, indicando com as mãos.

Ele atende a meu pedido e começa a desenrolar as luzes no chão. Nesse momento, ouço uma notificação no meu celular e, apressada, abro a mensagem.

"Por favor, me desculpe."

É ele. Mesmo sem ler, sinto um alívio percorrer todo o meu corpo. Leio a mensagem repetidas vezes e penso no que responder. Foram três dias, três longos dias para receber uma mensagem com quatro palavras. O que isso quer dizer? Desculpas por ele ter ido embora? Ou por não confiar nos meus sentimentos? Ou porque não vai voltar mais e está tudo acabado? Por que motivo ele está se desculpando?

"Pelo quê?", respondo.

Os minutos passam e eu mantenho os olhos grudados na tela, e começo a sentir meu estômago revirar.

"Desculpe por ter me alterado no domingo e por ter vindo embora", diz ele.

Leio a mensagem inúmeras vezes, buscando compreender o que ela quer dizer. Ele vai aparecer e se desculpar de novo achando que vai ficar tudo bem? Não mais, eu preciso entender o que está acontecendo e, se Vittorio não vai me dizer, eu dou um jeito de encontrar outros caminhos para descobrir.

"Eu quero te ver."

Uma nova mensagem chega antes que eu formule uma resposta para a anterior e meu coração aperta quando percebo que eu também quero vê-lo, quero muito.

"Saio às 18h, você pode passar aqui e vamos jantar em algum lugar. Ok?", respondo.

Espero por uma resposta e ela chega quase que imediato.

"Não pode ser nesse exato minuto?"

Ergo a cabeça e começo a olhar para todos os lados. Os homens da equipe circulam de um lado para o outro, confundindo minha visão, mas eu logo o encontro. Vittorio está parado num dos cantos do jardim, envolto pelos arbustos e pelas roseiras de flor amarela, com o telefone nas mãos e me olhando atento, esperando por uma reação. Ao vê-lo como um menino assustado, não consigo pensar em mais nada além de seguir correndo em sua direção.

Caminho pelo jardim e sinto que a cada passo que dou, mais frenético meu coração bate, não sei se pela surpresa de ele estar aqui ou se porque não tenho mais meios de controlar o que sinto.

Vittorio continua de pé, imóvel, com o peito arfando e os olhos cintilantes por conta da luz do sol. Quando, enfim, ficamos frente a frente, nossos olhares se cruzam e permanecem ligados um ao outro. Ele umedece seus lábios, preparando-se para falar alguma coisa, mas dessa vez sou eu quem não o deixa dizer nada. Aproximo-me até encostar os meus lábios nos dele.

Vittorio aceita meu contato e sinto suas mãos envolverem minha cintura, trazendo meu corpo para mais perto de si. Deixo minha mente limpa e mergulho no sabor de seu beijo, esquecendo-me por completo de que estou no trabalho. Nesse momento, finjo que esse jardim é nossa morada, nosso encontro secreto, nosso selo de paz. Estamos cercados pelo aroma das rosas, protegidos pela sombra das árvores e imersos no som que nossos corações emitem ao bater com tanta força um para o outro.

Nosso beijo se prolonga por vários minutos sem que nenhum dos dois pense em parar. Ele me segura cada vez com mais firmeza e eu me abrigo entre seus braços, sentindo-me resguardada de todo o caos que minha mente andava criando nos últimos dias.

Só quando não conseguimos mais respirar, nossas bocas começam a se afastar, devagar, ambas sofrendo pela ausência uma da outra. Então, percebo seus lábios se esticarem num sorriso acanhado, ainda surpreso pela minha demanda.

— Você me desculpou? — ele sussurra, com nossas testas coladas uma na outra.

— Sim.

Seu sorriso abre por completo e ele me abraça ainda mais apertado.

— Desculpa, é que minha cabeça não anda muito boa, eu... eu sinto tanto medo — diz, sem me soltar.

Aninho minha cabeça em seu peito e espero que ele continue a falar. O que pode ter acontecido para que ele sinta tanto temor?

— Você pode conversar comigo sobre qualquer coisa, Vittorio — falo, com sinceridade.

— Eu sei disso, eu sei.

— Não vou mais sufocar o que sinto. Você não precisa ter medo, porque eu quero você, quero suas cores e seu jeito calmo de ser, sua fala gostosa de ouvir. Quero viagens para a praia, com beijos sob o luar e cantorias em restaurantes. Quero todas essas coisas com você, Vittorio. Coisas que eu nunca fiz com ninguém antes. Com você, eu percebi que tenho um mundo de possibilidades e sonhos, e não quero deixar de viver nenhum deles.

Afasto-me um pouco dele para conseguir olhar em seus olhos, que começam a tremular e brilhar, dessa vez marejados.

— Antonella, eu...

— Não precisa dizer nada, era eu quem queria deixar isso claro para você.

Silencio-o com meu dedo e sorrio, feliz por finalmente ter tido a coragem de dizer com todas as palavras que eu o quero.

O restante da semana passa rápido e o fim de semana chega num piscar de olhos e, com ele, a festa no Salute. Na quinta e na sexta-feira passei o dia sentindo um misto entre a ansiedade com os preparativos finais da festa e a euforia pela chegada do fim do meu expediente para que então pudesse encontrar Vittorio.

Nos dois dias ele veio até o centro para me buscar e se tornou difícil esconder de todos que estávamos juntos. Chiara agiu como se já soubesse de tudo e me parabenizou com um sorrisinho matreiro. Dona Sofia entrou em frenesi, pulando, gritando, sem conseguir parar de dizer como Vittorio é lindo e como tinha inveja de mim, e Enzo precisou se sentar de tanto que riu quando ela contou como eram os namoros em sua época e como era cortejada pelos moços mais bonitos da cidade.

As noites com Vittorio são maravilhosas, comemos sentados no chão, conversamos, rimos, ele me fala sobre arte e os artistas que o inspiram, eu falo sobre música, canto e mostro para ele cantores antigos que nunca sequer ouviu. Eu conto sobre o meu dia no Salute, ele fala sobre as pinturas que precisa entregar. E assim passamos o tempo, nos conhecendo ainda mais e abrindo nossas vidas um para o outro, sem segredos, sem nada que nos impeça de continuar a trilhar nossa história.

— Antonella, o pessoal do bufê não chegou ainda. — Dona Sofia para ao meu lado, esbaforida.

Olho para o relógio e noto que já estão quarenta minutos atrasados.

— Vou ligar para eles. E, por favor, Dona Sofia, veja se os pacientes que vão expor seus trabalhos já chegaram — peço, e ela sai correndo para checar.

Nina, Dante, Guido e alguns outros também chegam logo e seguem para seus espaços. Por fim, eles decidiram usar a pergunta que lhes fiz — "O que traz cor à sua vida?" — para dar nome a uma pequena arena, e todos trazem as peças que produziram especialmente para o evento. Guido, que ama esporte, espalhou em sua barraca vários equipamentos esportivos de diversas modalidades, além de preparar folhetos contando sua história e como conseguiu voltar a fazer o que mais amava depois do transplante.

Nina, que ama costurar e criar suas próprias roupas, traz suas máquinas e várias peças. Ela nos havia pedido autorização para vender algumas delas e nós consentimos. Faríamos de tudo para vê-la melhor e feliz.

E apesar de termos contratado um bufê, os doces ficam por conta de Dante, que é apaixonado por confeitaria. Ele decidiu montar uma minicozinha em sua barraca e trazer vários quitutes deliciosos, que mais parecem obras de arte, nos mais diversos formatos e com apresentação impecável. Ele sorri o tempo inteiro, a cada elogio que recebe.

Olho para essas pessoas e sinto meu peito inflar de tanto orgulho. Eu, que passei meses brigando por terem doado os órgãos de Enrico, agora vejo essas pessoas vivas graças à generosidade de famílias que também permitiram a doação. Penso em como o mundo seria triste se elas não estivessem aqui, se não tivessem conseguido realizar o transplante que as manteve vivas.

Enquanto passo para verificar se está tudo certo com cada um deles, noto que uma das barracas está vazia e fico em dúvida se ela estava ou não ali na noite anterior.

— Enzo, de qual paciente é aquele espaço? Eu não me lembro de ter visto que havia mais uma barraca — pergunto, confusa.

— Não sei. Chiara pediu para abrir um novo espaço ali ontem já tarde da noite, mas não me disse para quem é — responde, voltando sua atenção para a prancheta que carrega.

O horário de início da festa se aproxima, quando abriremos os portões para os outros pacientes e suas famílias, que hoje se tornam todos convidados. Aquele espaço, no entanto, continua vazio, deixando-me cada vez mais inquieta. Saio à procura de Chiara para entender o que está acontecendo e avisar que a pessoa do espaço misterioso está atrasada e, nesse momento, noto que tem mais alguém atrasado; Vittorio disse que chegaria há meia hora, mas ainda não apareceu.

— Ei, Chiara! — Corro para alcançá-la.

Hoje ela não está com seu usual jaleco, e veste um conjunto de saia e regata de seda, com os cabelos loiros soltos, emoldurando seu rosto.

— Não tenho na minha lista o nome de quem vai ocupar o espaço extra que você pediu para abrir.

Ela sorri e diz:

— Você logo vai descobrir de quem é.

— O que é isso? Uma surpresa, a essa altura? Preciso do nome, os convidados vão chegar e aquele espaço ainda está vazio.

— Antonella, fique calma. Vai dar tudo certo! — diz, piscando um olho.

Em seguida, ela se afasta e começa a conversar com outras pessoas. Balanço a cabeça em reprovação, mas deixo-a para lá. Já entendi que não vou conseguir tirar nada dela. Voltando para o jardim, pego meu celular para verificar se há alguma mensagem de Vittorio, mas não há nenhuma. Então, resolvo ligar. Ouço os primeiros toques da chamada, mas assim que desço os degraus que separam a recepção do jardim, eu vejo-o cruzar os portões de ferro com Luigi ao seu lado.

Assim que me vê, ele começa a sorrir, e eu faço o mesmo. Já estou acostumada com o fato de meu coração bater de maneira descompassada ao vê-lo, não importa se passamos um dia ou um minuto distantes.

— Oi — fala, e me beija.

— Oi — respondo, com meus lábios presos aos dele. — Por que demorou tanto? — questiono, com uma voz manhosa.

— Estava com saudade? — murmura, sem separar nossos lábios.

— Sim.

Até que escutamos alguém pigarrear ao nosso lado e percebo que Luigi está parado assistindo a nossa recepção calorosa. Solto-me de Vittorio, vou até Luigi, dando-lhe um abraço. Esta é a segunda vez que o vejo, mas Vittorio fala tanto nele que é como se eu também o conhecesse de longa data.

— Antonella, Antonella. Estava muito ansioso para te ver de novo, a mulher que arrebatou o coração do meu amigo. A mulher que trouxe inspiração para os quadros mais bonitos que Vittorio já pintou.

Começo a sorrir e olho para Vittorio, confusa. Ele me disse que não estava pintando e por isso não tinha por que eu ir ao ateliê, uma vez que não havia nada de novo.

— Sério?

Vittorio balança a cabeça e desdenha da fala de Luigi.

— São só alguns novos quadros para uma exposição. Eles me disseram que teriam de ser obras inéditas, então...

— Só alguns quadros? — A voz de Luigi soa aguda e desentoada. — São a coisa mais bonita que você já produziu até hoje, Vittorio. E Antonella é a causadora dessas obras tão cheias de paixão — Luigi diz, deixando-me ainda mais curiosa, e um pouco ciumenta por ele já ter visto os quadros e eu não.

— Eu? — indago, erguendo uma mão até o peito.

— Luigi, por que não me ajuda a descarregar o carro? Ainda faltam meses para a exposição, não sei por que está falando disso agora.

Luigi pisca para mim e segue para o carro de Vittorio.

— Descarregar o carro? — pergunto, entendendo cada vez menos o rumo dessa conversa.

— Sim, porque ele é quem vai ocupar o último espaço — diz Chiara, aparecendo do nada e interrompendo nossa conversa. — Quando descobri que Vittorio é um artista plástico, tive que ser enfática no convite para que ele participasse ativamente da nossa festa.

— E você não me falou nada? — pergunto, olhando para Vittorio e depois para Chiara, já que a pergunta serve para os dois.

— Era uma surpresa — Chiara responde e Vittorio dá de ombros, rendido.

— Vou descarregar o carro — ele diz, correndo para ajudar Luigi.

— Como você descobriu que ele é artista plástico? — pergunto a Chiara.

— O médico dele me disse.

Ela responde, sorrindo e se afastando.

Estreito os olhos e inclino a cabeça, pensando em como Chiara anda cheia de segredos, principalmente por ter falado direto com Vittorio. Sei que ele é um paciente da clínica, mas sinto que eles me escondem alguma coisa. Mesmo que eu esteja tentando deixar isso para lá, a cada novo mistério fica mais difícil eu não me importar.

— Você me ajuda? — Vittorio me distrai, parando ao meu lado com uma tela enorme nas mãos.

— Claro que sim! — falo, abrindo meu melhor sorriso.

Ajudo-o a colocar as telas na barraca e, pouco a pouco, as cores de seus quadros vão transformando o espaço. Ele trouxe algumas das obras que eu já havia visto no ateliê quando fui lá pela primeira vez.

Quando as pessoas começam a chegar e o evento se inicia, não há quem não pare para admirar os quadros de Vittorio. No início ele ainda fica tímido e quase não fala, mas conforme as pessoas começam a lhe fazer várias perguntas, ele se solta e começa a contar que também é um transplantado, que o coração em seu peito é novo e que, em seu caso, as tintas são o que literalmente trazem as cores a sua vida. Eu sorrio, encostada em uma árvore, ouvindo-o conversar com os convidados. Muitos outros transplantados perguntam como está sendo sua recuperação e ele não esconde as dificuldades pelas quais passou nos primeiros seis meses de cirurgia, confessando coisas que nem eu mesma sabia.

Vendo Vittorio assim saudável, fica difícil imaginar que já esteve numa cama de hospital à beira da morte.

— Você olha para ele como se estivesse vendo um anjo — diz Chiara, aproximando-se.

— Exagerada! — respondo, ainda observando-o interagir com os outros.

— Fico muito feliz por você, Antonella. Como sua amiga e sua psicóloga, não tenho como mensurar a alegria que sinto por vê-la desabrochar para a vida mais uma vez.

Desvio meus olhos de Vittorio para ela, que tem sinceridade no semblante, e me sinto muito sortuda por tê-la conhecido.

— Obrigada, Chiara! Eu também estou muito feliz. Não foi algo que planejei, mas Vittorio me faz bem, ele me faz muito bem. Sinto que com ele não há limites, que posso ser quem eu quiser e contar sempre com seu apoio.

— Isso é amor? — ela pergunta.

— Não sei, você é a psicóloga aqui. O que me diz?

Chiara começa a rir e faz um coque no cabelo, livrando seu pescoço dos fios.

— Eu acho que é, minha amiga, eu acho que é...

— Ele tem se consultado com você, fora das sessões de grupo? — solto a pergunta de maneira casual, esperando que ela não perceba o grau da minha curiosidade.

— Antonella, não posso falar dos meus pacientes, você sabe disso.

Droga!

— Foi o que perguntei? — rebato, sorridente, escondendo minhas reais intenções.

— Não se preocupe com ele. Vittorio está pronto, assim como você — ela diz, repousando uma mão no meu rosto.

Aceno com a cabeça, em silêncio.

— Vamos comer? Parece que esse bufê que você escolheu é o melhor de todos os anos. Estão todos dizendo que a comida está maravilhosa.

Acompanho-a e as horas vão passando. Cada vez mais gente chega e Vittorio acaba ficando durante todo o tempo envolvido com os convidados que querem saber mais e mais de seus quadros.

Então, um garotinho de uns dez anos se aproxima com o pai e se encanta por uma das telas, um quadro em tons de vermelho, com muitos corações pintados, uma infinidade deles. São tantos e tantos que, olhando para o quadro, de longe, é difícil identificar do que se trata. O garotinho, entretanto, logo identifica o desenho e diz que aqueles corações pequenos são iguais ao que ele ganhou e que no hospital ele conheceu muitas outras crianças que também esperam por coraçõezinhos como aqueles.

O garoto, então, pede ao pai para comprar aquele quadro para que ele possa colocar em seu quarto e tirar fotos para mandar a todos os amiguinhos do hospital que ainda aguardam o dia em que seu coraçãozinho vai chegar.

Não consigo controlar as lágrimas ao escutar uma criança falar sobre uma situação tão triste com um sorriso imenso no rosto. Ele não se dá conta da gravidade do problema que superou. Penso que, se para um adulto é difícil conseguir um órgão, imagine para uma criança? Penso no desespero dos pais dessas crianças que precisam enfrentar essa longa fila, vendo seus filhos sofrendo em uma espera que parece não ter fim.

Vittorio ouve atento o menino contar sua história, vai até o quadro e o leva até o garotinho, dizendo que é dele, um presente de alguém que também ganhou um novo coração.

O pai da criança tenta recusar, insistindo em pagar, mas Vittorio abdica veemente e diz ser um presente. Depois disso, pede ao homem o nome do hospital onde os amigos da criança estão e diz que se todos eles quiserem um quadro de presente, ele ficará feliz de poder pintar um para cada.

Mordo meu lábio inferior ao acompanhar de longe a conversa. Sabe quando você conhece pessoas que te mostram como a vida pode ser melhor, evoluída e sente que esse mundo ainda vale a pena? É assim que me sinto vendo a interação dos três.

Vittorio ergue a cabeça, nota que estou ouvindo o que dizem e franze o cenho ao perceber meus olhos lacrimejados. Eu ergo uma mão como se diz "o que posso fazer?" e ele sorri. A criança segue com o pai para a próxima barraca, feliz, carregando o quadro que acaba de ganhar.

Eu aproveito que o movimento em torno de Vittorio diminui e vou até ele.

— Você está ainda mais famoso, não?

Ele ergue as mãos e seca os cantos dos meus olhos.

— O que eu posso fazer? Esse garotinho é muito fofo — digo, justificando as lágrimas.

Vittorio começa a sorrir, ainda mais espontâneo.

— Você ainda não comeu. Por que não faz uma pausa? — pergunto.

— Estou mesmo com fome — diz, segurando minha mão e me puxando em direção ao bufê.

Há várias mesas espalhadas pelo jardim, mas Vittorio me leva até o canto remoto onde se escondeu da última vez, sentamo-nos no chão e ele começa a comer sem cerimônias. Noto que ele estava realmente com fome.

Vejo em seu prato uma porção enorme de salada de batata e isso me faz lembrar Enrico. Aquele era o prato preferido dele, e sempre me pedia para prepará-lo pelo menos uma vez por semana, enchia o prato e comia como se fosse a comida mais incrível do mundo.

— Você gosta de salada de batata? — pergunto ao vê-lo comer com tanto gosto.

Vittorio para de mastigar e franze o cenho, pensativo, demorando para me responder. Depois acena que sim e volta a comer.

— Vou preparar algum dia desses. Você vai adorar a que faço — volto a falar, mas ele não diz nada até terminar de comer.

— Até que horas vai a festa? — pergunta.

— Até a noite, se não chover. Na previsão do tempo não havia sinal de chuva, mas parece que as nuvens estão ficando pesadas.

Ambos olhamos para o céu.

— Quero ficar a sós com você logo, podemos ir para sua casa? — questiona, aproximando-se mais de mim.

— Sim, podemos. Mas eu quero ir até seu ateliê. Fiquei curiosa quando Luigi disse que está produzindo como um louco, você havia me dito que não estava fazendo nada.

Ele franze o nariz e começa a rir.

— Não quero que veja antes do vernissage — diz, segurando meu rosto e trazendo para perto do seu.

Sinto seus lábios nos meus e fecho os olhos, desfrutando de seu beijo.

— A-há, encontrei os dois. Estão escondidos entre os arbustos! — Ouço Dona Sofia dizer, e começamos a rir da inusitada interferência. — Ei, pombinhos, a Chiara disse que tem várias pessoas querendo saber dos quadros de Vittorio.

Vittorio suspira e joga a cabeça para trás, fazendo ar de cansado, mas logo se levanta.

— Vamos? — diz.

— Sim, vamos.

— Seus lindinhos, hoje é dia de trabalhar, ainda terão muito tempo para namorar — Dona Sofia diz com as mãos na cintura.

Ela espera que passemos por ela e nos escolta de perto até o espaço onde ficam as barracas.

Vittorio volta para seu posto e eu para o meu, que consiste em verificar se tudo está em ordem e atender aos visitantes. Enzo me ajuda e nós dois passamos mais algumas horas tirando as dúvidas de vários familiares sobre os projetos do centro.

Mesmo estando ocupada, sempre encontro um tempinho para observar Vittorio. É difícil vê-lo sorrir com a frequência que estou presenciando hoje, e isso me deixa feliz.

Em certo momento, vejo Vittorio e Chiara conversarem de perto. Paro o que estou fazendo e observo-os com mais atenção. O assunto parece ser sério, porque Vittorio para de sorrir, abaixa a cabeça e fecha os olhos enquanto ouve Chiara falar.

Sigo na direção deles e escondo-me atrás de uma das barracas.

— Entendo você, Vittorio. Mas acho que, se essa situação está te fazendo mal, deve contar a ela. Afinal de contas, a vida dela também está envolvida.

Estreito meus olhos e tento ouvir cada palavra. *Contar a ela? A quem? A mim?*

— Eu ainda não consigo, não consigo dizer. Sei que devo, mas é... difícil — ele responde e eu detecto uma tristeza genuína em sua voz.

— A decisão é sua, Vittorio. Você tem o direito de não querer contar a ninguém esse segredo, mas insiste em dizer que se sente culpado. E eu te garanto que o pior sentimento que uma pessoa pode experimentar é a culpa — ela finaliza.

Eu abaixo até me sentar no chão, tentando compreender o que acabei de ouvir.

O que isso quer dizer?

24

Antonella

Depois de ouvir a conversa entre Vittorio e Chiara, a tarde se torna pesada e arrastada. Cada palavra dita por eles ressoa em minha mente de maneira contínua, atrapalhando meu rendimento o resto do dia na festa.

O que ele tem para contar? E para quem? Que segredo é esse? Será que estavam falando de mim?

Escapo por um momento dos meus afazeres e me recolho num canto do jardim, num local onde consigo olhar para todas as barracas, inclusive a de Vittorio. Luigi está com ele e os dois interagem e sorriem, felizes com a reação do público aos quadros, que acabam por se tornar o atrativo principal da festa. Chiara circula pelo jardim, cumprimentando os familiares de seus pacientes, e tenho a impressão de que, mesmo sendo um dia de folga, ela não para de trabalhar nem por um segundo. Conhecer as famílias dos pacientes é sempre bom para direcionar melhor o tratamento.

— O que aconteceu, meu bem? — Dona Sofia pergunta ao se aproximar.

— Não é nada, só estou um pouco cansada — respondo.

— Imagino. Esta semana não foi fácil para você, não é? Mas valeu a pena. Veja só a festa maravilhosa que você organizou. Nunca tivemos uma assim antes. A melhor coisa que Chiara fez foi trazer você para a equipe — diz, afagando uma das minhas mãos.

Sorrio e devolvo o carinho. Nesse momento, Enzo começa a chamar por ela, que corre o mais rápido que sua idade permite na direção dele, equilibrando-se nos saltinhos de seu sapato novo.

Inspiro fundo e escondo meu rosto entre as mãos por alguns minutos, tentando afastar todas as dúvidas da minha cabeça para voltar por inteiro para a festa.

— O que foi? Está com dor de cabeça? — Ouço a voz de Vittorio próxima a meu pescoço e, em seguida, sinto seus braços enlaçarem meu corpo.

Ao mesmo tempo que sua proximidade me acalma e acalanta, também gera ansiedade. Não consigo fingir que não ouvi nada de sua conversa com Chiara e, por isso, resolvo perguntar.

— Vittorio... — começo.

Ele se afasta um pouco e olha para meu rosto.

— Sim.

— Desculpe, mas eu ouvi um trecho da sua conversa com Chiara mais cedo. Ouvi ela dizendo que algo está te fazendo mal e que talvez fosse melhor contar para *ela*? Quem é *ela*? E o que está fazendo com que você se sinta tão culpado?

Ele prende a respiração e deixa de piscar, encarando-me fixamente, atônito, chocado.

— É alguma coisa que tenha a ver comigo? — indago, desejosa de informação. — O que é esse segredo que te traz tanta culpa? Eu pensei que não teríamos segredos entre nós.

Vittorio volta a respirar e dá um passo para trás, olhando para todos os lados, menos para mim. Depois ergue a mão e passa pelo rosto, roçando na barba por fazer que adorna seu rosto.

— Não tem segredo nenhum — diz, por fim, dando de ombros.

— Ah, não? — questiono, sem acreditar.

— Não, nós estávamos falando de... — gagueja — arte, das minhas dificuldades com a pintura. Era isso — finaliza, inconclusivo.

Ele fica em silêncio e eu espero que continue a falar, mas isso não acontece. Sua explicação se dá por encerrada.

— Entendi. Pensei que pudesse ser algo comigo, quando ouvi as palavras "segredo, ela, culpa"... — digo, elencando os pontos principais.

— Não, claro que não — fala, voltando a me abraçar.

Devolvo o abraço, pensando na quantidade de vezes que tentei falar com ele, sem que Vittorio se abrisse de verdade para mim. E, agora, isso está acontecendo mais uma vez. Está claro que o que diz não é verdade.

— Vou chamar Luigi para me ajudar a carregar o carro e aí podemos ir embora, o que acha? Você parece muito cansada — ele diz.

Suspiro e me solto de seu abraço com um sorriso no rosto.

— Eu vou precisar ficar até à noite, mas você pode ir primeiro — aviso.

Ele torce os lábios e balança a cabeça em negativa.

— Não, eu espero por você.

— Está bem. Mas agora volte para sua barraca, que o artista é você e não Luigi — informo, apontando para trás.

Vittorio beija meus lábios e faz o caminho de volta pelo jardim.

Paro em frente à porta da sala de Chiara e aperto minha cabeça, expirando todo o ar dos meus pulmões. Minhas pernas travam no chão e eu não tenho coragem de girar a maçaneta. A vontade desesperada de saber de uma vez por todas o segredo que Vittorio esconde de mim foi o que me trouxe até aqui, mas minha razão e coerência me dizem para não avançar com essa ideia.

O que eu faço? Pergunto a mim mesma, sentindo como se estivesse numa cena de filme em que um diabinho e um anjinho falam comigo ao mesmo tempo, um me dizendo para avançar e descobrir o que ele está escondendo e outro dizendo que isso é muito errado, para eu recuar e esquecer tudo o que ouvi.

Olho para as minhas mãos trêmulas, giro o corpo para confirmar que não há ninguém no longo corredor. A casa está vazia, todos continuam lá fora.

Aos poucos, a luta interna que me acomete é parcialmente vencida e, devagar, abro a porta da sala de Chiara.

Com passos hesitantes, sigo para os arquivos no canto direito da sala e vou direto para a letra V. Eu sei que não deveria estar aqui e que isso é muito errado, mas não encontro outra forma de descobrir o que está havendo. Chiara, como psicóloga, não pode revelar nada. E Vittorio só faz desviar de todas as minhas perguntas, inventando desculpas esfarrapadas a cada vez que o questiono.

Abro a gaveta, começo a procurar pelo nome dele e rapidamente encontro a pasta parda etiquetada com o nome "Vittorio Rossi". Respiro fundo antes de tirá-la do arquivo e então saio da sala, dirigindo-me para o vestiário nos fundos do centro.

Entro em uma das cabines, fecho a porta, abaixo a tampa do vaso sanitário para me sentar e, então, abro a pasta.

O primeiro documento é a ficha de Vittorio com uma foto três por quatro e com seus dados pessoais. Continuo a folhear e encontro alguns exames e várias folhas de anotação de Chiara. Começo a ler uma delas, mas não dizem muita coisa, são apenas análises iniciais de seu comportamento nas reuniões.

Continuo vasculhando o conteúdo da pasta, até que encontro uma folha de papel com a letra de Vittorio. Deve ser a tal carta para a qual somente Chiara tinha as respostas.

Seguro-a nas mãos, com os olhos fechados, hesitando se avanço ou não com essa loucura. Minha metade passional e desesperada pede para eu continuar, enquanto a metade racional e ponderada insiste que eu pare, advertindo-me por estar prestes a invadir a privacidade dele e quebrar a confiança que Chiara tem em mim.

Esfrego minha testa, buscando uma saída, mas, por fim, a metade passional vence mais uma vez e eu abro os olhos, iniciando a leitura da carta.

Num misto de apreensão e curiosidade, leio frase por frase até chegar à última. Então, seguro a carta contra meu peito, refletindo sobre cada palavra que li e tentando entender por que ele tem dúvidas sobre seus sentimentos serem de fato seus ou de outro alguém. E quando diz estar apaixonado, é por mim? Já era de mim que ele falava aqui? Meu Deus, essa carta é tão confusa.

Começo a revirar a pasta atrás de mais pistas que me digam o que está havendo até que encontro uma pequena anotação de Chiara, perdida no meio dos papéis. São palavras soltas com um número de telefone e um nome: doutor Luca.

E conforme eu vou lendo, meu coração para de bater, sinto uma bola na garganta e meus olhos se embaçando. De repente, sou tomada por um desespero sem dimensão assim que aquelas palavras começam a fazer sentido.

Coração, transplante, Enrico
Sonhos com o doador

Apaixonado por Antonella

Possível transtorno dissociativo em relação ao doador

— Ah, meu Deus!

Vasculho os exames de Vittorio e começo a ler o laudo, buscando pela data de seu transplante. Então, quando eu vejo que a cirurgia foi feita no dia vinte de setembro do ano anterior, fecho a pasta e começo a chorar.

Eu não acredito. Isso não pode ser real.

Vittorio é o receptor do coração de Enrico. Ele sabia disso e escondeu de mim. Chiara também já sabia. Os dois me esconderam isso.

As lágrimas escorrem pelo meu rosto. Eu sinto uma vontade de gritar o mais alto que posso. Cubro a boca com as mãos, tentando não chamar a atenção de ninguém, mas essa descoberta dói muito. Dói tanto, que parece que o meu coração precisa ser arrancado do peito.

Por que Vittorio fez isso? Ele fingiu fazer parte da minha busca e mentiu todas as vezes em que eu disse que queria encontrar o coração de Enrico.

Meu Deus! Por quê?

Não consigo mais controlar o choro e ele ecoa pelo vestiário vazio, rasgando o silêncio e a minha alma. Por que ele veio atrás de mim? Será que já tinha a intenção de me enganar desse jeito sórdido, fazendo-me de idiota durante todo esse tempo? Fazendo-me apaixonar por ele?

Ele já conseguiu o que queria, que era me ver apaixonada, mas para quê?

Minha mente gira como um ciclone, arrastando toda a minha sanidade e coerência, não deixando nada para trás, nenhum pensamento lúcido, apenas um coração e uma alma devastada pela mentira.

Eu não consigo raciocinar direito. Fecho a pasta e desabo no chão, apoiando a cabeça na parede desse cubículo. Choro cada vez mais intensamente, torcendo para que ninguém dê por minha falta.

O tempo passa sem que eu consiga me levantar, minhas pernas fraquejam, meu coração sangra, meus olhos choram e minha alma sucumbe à agonia.

— Antonella? — Escuto a voz do Enzo pelos corredores. — Antonella?

Ouço seus passos no vestiário, mas não consigo me mover. Tento ficar em silêncio sentindo as lágrimas escorrerem, à espera de que Enzo vá embora. No entanto, ele ouve a minha respiração alterada e logo descobre a cabine em que eu estou.

— Antonella, abra a porta. Você está bem? Abra a porta! — ele grita, preocupado, batendo contra a madeira. Eu ignoro e fecho os olhos, incomodada pelo barulho que ele faz.

— Eu vou arrombar essa porta se você não abrir — diz.

Alguns segundos depois, ele sai do vestiário e agradeço por voltar a ficar no silêncio da minha agonia. Mas sei que isso não vai durar muito tempo. Logo ele está de volta, acompanhado de Chiara e Dona Sofia.

— Antonella, você está passando mal? — Chiara pergunta.

Chiara não podia ter escondido isso de mim, ela sempre foi contra eu ir atrás dos receptores, e eu entendia seu ponto de vista, mas daí a esconder que o coração de Enrico estava em Vittorio... Eu não entendo.

— Saiam daqui! — imploro.

— Antonella, abra a porta. Você está nos deixando preocupados. — Ouço a voz suave de Dona Sofia.

Eu inspiro e expiro várias vezes, secando as lágrimas que encharcam meu rosto. Com dificuldade, coloco-me de pé, destravando a porta e segurando a pasta de cor parda na mão.

Assim que abro a porta, os três começam a me olhar de cima a baixo, procurando por algo de errado, embora a única coisa que encontrem sejam meus olhos vermelhos e inchados.

— Por que estava chorando? Você e Vittorio brigaram? — Dona Sofia pergunta.

— Que susto! Achei que estava desmaiada — Enzo fala.

Chiara não diz nada. Seus olhos estão paralisados na pasta em minha mão. Ela entreabre os lábios e suspira, ciente do que descobri.

— Vocês podem sair, por favor? Preciso conversar a sós com Antonella — Chiara diz aos dois, que franzem o cenho sem entender, mas seguem sua orientação.

Eu me mantenho em silêncio, sem tirar os olhos dela, que anela e aperta as têmporas.

— Como você pegou essa pasta, Antonella? Você não pode entrar na minha sala e mexer nos meus arquivos. Eles são confidenciais...

— Por que você não me disse? — pergunto, ignorando todo o resto.

Chiara me encara e respira. Sei que está irritada, com razão, pois o que fiz foi antiético e certamente causará minha demissão, mas eu vou pensar nas consequências disso depois.

— Não era o meu papel te contar. Tudo o que posso lhe dizer é para que se acalme e entenda os motivos de Vittorio.

Aperto meus olhos, sentindo as lágrimas manarem de novo.

— Durante toda a minha vida, eu sempre tive que me acalmar e entender o motivo dos outros. Ninguém nunca entende os meus. Você mesma não tentou entender quando eu disse que era muito importante para mim conhecer os receptores, meus pais não entenderam, os pais de Enrico também não... — falo, com a mágoa dominando meu peito.

— Antonella... — Fecho os olhos ao ouvir a voz de Vittorio sussurrar meu nome.

Eu não consigo olhar para ele agora, não consigo fingir que está tudo bem. Tudo o que eu mais queria era encontrar o coração de Enrico e seguir em frente com Vittorio.

Mas, agora, descubro que ele me enganou todo esse tempo.

— Antonella — ele repete, mais perto.

— Por que você não me contou a verdade? — questiono, com a voz embargada, agora encarando seu rosto.

— Por favor, me perdoe, eu ia te contar...

Vittorio também está mergulhado em tristeza, seus grandes olhos azuis estão apagados, amargurados.

— Não consigo aceitar, não consigo — falo, tentando controlar minha voz. Devolvo a pasta para Chiara e depois saio do vestiário, deixando os dois para trás. Passo na minha sala para pegar minha bolsa e deixar aquele lugar.

Quando cruzo o portão, olho para trás, com os lábios trêmulos, segurando o choro e, então, continuo a andar, descendo pelo meio da rua, sem me importar com nada.

Sinto um pingo de chuva cair em meu braço e olho para o céu, que em breve vai desaguar. A chuva será bem-vinda, que seja capaz de lavar o sangue que escorre da minha alma ferida.

— Antonella! — Escuto Vittorio gritar e olho para trás.

Ignoro seus passos e apresso os meus, correndo para a estação de metrô. Ele também acelera, mas consigo ser mais rápida e entrar num vagão qualquer, apenas para me apartar dele.

Vittorio ainda tenta me alcançar, mas as portas se fecham e ele não chega a tempo.

Ficamos nos encarando, um de frente para o outro, eu dentro do vagão, ele do lado de fora com a mão espalmada no vidro da porta que nos separa. O trem começa a seguir e Vittorio começa a andar com ele.

Conforme a velocidade aumenta, os passos de Vittorio aumentam também, ele corre com o trem e minhas lágrimas fluem diante de seu desespero, seus gritos e choro.

Sento-me num banco do trem que nem sei o destino. Não me interessa saber para onde estou indo, eu só preciso tentar organizar minha mente, organizar meus pensamentos. No entanto, está tudo tão difícil e, quanto mais eu penso, mais dói.

Se ele tivesse me dito desde o início, tudo poderia ter sido diferente. Fico desconcertada ao saber que o coração de Enrico estava tão perto todo esse tempo. Se eu soubesse desde o começo, poderíamos ter compartilhado todos os momentos na busca dos receptores juntos de uma maneira muito mais pessoal, porque, afinal de contas, ele também tem uma parte de Enrico.

Eu não entendo por que esconder de mim. Eu não entendo.

Faço o trajeto dessa linha de trem inúmeras vezes, oculta do mundo, comigo sentada no mesmo lugar, enquanto meu telefone ecoa sem descanso. Encosto a cabeça na janela atrás de mim e fecho os olhos, agarrada à minha bolsa, esperando o momento em que vou tomar coragem de enfrentar a vida outra vez.

Horas depois, com medo de acabar presa na garagem do metrô, deixo o vagão e busco o caminho de volta para casa. Ao sair da estação, vejo a chuva que escorre do céu, torrencial, abundante, como se a natureza estivesse se compadecendo da minha agonia e me comboiasse nesse choro.

Meu caminhar é lento, moroso e desacertado, assim como a minha mente. Ignoro o peso da água contra minha pele e, em segundos, estou encharcada da cabeça aos pés. Eu sou a única a marchar pela chuva, que chora junto a mim.

Quando viro a esquina da minha rua, sinto que meu corpo está no limite da exaustão, quase sem forças para completar os poucos metros que restam. E, então, eu o vejo, sentado na calçada em frente ao meu prédio, tão ensopado quanto eu.

Vittorio respira com a boca aberta, meus olhos observam seu peito arfar descontrolado e eu não consigo evitar o pensamento de que a parte mais importante de Enrico está ali dentro.

Continuo a andar e passo por ele para entrar no meu prédio. Vittorio se levanta e segura meu braço, girando-me em sua direção.

— Eu ia te contar, eu juro que ia — diz, cuspindo a água da chuva que embebe seu rosto.

Ele solta meu braço e passa as mãos pelos cabelos, tirando-os da frente de seus olhos.

— Eu não queria mentir, mas também fiquei em choque quando descobri. Eu apenas não tinha encontrado ainda o jeito certo de te dizer.

Meneio minha cabeça em reprovação. Não existe jeito certo de dizer, basta dizer.

— Eu confiei em você. Eu confiei todos os meus segredos a você, Vittorio. E você me fez de idiota. Como pôde me acompanhar durante todo esse tempo em minha busca? Como pôde mentir para mim enquanto estávamos na praia, vivendo aquele momento tão maravilhoso? — falo, apertando minha cabeça que lateja sem controle. — Como pôde fingir durante todo esse tempo, sabendo que seu nome fazia parte da lista?

Ele ergue os braços e segura a cabeça, balançando o corpo, em completo desespero.

— Eu não sabia desde o início, só descobri isso antes da última reunião que participei.

— Não interessa. Você decidiu mentir desde o dia em que descobriu — respondo, dando-lhe as costas e empurrando a porta de vidro que dará acesso a recepção do prédio.

— Eu queria ter certeza de que você gostava de mim, Antonella. Tinha medo de você confundir as coisas e me ver de maneira diferente só por eu ter o coração dele. Foi por isso que eu não contei. Eu tive medo de não me amar por quem eu sou, mas pelo coração que eu agora tenho.

Solto a porta e o observo por sobre os ombros, girando meu corpo em seguida. Ele percebe que estou atenta ao que diz e resolve continuar.

— Eu quero ficar com você, Antonella. E tudo isso foi muito difícil para mim também. Foi difícil entender que sou eu quem a ama. Esse coração me salvou, mas também me trouxe muitos conflitos. Por isso eu fui ao Salute, para tentar entender o que estava acontecendo. Quando cheguei e encontrei você lá... eu te amei desde o primeiro momento em que meus olhos te viram. Mas eu só descobri que o meu coração era o dele depois, quando já estava envolvido demais. E eu via você desesperada tentando encontrar Enrico nas pessoas que carregavam uma parte dele, e a única coisa que queria era que você me olhasse e me amasse por eu ser quem sou. Que olhasse para *mim* e visse apenas o Vittorio, nada além disso. Foi por isso que não contei antes, só por isso...

Ele termina de falar e cai de joelhos, com a chuva impiedosa acertando seu corpo. Eu me sinto enternecida por suas palavras e pela franqueza que elas carregam.

— Eu sempre vi você, Vittorio. Nada em você me fazia lembrar de Enrico, vocês são tão diferentes, você nem faz ideia do quanto. Eu me senti livre ao seu lado, e eu amei isso. Eu sempre amei cada minuto que passei com você... — Paro um momento e respiro. — É muito difícil aceitar ser passada para trás dessa forma. Você tem alguma noção de como foi egoísta? Eu até compreendo o seu medo e agora entendo quando dizia não querer me dividir, no entanto, isso só reforça seu egoísmo. Em momento algum você pensou no que *eu* queria. Era assim que ficaria comigo, mergulhado numa mentira?

Ele não diz mais nada e esconde o rosto entre as mãos.

— Vá para casa, Vittorio. Eu preciso descansar e você também.

Viro-me e entro no prédio, seguindo pelas escadas. Hoje, mais do que nunca, essa escadaria parece não ter fim. É como se cada degrau equivalesse a cem. Minhas pernas bambeiam em vários momentos e sou obrigada a parar por diversas vezes e me apoiar no corrimão. Quando, por fim, entro em casa, a única coisa que faço é tirar as roupas molhadas e me deitar, implorando para que o sono me ajude a passar por todo esse caos.

25

Vittorio

— Acorde! Vá, acorde!

Ele insiste para que eu acorde, apesar de eu não estar dormindo. Só estou cansado, muito cansado, a ponto de não conseguir abrir os olhos. Mas... se eu dormir um pouco... somente por algumas horas, então...

— Levante! Agora!

Só mais um pouco, preciso descansar mais um pouco.

Ele não para de gritar ao meu lado, com a boca colada à minha orelha, berrando para que eu me levante. Uso toda a força que tenho para abrir os olhos, tiro ânimo das profundezas da minha alma e, enfim, consigo sussurrar algumas palavras.

— Levante ou você vai morrer nessa cama. Levante!

— Não vou morrer — respondo, num murmúrio.

— Levante, pois eu preciso ir embora.

Ele parece dizer a verdade e isso me anima a ficar em pé, mas meu corpo não obedece aos comandos do meu cérebro, estou cansado... tão cansado...

— Você não pode morrer também, não pode deixá-la sozinha, ela não vai aguentar se isso acontecer de novo. LEVANTE LOGO, PORRA!

Abro os olhos no mesmo instante em que seu urro reverbera por todos os meus ossos, e encaro o teto, ofegante e abatido.

Dessa vez não era só um sonho. Eu estou mesmo me sentindo esgotado. Sinto dificuldade para respirar, o ar entra escasso e meu corpo inteiro dói. Sinto como se tivesse levado uma surra de uns cinco caras.

Enrolo-me nos cobertores, tentando amenizar os calafrios. Desde a cirurgia não me sinto tão mal. Tateio pela cama em busca do telefone e, quando o encontro, verifico as horas e constato que estou na cama há quase vinte e quatro horas.

Antonella vem à minha mente. Já faz uma semana que me deixou na porta de seu prédio, e, desde então, não sei mais como viver. O que eu fiz com ela? O que eu fiz com a gente? Martirizo-me por não ter dito a verdade. Eu deveria ter contado tudo para ela assim que descobri, mas queria ter certeza dos sentimentos que ela tinha por mim.

Almejo que o mundo se torne um lugar mais simples, onde as pessoas não precisem da aprovação de outras, onde elas confiem em seus instintos e seus impulsos jamais sejam guiados por medo, rancor, dor ou ódio.

Se eu não tivesse tido medo, nada disso teria acontecido, se eu tivesse tido a coragem de dizer a verdade, não teria causado essa mágoa tão grande.

Eu só queria ter o poder de voltar no tempo. Quando vi a foto em sua casa, queria ter dito a ela que era comigo que o coração dele estava, que é a mim quem ele atemoriza. Talvez tudo tivesse sido diferente. Talvez agora ela não estivesse se sentindo traída e eu não estaria sozinho.

Giro de um lado ao outro, procurando suportar a dor cruciante em meu tórax, como se meu coração estivesse sendo arrancado, esmagado, dilacerado. Como se meu castigo maior fosse tê-lo no peito, lembrando--me a todo instante o que ganhei e o que perdi.

Eu não vou ser capaz de viver sem Antonella, eu não vou poder viver carregando essa culpa, essa dor, esse martírio. Preciso ir até ela, vou tentar explicar tudo de novo. Talvez ela esteja mais calma e consiga me entender melhor.

Começo a me erguer com dificuldade para sair da cama e, com passos cambaleantes, sigo até o banheiro, abro o chuveiro e deixo a água escorrer sobre meu corpo. Fico por um tempo ali, imóvel, apenas deixando que a água caia, porque não consigo fazer qualquer outro esforço além disso. A sensação é parecida com a que eu experimentei nos meses finais antes da cirurgia, quando meu coração original não tinha mais seiva e eu mal dava poucos passos pela casa.

Preciso me sentar na cama para poder me vestir e, escorando pelos móveis, chego até a cozinha. Consigo encher um copo com água e tomar meus remédios. Paro por um segundo e apoio as mãos na pia, meus olhos embaçam e eu pisco várias vezes, tentando focar com mais clareza.

— Meu Deus, o que está acontecendo comigo? — murmuro, procurando pelo meu telefone no bolso da calça.

Fazer a ligação para o doutor Luca é uma verdadeira provação. Meus olhos, mãos e pernas não cooperam, não tenho condições de continuar de pé. Com o telefone na mão, sinto meu corpo escorregar pela bancada da pia até cair no chão. Então, tudo escurece...

Antonella

Eu corro livre, com um vestido longo e branco que cobre os meus pés descalços. Sinto a grama sob eles e ela me faz cócegas, estimulando-me a correr ainda mais rápido. O sol brilha no alto, num céu plácido e sem nuvens, tomado de um azul vívido que alegra minha manhã. A sensação da liberdade é contagiante. Sinto-me livre de todas as amarras, de todo o caos. Estamos só eu, o céu, o sol, o vento e os pássaros que cantam ao meu redor.

Começo a rir, feliz, plena, sabendo que ele está no fim desse caminho, sabendo que ele me espera como faz todas as manhãs, sabendo que ele segurará as minhas mãos e ficará junto a mim, que dançaremos, cantaremos, conversaremos e nos beijaremos durante todo o dia.

Avisto-o no horizonte, vestindo jeans e camisa branca, esperando por mim. Seguro as pontas do meu longo vestido e corro ainda mais rápido, sentindo os cachos soltos do meu cabelo baterem contra meus ombros.

O sol também brilha a seu redor, ofuscando seu rosto. Sei que é ele, porque é sempre ele quem está lá, é sempre ele quem me estende a mão, quem me faz cantar e dançar.

Contudo, assim que a distância encurta, eu estanco meus passos de maneira abrupta. Não é Vittorio quem me espera, e os meus olhos, que sorriam junto a meus lábios, agora marejam, molhando minha face aquecida pelo sol.

— Enrico... — sussurro.

Ele abre um imenso sorriso ao me ver e começa a caminhar até mim.

— Oi, Tonton! — diz, enrolando um dos meus cachos em seu dedo, como fazia todas as noites antes de dormirmos.

Abraço-o e começo a chorar de forma copiosa, sentindo que meu coração vai explodir no próximo segundo. Eu queria tanto vê-lo outra vez, tanto, e agora ele está aqui.

— Por que você foi embora? Por quê? — pergunto, com a voz tomada pelo choro.

— Desculpe, não queria ter deixado você sozinha.

Ele aceita meu pranto e me abraça ainda mais apertado, afagando-me em seus braços.

— Eu senti tanta saudade. Não pude me despedir de você e isso estava me matando. Queria tanto ter podido te dizer adeus — falo, com a cabeça aninhada em seu peito.

— Eu vim aqui para isso, para me despedir. Não quero mais que fique triste por minha causa. Eu estou bem, muito bem. Mas... o Vittorio não está.

Assim que ele diz o nome de Vittorio, afasto-me de seu abraço, tomada pela confusão que isso cria em mim.

— Você o conhece? — indago, surpresa.

— Sim, eu o conheço.

— Onde ele está? Era para nos encontrarmos agora — informo, olhando ao redor.

— Ele não vai vir, você é quem precisa ir até ele.

— O que houve?

— Ele te ama tanto. E eu sei que você também o ama, não ama?

Balanço a cabeça concordando e, por mais estranho que seja confirmar isso para Enrico, sei que é o certo a fazer, porque essa é a verdade. Eu amo Vittorio.

— Então, acorde e vá até ele.

— Estou acordada — profiro, sorrindo, sem entender por que diz isso. — Enrico, estou tão feliz em te ver e saber que está bem, eu...

Abraço-o novamente, mas ele segura meus braços e me diz mais uma vez.

— Acorde, Tonton! Vittorio precisa de você, e precisa agora.

— Estou acordada — repito, tentando abraçá-lo novamente.

— ACORDE, TONTON! ACORDE, TONTON! ACORDE, TONTON!

— Ahhh! — grito, sentando-me, assustada, suando e arfando.

Afasto o lençol que me cobre e tento controlar minha respiração, ao mesmo tempo em que esfrego uma mão na outra para secar o suor que há nelas.

— Que sonho foi esse? — murmuro, percebendo que minha testa e pescoço também estão molhados.

Giro a cabeça para olhar o quadro que Vittorio me deu e inspiro longa e demoradamente, inflando meu peito com ar. Não há um só minuto do dia em que eu não pense no que aconteceu entre nós, em suas palavras proferidas na chuva e no coração que ele carrega no peito.

Há tanto tempo eu não sonho com Enrico. Acho que descobrir que seu coração estava com Vittorio mexeu com a minha cabeça, porque esse sonho foi tão vívido, tão real. Eu podia jurar que estávamos conversando de verdade.

Fecho meus olhos, permito que meus dedos escorreguem pela tela com minha imagem estampada e penso em como foi fácil assumir num sonho que eu o amo. Agora, mais do que nunca, relembro os momentos que dividimos, em especial o tempo na praia, e ficar com Vittorio parece ser a única saída para mim.

Contudo, a mentira, a omissão voltam à minha mente, toda a amargura por ter sido enganada toma conta do meu corpo e eu viro o quadro ao contrário, encostando-o na parede, tentando inutilmente tirá-lo da minha cabeça.

Sigo para o banheiro para tomar um banho e esfriar meus pensamentos. Quando a água começa a cair sobre o meu corpo, a voz de Enrico ressoa em minha mente, um grito, uma ordem, um comando: "VÁ ATÉ ELE, VÁ ATÉ ELE, VÁ ATÉ ELE".

— Ahhhh! — Desligo o chuveiro às pressas, assombrada, com a respiração entrecortada. Olho ao redor, mas não me movo, apenas fico de pé, nua, molhada, procurando compreender o que acaba de acontecer.

Assustada, não consigo me mexer por uns bons minutos, e só quando consigo me acalmar um pouco é que me enrolo numa toalha e saio do banheiro. Pego meu telefone na mesa de cabeceira e disco o número de Vittorio.

Enquanto estou com o aparelho na orelha, avalio o que dizer. Não é como se eu pudesse iniciar uma conversa casual depois de tudo o que aconteceu. Entretanto, eu preciso saber se está tudo bem. Porque tenho duas alternativas: ou estou ficando louca ou acabei de ouvir a voz de Enrico.

A preocupação com a maneira como vou iniciar a conversa, entretanto, desaparece assim que a chamada vai para a caixa postal. Olho intrigada para o telefone e tento mais uma vez, sem sucesso.

— Ele deve estar dormindo. E, afinal de contas, eu nem acredito nessas coisas... — falo, jogando o telefone na cama.

Vou para a cozinha e começo a preparar um sanduíche. Separo todos os ingredientes e os coloco sobre a mesa, mas Vittorio continua martelando em minha cabeça. Não consigo deixar passar e volto a ligar pela terceira, quarta, quinta vez...

Isso só pode ser coincidência, concebo, ao mesmo tempo em que começo a me vestir com uma roupa qualquer para pedir um táxi. Desço os dez andares do prédio e, assim que chego ao passadiço, espero por mais alguns minutos até o carro chegar. Informo o endereço para o motorista e imploro para que vá rápido. No caminho, continuo tentando falar com Vittorio, mas ele não atende nenhuma das chamadas e minha preocupação acaba evoluindo para pânico.

Talvez ele esteja fora, com Luigi, e por isso não está vendo o celular, conjecturo enquanto busco me acalmar, criando uma justificativa para ele não ter atendido nenhuma das minhas onze ligações. À medida que divago em pensamentos aleatórios, o motorista estaciona em frente ao ateliê. Entrego-lhe o dinheiro da corrida e saio do carro, caminhando, acuada, até o portão.

Noto que está destrancado e empurro o metal, que range com a pressão das minhas mãos. Os seixos coloridos vão estalando sob meus pés conforme meus passos se aproximam da porta principal. Empurro-a e entro no ateliê.

— Vittorio? — chamo.

O lugar está pouco iluminado e ele não responde. Talvez esteja pintando nos fundos. Caminho, desviando dos quadros prontos, das telas em branco e das esculturas de todos os tamanhos espalhadas pelo chão, embrenhando-me cada vez mais em seu recanto.

— Vittorio? — repito.

O ambiente é dominado por um silêncio profundo. Não há ruído algum, nada que indique que Vittorio esteja aqui, e mesmo assim continuo a entranhar, como se essas telas fossem as paredes de um labirinto.

Então, sou pega de surpresa por algo que nem nos meus devaneios mais insanos cheguei a pensar. Devagar, ergo a cabeça e giro o corpo em meio a dezenas de telas imensas, meu olhar corre do chão ao teto, admirada, estarrecida, atordoada.

— Meu Deus! O que é isso?

Sou eu em diversas situações; cantando, dançando, sorrindo, dormindo, lendo, no banho, na rua... por vezes sozinha e noutras acompanhada de Vittorio. Levo as duas mãos à boca e continuo a girar, sem saber onde pousar meus olhos.

Agora entendo quando Luigi disse que ele estava produzindo como um louco.

É a coisa mais bela que já vi, retrata paixão, amor, cumplicidade, interação, admiração mútua e tudo o que, de fato, sentimos um pelo outro.

Diante da beleza que esse trabalho imprime, lágrimas não anunciadas correm por meu rosto e banham meu sorriso. Aproximo-me de uma das telas e deslizo meus dedos, buscando me atrelar à imagem de Vittorio e eu sentados na areia de frente para o mar. Nossas cabeças estão viradas de frente uma para a outra e sorrimos com os cabelos ondulados pela brisa, uma mistura de cores opostas e texturas que nos retrata fielmente.

— Como é lindo... — murmuro, secando os olhos.

Como ele pôde imaginar que eu não o enxergaria, que não o amaria por ele ser quem é? Como ele pôde ter esse medo estúpido? Se tudo em Vittorio é exuberante, mágico, puro, é transcendente.

Pego meu telefone para ligar a ele mais uma vez, eu preciso dizer tanta coisa, preciso deixar claro que ele não precisa mais sentir medo, que o coração de Enrico não poderia estar com alguém melhor, que nunca me senti tão feliz e que ele não precisa mais esperar para ouvir que eu o *amo*.

Com o sorriso aberto, espero a chamada completar, então um tinido chega aos meus ouvidos. Aparto o telefone da orelha e começo a acompanhar o som que se assemelha ao toque de seu celular.

Ele está em casa? Penso e, com passadas silentes, começo a subir os degraus para o mezanino do ateliê e chamar seu nome com mais força, mas nenhuma resposta chega. Talvez Vittorio tenha esquecido o celular em casa e então...

— VITTORIO — berro, de repente, escorregando de joelhos pelo chão até estar ao seu lado.

Ele não se move e está com a roupa encharcada de suor.

— Ah, meu Deus! Meu Deus! Meu Deus! Vittorio, Vittorio...

Não sei o que fazer. Tento em vão acordá-lo. Ele não aviva e eu me desespero por completo.

Seguro sua cabeça em meu colo e grito por socorro muitas vezes, esperando que alguém me ouça, mas sei que seu galpão é afastado das outras casas e vai ser quase impossível conseguir ajuda assim.

Com os olhos lacrimejados, busco meu celular, caído no chão ao meu lado.

— Aguenta, Vittorio. Aguenta! — exijo, sem conseguir mais controlar meu choro.

Repouso sua cabeça no chão, com cuidado, e, com as mãos tremendo, digito os três números da emergência. A atendente demora a compreender o que digo, e preciso controlar o embargo em minha voz para me fazer entendida.

— Eu preciso de uma ambulância. É urgente! — suplico.

Ela anota o meu nome, o de Vittorio e o endereço. Depois, afirma que está deslocando uma unidade e pede que eu deixe as portas abertas para facilitar a entrada da equipe médica.

Enquanto ela fala, eu me levanto e corro alucinada até o lado de fora da casa, escancarando o portão de acesso à rua. Na volta, faço o mesmo com a porta principal e acendo todas as luzes. Volto para o lado de Vittorio e me sento no chão, apoiando sua cabeça em meus braços novamente.

— Aguente firme, Vittorio! — rogo, balançando seu corpo ao meu. — Por favor, aguente, aguente, aguente!

Os minutos passam e é como se eles fossem uma eternidade cruel e torturante. Por mais que eu tente falar com Vittorio, ele não me responde.

— Por que você está assim? Meu Deus! Por quê? O que aconteceu? O que aconteceu? — clamo, em pânico.

Ouço o som da ambulância e começo a esgoelar para nos acharem. Ouço passos acelerados e, então, dois homens e uma mulher nos avistam no chão da cozinha. Eles me afastam de Vittorio e iniciam vários procedimentos de emergência, depois colocam-no sobre uma maca e o carregam até a ambulância. Eu saio procurando pela carteira de Vittorio e a coloco na minha bolsa, junto de seu celular. Por fim, pego suas chaves e corro para entrar na ambulância junto dos paramédicos.

— Para onde vão levá-lo? — inquiro.

— O Battito é o mais próximo — um deles diz.

Eu pego o telefone de Vittorio, ainda com as mãos trêmulas e fora de controle, e corro os nomes na lista até encontrar o de Luigi.

— E aí, cara! Que manda?

— Luigi, é a Antonella — aviso.

Ele pigarreia do outro lado da linha.

— Ah! Oi, eu...

— Encontrei o Vittorio desmaiado, estamos numa ambulância indo para o hospital Battito.

Levo uma mão ao peito para sufocar a angústia em vê-lo entorpecido daquela maneira. Dentre todos os transplantados que conheço, Vittorio foi o que aparentou mais vigor e saúde depois da cirurgia. Não entendo por que está assim agora.

— O quê? Como? Estou indo para o hospital também. Ligue para o doutor Luca, é um dos contatos de emergência no telefone de Vittorio.

— Está bem — respondo, encerrando a chamada e procurando pelo nome de seu médico, enquanto sinto as lágrimas manarem mais uma vez.

— Olá, Vittorio, tudo bem? — o médico atende, animado.

— Doutor Luca, é Antonella. Estou indo com Vittorio para o hospital, eu o encontrei desmaiado no ateliê — narro, sem ar.

— Desmaiado? Estão indo para onde? — questiona.

— Battito — respondo.

— Encontro vocês lá — ele diz e desliga.

Os paramédicos conversam entre si, enquanto monitoram Vittorio, e eu não entendo quase nada do que dizem.

— Ele está bem, não está? — indago, chorosa.

— Fique calma, vai dar tudo certo.

A ambulância continua a seguir em alta velocidade e, poucos minutos depois, estamos no hospital. Assim que saio do carro, um médico corre em nossa direção, com os óculos na ponta do nariz e os cabelos brancos numa desordem total.

— Antonella? — pergunta, tirando um estetoscópio do pescoço.

— Sim — falo, perdida em meio aos profissionais.

— Sou o doutor Luca. Espere na recepção, assim que possível eu desço para falar com você.

Aceno com a cabeça, enquanto ele desaparece porta adentro, acompanhando os paramédicos e Vittorio, inconsciente na maca.

Levo as mãos à cabeça e me sinto perdida, sem saber o que fazer ou o que pensar, conforme o pânico toma conta de mim mais uma vez.

— Antonella?

Ergo a cabeça e encontro Luigi, pálido e ofegante.

— Luigi, ele...

Não consigo continuar a falar e choro, abraçando-o.

— Calma, onde ele está? — pergunta.

— O doutor Luca está com ele, seguiram para a emergência. Assim que possível o doutor vem falar conosco — digo, lastimosa.

Luigi passa uma mão pelo cabelo e apoia a outra na cintura.

— Puta merda, como isso aconteceu? Preciso avisar a mãe dele — fala, tirando seu telefone do bolso. — Vá para a recepção que eu te encontro lá.

Ele se afasta e eu procuro um assento na recepção.

Minha cabeça começa a girar e é como se eu estivesse vivendo tudo outra vez, todo o desespero e a desolação de quando Enrico morreu. Meu peito dói e não consigo respirar. Não saber o que está acontecendo me traz uma sensação de afogamento. Estou submersa no medo de perdê-lo também. Sinto como se tivessem me jogado num lago gelado, escuro e profundo, emaranhada em musgos que se envolvem em minhas pernas, tragando-me para o fundo, sem me dar chance de respirar.

— O que aconteceu entre vocês, Antonella? Vittorio saiu correndo da festa no Salute e depois me ligou para buscá-lo em frente à sua casa. Ele estava um trapo, todo molhado e chorando, mas não me disse o que houve — questiona, assim que volta ao meu lado.

Choro com ainda mais força ao ouvir seu relato.

— Ah, Deus! — Escondo meu rosto entre as mãos, antes de conseguir falar. — Você sabe quem é o doador do coração dele? — examino.

— Não, nem ele — responde, seguro.

— É do meu falecido namorado. Ele sabia disso e escondeu essa informação de mim, e por isso nós brigamos. Mas eu não queria que Vittorio ficasse doente, juro que não queria...

— Puta merda! É sério isso? — questiona, com os olhos arregalados.

— Sim — falo, escorregando meu corpo na cadeira, desesperançosa.

— Ei, acalme-se! Não é sua culpa.

Luigi volta a me abraçar e afaga minha cabeça. Eu me permito aconchegar em seu ombro. O medo de que algo pior aconteça grita em meus ouvidos, grita dizendo-me que tudo o que está acontecendo é por minha causa.

— Oi — diz o médico ao se aproximar, tirando a touca descartável de sua cabeça.

— O que ele tem? — perguntamos em uníssono.

— Estou aguardando o resultado das análises de sangue e radiográficas, mas, pelo exame clínico, acreditamos que seja uma infecção respiratória. Vittorio não está bem, vamos ter de monitorá-lo na UTI por conta da febre alta, baixa saturação, queda de pressão e alteração do nível de consciência.

— UTI? Infecção? Mas ele estava bem — Luigi diz, agnóstico, enquanto eu sinto minhas pernas fraquejarem e me apoio mais nele.

— Vittorio toma todos os dias uma quantidade muito grande de imunossupressores. Esses remédios servem para manter seu sistema imunológico desligado para não atacar seu novo coração — explica o médico.

— Sim, eu sei disso, mas ele estava bem... — Luigi contrapõe.

— Nosso corpo é programado para se defender de qualquer agente invasor. É assim que nos recuperamos de uma gripe, por exemplo. No caso de Vittorio e de qualquer transplantado, os remédios que tomam servem para desligar a defesa do organismo. Os doentes imunodeprimidos não conseguem se proteger, uma gripe pode evoluir para uma pneumonia muito rapidamente e as infecções são a principal causa de mortalidade em transplantados.

— Pneumonia? — pergunto.

— Essa é a principal suspeita. É possível que ele precise ser ligado a ventiladores.

— Foi a chuva? — pesquiso, encarando o médico.

— Ele ficou na chuva? — doutor Luca inquire.

— Sim — murmuro, baixando a cabeça.

— Uma chuva não é capaz de causar isso, independentemente de a pessoa ser ou não transplantada, mas o resfriamento abrupto da temperatura corporal sim. Ela pode fazer com que um vírus ou uma bactéria oportunista se desenvolva e o ataque. A questão é que Vittorio não tem glóbulos brancos suficientes para combater qualquer contaminação, então, no caso dele, tudo é potencializado e pode tomar grandes proporções.

Doutor Luca nos explica cada detalhe com tranquilidade, buscando nos acalmar, mas não funciona. Luigi continua abraçado a mim, tão preocupado quanto eu.

— Eu posso vê-lo? — indago.

— No momento, não. Ninguém poderá vê-lo até o horário de visitas amanhã. Bom, até agora é só o que tenho para dizer. Saibam que estarei com ele durante essa noite, monitorando sua situação de perto.

Doutor Luca afaga meu ombro e sorri com os óculos deslizando na ponta do nariz, eu apenas aceno com a cabeça, sem ânimo para pronunciar qualquer palavra.

Solto-me de Luigi e me sento outra vez, com os olhos fechados, buscando controlar o temor que rege cada célula do meu corpo. Em pensamento, imploro para que Vittorio lute, lute a todo custo para arredar qualquer coisa que possa tirá-lo desse mundo, tirá-lo de mim.

— Onde ele está? — Ouço o grito de uma mulher e abro os olhos.

Não preciso perguntar para saber que é a mãe dele, com os cabelos louros soltos e desarranjados, como se tivesse acabado de sair da cama.

— Ele está na UTI — informa Luigi, com a voz embargada, e a mulher desaba, apoiando-se nele e em um homem de cabelos grisalhos e profundos olhos azuis.

— Calma, Martina! — diz o homem, que suponho ser o pai de Vittorio.

— Ele está com pneumonia, o doutor Luca estava conosco agorinha mesmo, disse que está cuidando de tudo. Ele vai passar a noite toda com Vittorio.

— Ah, não! Meu filho, meu filho, tudo de novo não, eu não vou aguentar — ela pranteia, com o marido carregando-a até uma das cadeiras.

Eu assisto aos três em silêncio, com meus lábios tremulando, os olhos embaçados e manando lágrimas contínuas. Não há nada que eu possa dizer para amenizar essa situação e é melhor que eu permaneça invisível, que não me enxerguem e não perguntem nada. Não existiria momento pior para nos apresentarmos.

Luigi se desdobra tentando acalmar a mãe de Vittorio e chega uma hora em que não consigo mais acompanhá-los, porque é tudo tão parecido com quando Enrico foi embora, a dor de uma família diante de uma notícia súbita e avassaladora.

Sem que eles percebam, eu me levanto e passo pela porta, a noite me recebe e sento-me na calçada, com os cotovelos apoiados nos joelhos, tentando limpar minha mente dos pensamentos angustiantes de um passado recente.

Abro minha bolsa e retiro meu telefone procurando pelo número de Chiara. Sem pensar em mais nada, completo a ligação.

— Alô! — ela diz, vacilante, depois do terceiro toque.

— Oi, Chiara — falo, ainda com a voz fraca.

Minha cabeça parece pesar uma tonelada e meus olhos ardem pelas lágrimas salgadas que descem sem cessar desde que entrei na casa de Vittorio.

— Antonella, minha amiga... — ela começa, emocionada por eu ter ligado. Desde o dia em que descobri tudo nós não nos falávamos.

É muito difícil entender as escolhas dos outros, é ainda mais difícil quando essas escolhas não condizem com as nossas. É fácil ter a amizade de alguém que concorda com você o tempo inteiro, contudo é um exercício devotado ser amigo de alguém que enxerga além de você, além de seus desejos, alguém que não tem medo de dissentir e lhe fazer enxergar por outros prismas.

— Ele está na UTI — conto, sentindo o pranto reprimido na garganta.

— Vittorio? O que aconteceu? — interroga, aflita.

— Sim, o encontrei desmaiado em sua casa. E agora o doutor Luca o levou para a UTI e disse que ele está com pneumonia. Eu não sei o que fazer — digo, segurando o som do choro.

— Como assim?

— É culpa minha, eu o deixei na chuva — exponho, enquanto seguro o telefone com uma mão e seco meus olhos com a outra. — Ele queria que eu o visse, mas naquela hora eu só estava vendo o coração de Enrico, o coração que me esconderam. E, por minha culpa, Vittorio pode morrer também.

Ouço Chiara suspirar paciente, resignada, do outro lado da linha.

— Antonella, como isso pode ser sua culpa? É claro que não é. O que está acontecendo com ele é uma fatalidade. Vittorio tem consciência de sua condição e sabe até onde pode ir com o próprio corpo. Não se culpe por algo assim, minha amiga. Espere um minuto, eu vou ligar para o doutor Luca e tentar mais informações, ok? — ela profere e desliga o telefone.

Olho para o alto e vejo as luzes da cidade, piscantes e caóticas. Como em toda metrópole, as pessoas passam por mim, conversando e sorrindo, sem se importar com o motivo pelo qual eu esteja chorando no chão. Ninguém se importa. Todos continuam com seus passos, cada um vivendo em sua própria cápsula.

Somos milhões e, mesmo assim, estamos sozinhos.

Fecho os olhos e reflito sobre como é especial o fato de Vittorio ter me encontrado. Como numa aglomeração humana desmedida, ele me achou. Não me interessa mais se foi proposital ou o acaso, isso não tira o brilho único e raro de termos nos descoberto numa cidade apinhada de gente que se desconhece.

O coração em seu peito, que um dia foi de Enrico, agora é dele e somente dele, colorido como seu sorriso, uma paleta com uma infinidade de tons e nuances. Não vou mais me permitir sofrer pelo passado. A partir de agora, só vou deixar que meu amor me guie pelo futuro.

Sorrio ao lembrar do sonho tão vivo que tive. Vislumbrar Enrico em paz, mesmo que num sonho, foi como o aval de que precisava para seguir adiante e agarrar com as duas mãos a felicidade que Vittorio já provou me trazer.

Eu não sou de me apegar e acreditar em sonhos, mas não posso negar que Enrico me ajudou a salvar Vittorio. E se Enrico está em paz, não há motivo para que eu não fique também.

Antonella

— Você não vai vir? — Luigi pergunta ao telefone.

— Não! É pouco tempo de visita e eu não quero tirar isso dos pais dele — justifico, por não ter entrado em nenhuma das visitas a Vittorio até agora.

— A visita já está liberada durante todo o dia, Antonella.

Faz treze dias que ele está internado, sendo que oito desses dias foram na UTI. Luigi e Chiara são as pessoas que me mantêm informada, todos os dias descrevendo a evolução clínica de Vittorio.

— Ele perguntou por mim? — questiono.

Alguns segundos de silêncio antecedem a resposta de Luigi.

— Sim, perguntou algumas vezes quando acordou. Mas já faz alguns dias que não pergunta mais... — segreda.

Aperto os olhos, sentindo meu peito doer. O que eu mais quero é correr para dentro daquele hospital, pular sobre sua cama e dizer com todas as palavras tudo o que eu sinto.

— Quando ele terá alta? — pergunto.

— Ontem o doutor Luca disse que ele estará liberado em alguns dias. — É possível notar que Luigi conta a novidade com um sorriso no rosto.

— Os pais dele estão no hospital?

— Sim, Martina não o deixou nem por um minuto e com certeza não vai sair do lado dele por um tempo, mas isso não impede que você venha.

Talvez Luigi tenha razão. Ainda assim, o que eu diria ao conhecê-la? Como me apresentar numa situação dessas, com tantas variáveis?

— Obrigada, Luigi.

Chiara aceitou-me novamente no trabalho, entendendo as razões pelas quais eu descobri a verdade. No entanto, quando chego ao centro, não consigo me concentrar no trabalho. Tenho tanta saudade de Vittorio que chego a sentir meu peito apertado, dolorido, sem ar. Trabalho até depois do almoço e não consigo mais ficar aqui.

Deixo um recado na mesa de Enzo e vou até o distante bairro onde Vittorio vive. Uso a chave que ficou em minha bolsa no dia em que o encontrei desmaiado para entrar em seu ateliê.

Em meio à escuridão e ao silêncio, vou até os fundos e me sento no chão, admirando o conjunto de quadros que nos retrata com tanta fidelidade. Ao contemplá-los, minha mente se perde, fantasiando Vittorio circulando de um lado ao outro, com seus pincéis nas mãos, sujo de tinta e com o olhar atento e dedicado a cada pincelada. Ao imaginá-lo assim, sinto como se ele estivesse mais perto de mim, construindo essas obras feitas com muito mais que talento e tinta, porque somos nós dois, unidos por algo muito mais profundo.

Vejo uma tela em branco e algumas tintas e pincéis pelo chão. Num ímpeto, resolvo fazer um presente para ele. Ele tinha tanta expectativa para saber de meus sentimentos e eu precisei estar a ponto de perdê-lo para me dar conta da intensidade do que sinto.

Pego um pincel com cerdas firmes e o mergulho em uma tinta vermelha. Então, começo a escrever na enorme tela em branco, um soneto simples e revelador, puro e crédulo, como há de ser o nosso amor.

Resguardada em meu temor
Infestada de rancores
Decaída em dissabores
Ouviste então meu clamor

Sabes qual o teu condão?
Abraçar-me com as cores
Inundar-me de frescores
Mostrar-me que há sim perdão

Que nada mais te amoleste
Conserva-te em esplendor
Tinja-me em teu azul-celeste

Teu querer não é rumor
Ouvirá meu grito a leste
A ecoar que o amo, meu amor

Finalizo e me sento de frente à tela com o pincel na mão. Leio infinitas vezes, ponderando letra a letra, cantando-o em minha mente, refletindo se será o suficiente para Vittorio acreditar no que sinto por ele.

Nesse momento, meu celular toca e vejo o nome de Chiara.

— Oi — sussurro, para não fazer barulho, pois quanto mais silenciosa minha estadia aqui, mais conectada ficarei a ele.

— Vittorio teve alta. Não é maravilhoso? Onde você está?

— Alta? — indago, subindo minha voz em alguns decibéis.

— Sim, acabei de falar com o doutor Luca e ele me disse que liberou Vittorio no fim da manhã.

E assim que Chiara acaba de me dar a notícia, ouço várias vozes entrarem no ateliê.

— Ainda bem que tenho uma cópia das chaves. Não encontrei a sua em lugar nenhum, Vittorio. — Ouço a voz de Luigi dizer.

Desligo e coloco o celular no bolso, começando a procurar por um lugar para me esconder.

— Não posso deixar você aqui sozinho, Vittorio. Isso é loucura, você acabou de sair do hospital — sua mãe rezinga com autoridade.

— Pode ficar tranquila, Martina. Eu vou ficar com ele. — Escuto a voz de Luigi.

Meu Deus, para onde eu vou? Giro o corpo, sem saber para qual lado seguir. O galpão do ateliê é grande, mas eu não sou transparente e as vozes deles estão cada vez mais perto. Olho para trás e não vejo nenhuma saída. A entrada principal é a única forma de entrar ou sair.

— Quem é você? — Escuto atrás de mim e aperto os olhos, franzindo a boca.

Viro o corpo e vejo a mãe de Vittorio com a cabeça inclinada e a testa franzida.

— Oi — falo, aproximando-me.

E, então, eu o vejo. Eu finalmente o vejo.

— Vittorio — sussurro seu nome assim que ele para atrás da mãe, com Luigi ao seu lado.

Nossos olhares se encontram e não se desprendem. Vittorio usa um moletom branco com capuz, como se estivesse se escondendo do mundo ao seu redor.

— Você a conhece? — a mãe pergunta e eu volto minha atenção para ela.

— Sou Antonella — falo, estendo-lhe uma mão.

— Antonella? A garota que o achou desmaiado? — averígua, segurando minha mão.

Ela rompe um largo sorriso e se aproxima de mim, recusando minha mão, esticando os braços e me sugando para seu abraço fraterno. Sem muita opção, acabo por me aconchegar nele.

— Obrigada, você salvou meu filho. Se você não o tivesse encontrado, Vittorio estaria morto a uma hora dessas.

Ela agradece incansáveis vezes, repetindo as mesmas palavras, e eu sinto um alívio enorme. Um peso é arrancado das minhas costas.

— Como você entrou? — ela pergunta, olhando de mim para Vittorio.

— Eu fiquei com a chave dele... — Aponto para Vittorio. — No dia da internação, acabou ficando na minha bolsa, e quando soube que ele teve alta eu vim até aqui para devolver e saber se ele está bem.

Começo a me sentir constrangida com Vittorio sem dizer qualquer palavra, e ergo as chaves colocando-as sobre o cavalete mais próximo.

— Bom, eu... — Indico a saída e começo a andar, sorrindo ao passar por sua mãe.

— Espere! — Vittorio diz, com firmeza, fazendo-me estancar os pés no chão. — Luigi, você pode levar minha mãe para casa, por favor? — ele termina de dizer.

— Eu não vou embora, vou ficar alguns dias por aqui. Vou preparar alguma coisa para você comer... E esse cheiro de tinta? Para quem teve uma pneumonia, não sei se este lugar é bom. Talvez fosse melhor você ficar em casa... — Martina desembesta, arregaçando as mangas.

Eu olho para todos e me mantenho estática e em silêncio. Vittorio ignora o que a mãe diz e não tira os olhos de mim, eles me atravessam, tamanha a magnitude daquelas bolas azuis.

— Luigi — Vittorio insiste.

— Está me mandando embora? — sua mãe contesta, aguerrida.

— Martina, acho que eles têm uns assuntos para resolver. Que tal irmos para sua casa e você me preparar um bolo de nozes com doce de leite? No caminho a gente pode ir conversando e eu te conto o que está havendo, o que acha? — Luigi apoia uma mão nas costas de Martina e começa a caminhar em direção à saída, levando-a consigo, mesmo que ainda contrariada.

Assim que os dois passam pela porta, a quietude do local volta a nos abraçar, ambos de pé com o olhar fixo, sem proferir uma palavra sequer. Tenho medo de ser a primeira a falar, tenho medo de que ele diga que tudo mudou, que seus sentimentos não são mais os mesmos e que sua intenção de não se separar de mim tenha deixado de existir.

Depois de alguns minutos, ele olha para trás e vê o quadro que acabei de pintar. Vittorio caminha lento até ele e toca a tela, percebendo que a tinta ainda está molhada. No final da leitura, vejo-o fechar os olhos e baixar a cabeça.

— Você os viu? — pergunta, por fim.

— Os quadros? Sim, eu os vi no dia em que encontrei você desmaiado.

Vittorio me olha por sobre os ombros durante breves segundos e volta a falar.

— Sabe o que eles significam? — pergunta, duvidoso.

Eu poderia falar por dias a fio sobre os que aqueles quadros significam para mim, detalhar cada sentimento, cada emoção que nos ver pintados naquelas telas me trouxe.

— Sim — respondo, objetiva.

— É verdade? — questiona, sem me olhar.

— O quê?

— Essas palavras? — indaga, virando-se para mim, com uma mão apontada para o quadro onde transcrevi o poema.

Vê-lo de pé, corado e tão diferente daquele Vittorio que encontrei nesse lugar treze dias atrás, faz meu coração bater desacertado, avassalado, conquistado. Cada batida me acerta com força, fazendo-me dar um passo à frente. Meu coração está esgotado pela distância, estafado pelos dias em que estamos longe um do outro.

— Sim, elas são — confirmo, encurtando os metros que nos separam.

Por fim, a extensão entre nós desaparece e eu ergo minhas mãos para segurar seu rosto, perscrutando cada pedaço de pele, sentindo a desopressão do meu peito.

— Eu achei que você iria me deixar também — murmuro, bloqueando o embargo em minha voz, incapaz de controlar as lágrimas em meus olhos. — Eu senti tanto medo quando encontrei você aqui, caído, inconsciente. Eu vi os quadros poucos segundos antes de te encontrar. Assim que os vi, meu coração se encheu de alegria e a amargura que eu sentia abrandou. Eu estava me sentindo traída, confusa, mas eles... — aponto para os quadros nos quais somos os personagens principais — são o retrato fiel do que somos um para o outro. Uma ligação tão profunda, impossível de ser rompida. Essas telas relatam a admiração, a cumplicidade, a vontade de sempre estarmos junto. Sinto-me feliz pelo coração de Enrico estar no seu peito, pois não existiria pessoa melhor para recebê-lo. Mas quero que saiba que não é isso que me faz ver você, que me faz querer estar com você, Vittorio. É você quem faz isso, é a sua forma de ver o mundo, é a sua forma de olhar para mim, é o seu sorriso e a brandura que carrega na alma. É tudo isso que me faz querer você.

Vittorio tem os lábios entreabertos e o peito arfante, à medida que me permite falar tudo o que preciso.

— Talvez se você tivesse me dito a verdade antes, nada disso teria acontecido e você não teria ficado tão doente. Isso foi o que mais me assustou, Vittorio. Por Deus, eu quase morri de tanto susto — queixo-me, soltando seu rosto para secar meus olhos.

Ele suspira, soltando o ar preso em seus pulmões recém-curados.

— Eu pensei que nunca mais fosse te ver, Antonella. E doeu tanto, tanto... — Ele aperta os olhos para expressar a medida de sua dor.

Ergo um dedo para selar seus lábios.

— Não precisa doer mais, nem em você nem em mim...

Vittorio não espera que eu continue a falar. Com determinação, ele segura meu rosto e leva minha boca até a sua. No instante em que nossos lábios se tocam, é como se o chão sob os meus pés desaparecesse, é como se eu estivesse flutuando, amparada apenas por seus braços, que me protegem e me guiam por essa revoada que canta à nossa volta.

Ele não recua, e sua língua se apodera da minha boca com apetite, cheia de desejo, reivindicando o espaço só para si. Uma de suas mãos escorrega pelas minhas costas e aperta minha cintura, enquanto a outra empunha meu pescoço, fundindo-nos, sem deixar que nada ouse nos separar.

Arquejamos um contra os lábios do outro, com nossos corpos se dissolvendo, quase como o magma que liquefaz tudo o que encontra pelo caminho. É assim que ele derrete o coração em meu peito, tomando para si toda a minha paixão, tomando para si tudo o que sou, sem dúvidas, sem temores, sem nada que nos aparte do destino que nos uniu.

Vittorio não cessa e seu beijo deixaria qualquer garota totalmente enfeitiçada, assim como eu, tomada pela magia. Eu tento respirar, sem separar nossos lábios, puxamos oxigênio para que ele se misture e faça parte dessa orquestra regida pelo desejo e pela vontade de fundirmos nossos corpos, corações e almas.

E quando saciamos o mínimo do que nos consumia, aos poucos, nosso beijo se torna mais lento, terno, carinhoso.

— Eu senti tanto a sua falta — Vittorio diz, com meu corpo colado ao dele.

— Também senti — retorno, dizendo a verdade. — Sua mãe sabe sobre nós?

— Ainda não. Mas Luigi vai se encarregar de contar tudo a ela — ele diz, acariciando minha face.

Vittorio ergue o olhar além de mim e encara o quadro que escrevi. Viro-me também para encarar a tela e ele laça minha cintura, abraçando-me por trás, apoiando a cabeça em meu ombro.

— Acho que vou inserir esse quadro que você acabou de fazer na minha exposição.

— Ah, é? Então, eu tenho algum futuro como artista plástica? — pergunto, girando o corpo novamente para ficar de frente para ele.

— Talvez. E eu achava que você só queria saber de cantar... — diz com um sorriso lindo no rosto, daqueles que dá vontade de tirar uma foto e emoldurar.

— Eu posso ser tudo o que eu quiser — respondo, sorrindo e fisgando seu pescoço.

— Sim, você pode — Vittorio diz, levando-me para mais perto das telas onde somos os protagonistas. — Sabe o que mais gosto nesse trabalho? — ele continua a dizer.

— Não, o quê?

— Da força que essas telas transmitem, dizendo ao mundo que todas as cores são majestosas e como nosso amor vai além do que é visto pelos olhos.

Sorrio ao ouvi-lo dizer, sentindo-me orgulhosa. Vittorio tem razão. Nossa ligação é profunda demais para se ater ao que é visto pelos olhos, as cores mais importantes estarão para sempre em nossos corações.

— As cores do coração — murmuro.

— As cores do coração... — ele repete, com os olhos fixos nos meus.

Epílogo

24 meses depois

— Você está com medo? — Vittorio pergunta.

— Claro que sim! Ah, meu Deus e se eu esquecer a letra das músicas? — pergunto, balançando meus braços em pânico.

— Você improvisa, canta um lá, lá, lá... — diz, rindo do meu desespero.

— É sério? Sua namorada está a ponto de ter uma crise nervosa e você está tirando sarro?

Vittorio puxa uma cadeira no camarim improvisado nos fundos do palco do *Festival Colori de Música*, o mais importante de Vita, e se senta, gargalhando.

— Antonella, pelo amor de Deus, você acha mesmo que vai esquecer a letra das músicas? Você está ensaiando horas e horas todos os dias há pelo menos uns dois meses.

Olho-me no espelho, ajeitando meu cabelo, deixando meus cachos soltos, volumosos e livres. Meu vestido é longo, amarelo e florido, com um caimento perfeito para acompanhar meus movimentos conforme eu estiver dançando no palco.

— Sei disso, mas estou nervosa. Caramba, é a primeira vez que vou cantar para tanta gente. E, além disso, Luigi disse que chamou uns amigos de uma gravadora para me assistir. Ele não deveria ter me contado, agora estou ainda mais ansiosa.

Vittorio cruza os braços e revira os olhos, segurando o riso.

— Você não tem que se preocupar com o público, preocupe-se apenas com a música que sairá do seu coração, sinta-a em sua alma e cante como se somente *eu* estivesse olhando você no meio de toda a multidão.

Viro-me, encarando seu rosto, e sorrio. Vittorio sempre me encoraja. Ele sempre tem o melhor para me dizer, para me dar força e seguir adiante em meus sonhos.

Caminho até ele e me sento em seu colo, ouvindo a cadeira ranger com nosso peso.

— Eu amo você, sabia disso? — falo, beijando de leve seus lábios para não borrar meu batom.

— Faz tempo que você não diz, eu achei que não me amava mais — diz, tentando aprofundar nosso beijo.

— Vai estragar minha maquiagem — informo, sorrindo, contra seus lábios. — Como pode achar que um dia vou deixar de te amar?

— Toda vez que diz, é como se a mais bela melodia ressoasse até meus ouvidos — fala, apertando minha cintura com mais firmeza. — Eu também te amo, mas agora vai se levantando ou entrará no palco com essa maquiagem e roupa destruídas.

Começo a rir e volto para a frente do espelho, girando meu vestido. Estou num misto de alegria e medo, embora não possa negar que a alegria predomine. É inacreditável que esse dia tenha chegado e que seja real.

A coisa começou a ficar séria depois que Vittorio me chamou para cantar na abertura de sua vernissage "As cores do coração", cerca de um ano atrás, onde ele expôs todas as telas em que éramos os astros. Os quadros fizeram tanto sucesso que introduziram seu nome num circuito de novos talentos com reconhecimento nacional, que, em pouco tempo, será internacional, já que Vittorio recebeu convites para expor em outros países.

Foi mágico o momento em que entrei no pequeno palco e comecei a cantar. Os convidados não esperavam uma performance musical em meio a uma exposição de arte e ficaram admirados, em parte por descobrirem que eu não era apenas a inspiração das pinturas de Vittorio, mas também a musa de sua vida.

Eu estava ali cantando, focada apenas em Vittorio, usando-me das letras daquelas músicas para declarar a ele todo o meu amor. Então, desde aquele dia, passei a receber vários convites para cantar em eventos e festas. Agora, equilibro a rotina como cantora com meu trabalho no Salute. Eu nunca abandonarei meu lugar no centro. Prossigo, na batalha de levar, ao maior número de pessoas, a importância da doação de órgãos, e agora eu tenho mais motivos para fazê-lo, primeiro pela quantidade de pessoas que Enrico amparou e segundo por Vittorio ser a prova viva de como uma decisão altruísta num momento de dor pode mudar o rumo de uma história.

— Antonella, Antonella... — Luigi entra gritando no camarim que dividimos com outros artistas e diz. — O dono da galeria mandou um vídeo seu cantando para um dos gerentes da terceira maior gravadora do país e ele também estará aqui hoje.

Luigi agarra minha mão e vibra de felicidade, enquanto eu sinto minhas pernas tremerem como bambu no vendaval.

— Ah, droga! Agora ela surta de vez — Vittorio diz, rindo.

— Por que você insiste em me contar essas coisas? Como posso cantar sabendo que estou sendo avaliada?

Luigi solta minha mão e franze a testa.

— Pensei que ficaria feliz em saber, porque os caras que eu trouxe são peixes pequenos perto de quem o dono da galeria trouxe.

Vittorio esfrega a testa, tentando conter a risada, enquanto Luigi divide seu olhar entre nós dois, com confusão no rosto.

— Antonella, dez minutos! — Um homem com uma ficha na mão e um fone de ouvido na cabeça anuncia.

— Deus do céu! — murmuro, respirando fundo, numa tentativa vã de me acalmar.

— Vai dar tudo certo, fica tranquila. Se servir de consolo, antes de Vittorio se tornar um dos dez artistas plásticos mais respeitados do país, ele também morria de medo de as pessoas não gostarem do seu trabalho.

— Eu? — brinca Vittorio, e eu lhe ofereço um olhar enviesado. — Ah, sim... é verdade, eu ainda me sinto assim... — ele completa, abrindo um sorriso ao final.

— Você vai arrasar. Sua família veio? — Luigi pergunta.

— Sim, chegaram de viagem ontem. Estão todos lá fora, meus pais, tios, primos, Chiara, Dona Sofia e Enzo. Se eu errar, será um vexame completo — profiro, escondendo o rosto entre as mãos.

— Você não vai errar, e não se cobre tanto, apenas cante como sempre faz — Vittorio fala, tomando meu rosto para beijar suavemente meus lábios.

Aceno com a cabeça e me despeço deles, que seguem para a plateia, enquanto vou em direção ao palco. Nos bastidores, existe outro tipo de multidão, músicos e assistentes que correm de um lado ao outro, trabalhando para que tudo ocorra como planejado.

Eu não tenho meus próprios músicos, assim como vários outros artistas; por isso, o evento disponibiliza uma banda. Ensaiamos juntos por umas cinco vezes, então eles já estão familiarizados com as músicas que escolhi.

Fecho os olhos e me concentro nesses minutos finais, acalmando meu coração e sintonizando-o com esse momento que será um dos mais incríveis de minha vida.

— Antonella Galli! — Ouço o apresentador entoar com animação meu nome e abro os olhos, caminhando com os passos certeiros e firmes em direção ao microfone no meio do imenso palco.

Meu sorriso toma conta de todo o rosto, não há músculo em mim que não esteja tensionado quando vejo a quantidade de gente assoviando com a minha entrada. Sinto meu coração vibrar na mesma sintonia dos brados da multidão.

E, antes que eu possa me apresentar, os acordes da primeira canção começam a ecoar e eu olho para trás vendo os músicos acenarem com a cabeça para que eu não perca a entrada da composição. Meu corpo todo estremece, um agitar constante. No entanto, engulo o medo de errar e me muno de toda a coragem que me fez chegar até aqui. Aceno também, mostrando-lhes que estou pronta, e giro meu corpo para a multidão.

As pessoas se entusiasmam quando reconhecem a música "(You Make Me Feel Like) a Natural Woman". Procuro por Vittorio no meio de todos e o encontro próximo ao palco, ao lado de Luigi e todos os outros, inclusive meus pais, que sorriem como se essa fosse a primeira vez que me veem cantar. Sorrio de volta e aproximo o microfone da boca, entoando a canção.

Looking out on the morning rain
I used to feel so uninspired

Observo o amontoado de gente e todos eles cantam comigo, um coral de vozes distintas que colaboram para que eu me entregue ainda mais à música que escolhi como lema para a minha nova vida ao lado de Vittorio. Os brados se juntam à minha voz e ao som dos instrumentos que reverberam em meus ossos, fazendo-me cantar com sentimento, aspiração e toda a minha alma.

Quando o refrão chega, abro meus braços e deixo que o poder e o alcance da minha voz voem além desse palco, além dessas pessoas, além desse festival. A deixo voar livre como um pássaro que viaja entre os continentes.

You make me feel so good inside
And I just want to be close to you
You make me fell so alive
Cause you make me feel
You make me feel
You make me feel like a natural woman...[5]

---

5. Versão traduzida do trecho da música "(You Make Me Feel Like) a Natural Woman", Aretha Franklin: Olhando a manhã chuvosa/ Eu costumava me sentir sem inspiração [...]/ Você me faz sentir tão bem por dentro/ E eu só quero ficar perto de você/ Você me faz sentir tão viva/ Porque você me faz sentir/ Você me faz sentir/ Você me faz sentir como uma mulher natural...

O medo de errar desaparece e minha potência vocal alcança níveis que nem eu mesma sabia que era capaz de alcançar, porque a liberdade que domina minha alma é imensa e vaza por todos os cantos, fazendo com que eu me sinta tão forte e amada quanto Aretha quando interpretou essa canção.

Assim que entono a última palavra, abro meus olhos e encontro a plateia à minha frente vibrando, enlouquecida. Começo a sorrir e agradecer a todos, e quanto mais me curvo em agradecimento mais eles estrondeiam.

Volto a procurar Vittorio em meio à multidão e o vejo sendo abraçado por Luigi e Dona Sofia, enquanto Enzo e Chiara pulam e gritam com os braços para o alto, ao lado da minha família, que faz um alvoroço, assoviando com os dedos na boca.

E antes de cantar a próxima música, eu avalio os dias em que achei que nunca mais seria feliz. Eu estava errada, muito errada.

Nota da autora

Segundo a ABTO — Associação Brasileira de Transplante de Órgãos, em dezembro de 2018, havia 33.454 pessoas na fila do transplante no Brasil. Um número alto e alarmante. Estas são pessoas que não sabem por quanto tempo mais vão viver, pessoas que dependem exclusivamente da decisão de outras famílias que também estão passando por um momento de abalo profundo.

Neste mesmo ano, o Brasil registrou cerca de 10.778 notificações de possíveis doadores. Mas, desse número, 43% das famílias negaram a doação. Talvez por falta de informação, talvez por medo, talvez por questões religiosas. Então, se você sabe que doar é salvar outras vidas, deixe seu desejo claro.

Alguns dizem que apenas pensar nisso pode trazer mal agouro, mas te garanto que não traz. Minha família sabe abertamente do meu desejo em doar meus órgãos há muitos anos, muitos mesmos, mais de vinte tenho certeza, e isso não me trouxe nenhum mal agouro, estou muito bem e saudável. Mas... se um dia algo acontecer, meu desejo absoluto é o de salvar outras vidas.

Agradecimentos

Desde que transpassei as linhas que me separavam de somente uma leitora voraz para uma leitora voraz e escritora de romances, mulheres notáveis passaram a fazer parte da minha caminhada.

Meus leitores, que em sua maioria absoluta são *leitoras,* acolhem meu trabalho de maneira incondicional, torcendo e vibrando ao meu lado em cada conquista. A cada mensagem de incentivo que recebo, fico com os olhos cheios d'água por elas me lerem com tanto entusiasmo. Agradeço em especial às queridas leitoras do *Clube da Dani,* obrigada por todo apoio e carinho.

À minha agência Increasy, aquelas quatro mulheres que a gente ama de cara e que fazem um trabalho extraordinário. Em especial à minha agente Alba Milena, que me ajuda a produzir os melhores textos e não tem noção do quanto a admiro como: mulher, mãe e profissional. Obrigada.

Eu nunca vou esquecer do dia em que recebi uma mensagem dizendo "Olá, Dani, como vai? Meu nome é Renata Sturm...". Descobri algum tempo depois que tenho hipertensão arterial estágio 2 e acho que tudo começou nesse dia, porque no mesmo instante em que li a mensagem o meu coração deu um duplo twist salto carpado, hehehe! Muito obrigada, Renata, por acreditar que essa história merecia um espaço e permitir que ela pudesse agora alcançar um número incrível de leitores pelo Brasil. Nunca vou te agradecer o suficiente, mas espero que as palavras eternizadas nessa página cheguem perto de expressar a gratidão que sinto por você.

Não posso deixar de mencionar também Diana Szylit e Luiza Del Monaco que, em uma conversa informal durante a Bienal do Livro, abriram meus olhos para entender que tudo o que fazem é para deixar as histórias cada vez melhores e ali ganharam toda a minha admiração e respeito. Obrigada, meninas, pela dedicação a este livro.

Agradeço também à amiga Raquel Cazes, que de uma leitora querida se transformou numa amiga especial que está sempre ao meu lado, obrigada por sua amizade.

Um beijo estalado nas bochechas de Juliana Dantas e Lola Salgado que dividem essa casa editorial comigo. Tenho uma enorme dificuldade em chegar a novos ambientes e convívios, mas vocês são sempre tão fofas e receptivas que as tenho guardadas em meu coração.

O que dizer também da recepção que tive da equipe HarperCollins (quase tive um novo pico hipertensivo quando Raquel Cozer se apresentou a mim). Foi uma alegria indescritível conhecer todas vocês.

Um agradecimento especialíssimo às Embaixadoras Harlequin, vocês elevaram o trabalho a um novo nível; a dedicação, a participação, o acolhimento que nos dão não podem e não devem passar em vão. Vocês são mais que demais!

Por fim, agradeço a cada mulher que fez parte dessa história desde sua concepção até a finalização. Alguns ainda duvidam de até onde uma mulher pode chegar; eu digo que podemos chegar onde quisermos.

Esse livro foi embalado por diversas canções. Para ouvi-las, basta abrir o seu aplicativo do Spotify.

Para reproduzir conteúdo a partir do código do Spotify:

- Entre no seu aplicativo Spotify e toque em **Buscar** no menu na parte inferior da tela.
- Toque no ícone de câmera .
- Se ainda não tiver permitido o acesso do Spotify à sua câmera, toque em **ESCANEAR**, depois em **OK**.
- Aponte a câmera para o código abaixo.

Gostou do livro? Tem algum comentário?
Me conta, vou adorar saber!

www.daniassis.com.br
autoradaniassis@outlook.com
/daniassisautora
/daniassisautora

Não deixe de conferir outros livros publicados pela Harlequin.